创 意 写 作 书 系

WRITING IRRESISTIBLE KIDLIT

童书写作指南

[美] 玛丽·科尔◎著
（Mary Kole）

王路瑾◎译

中国人民大学出版社
·北 京·

“创意写作书系”顾问委员会

（按姓氏笔画排名）

刁克利	中国人民大学
王安忆	复旦大学
刘震云	中国人民大学
孙　郁	中国人民大学
劳　马	中国人民大学
陈思和	复旦大学
格　非	清华大学
曹文轩	北京大学
梁　鸿	中国人民大学
阎连科	中国人民大学
葛红兵	上海大学

谨将此书献给我童书创作博客的读者们，你们令我惊叹，你们是如此了不起，你们每周一和周三向我发起挑战，点燃了我的激情。

献给我的母亲 Liudmila Kondakova，她是世界上最伟大的母亲，是她一直相信我，支持我，鼓励我，让我能够随心而行。

致　谢

正如我可以以文字、梦想，还有万千呼喊为继，噢，我多么需要心底里的一只手，去触摸。

——《远隔重洋》(*Across the Sea*)，威瑟乐团（Weezer）

我常常对客户说：“书不是一个人写成的。”但是现在，这句话对我有了新的意义。我祝福并感恩于安德烈亚·布朗图书代理公司(Andrea Brown Literary Agency）这个大家庭成员的智慧、从容，以及他们给予我的指导，他们是Andrea Brown、Laura Rennert、Caryn Wiseman、Jen Rofé、Kelly Sonnack、Jamie Weiss Chilton、Jennifer Laughran、Jennifer Mattson、Lara Perkins和Taryn Fagerness。

非常感谢Movable Type[①]管理层的同仁们，他们激发我畅想未来，拥抱一切可能性。他们是Jason Allen Ashlock、Adam Chromy、Jamie Brenner和Michele Matriciani。

同样感谢我的摇滚歌星客户们，在我写这本书时，他们给予我足够的耐心（不过，如若我们诚实些，早在这之前，他们就已经这么耐心待我了)。

谢谢所有这些年邀请我做发言的作家研讨会（特别是SCBWI[②]国家分会与地方分会以及那里无以计数的诚挚的志愿者和顾问们)，还要感谢作家文摘出版社及F+W传媒的团队，尤其是Phil Sexton、Chuck Sambuchino、Winter Thielen、Julie Oblander、Cory Smith、Abby Davis、Claudean Wheeler和Krista Rea。

特别感谢我的编辑Roseamn Biederman。

倘若没有诸位作者及编者奉献他们的智慧，本书会大失色彩，他

① 全球最受欢迎的博客系统之一，由位于美国加州的Six Apart公司推出。——译者注（如无特别说明，本书脚注均为译者注，不再一一说明)

② SCBWI (Society of Children's Book Writers and Illustrators)，童书作家与插画家协会。

们是 Barry Lyga、Holly Black、Diane Landolf、Andrew Harwell、Alessandra Balzer 和 Daniel Nayeri。

非常感谢 Ellen Hopkins 撰写前言，以及 Emily Hainsworth 允许我分析她的问询信。同样十分感谢今天致力于童书创作的作家们，你们令人惊叹，尤为感激我为撰写本书，摘录了他们的作品的多位作家。

我的文学导师们多年来一直是我灵感的灯塔。他们是我在旧金山大学（USF）修创意写作学位的导师、教授、同辈 Lewis Buzbee；《测距仪杂志》（*Rangefinder Magazine*）的 Jennifer Chen，圣塔克拉拉大学（SCU）的 Brian Thorstenson、Jill Gould 和 Barb Fraser，以及哥伦比亚大学科学荣誉课程（SHP）的 Mark Davis。如若没有他们，我不会以文字为业。

最后，向我出版业内外亲爱的朋友们，表达我深深的谢意。他们是 Cassie Perret、Lauren Burris、Martha Flynn、Melissa Manlove、Rosie Wells、John Cusick、Joanna Volpe、Jamie Harrington、Lindsay Ward、Bethanie Murguia、Kyle Murphy、Sandra Andersch、Todd Macdonald、Sarah Bridgins、T. S. Ferguson、Yasmin Vahdatpour、Joe O'Malley、Manfred Hayes、Gordon Warnock、Viva Chu、Colleen Grapes、Heather Alexander、Carol Lynch Williams、Jo Whittemore、Dustin Hansen 和 Josh Rector。

谢谢我的父亲 Mikhail Kolesnikov，以及我的继父 Jamie Davis。你们了解我——无论怎样都爱我！写这本书真的使我梦想成真！

前　言

欢迎来到这个疯狂、奇妙、令人失望，而又让人意满，完完全全，令人惊叹不已的世界，并在此中，学习为儿童和青少年读者进行创作。如若你在这里，这意味着你对增进技艺、创作精彩绝伦的故事，并习得如何将其出版，秉持着真诚严肃的态度。作为一名数年来钻研此经的人，我希望你能发挥自己的创作积极性，吸纳在本书中将会获取的信息。创作一部伟大的小说，需要对细节的精诚奉献。

当然，这始自一个故事主题，或许，你已然有了一个。但是，它是否足够宏大到支撑起一部小说？对于一部小说来说，主题是否过于庞大了？应当是系列作品的形式吗？你如何知道呢？哪个读者群最为合适？儿童？青少年？或许这根本不适合作为童书？这个主题恰当地融入一个类型中了吗？非得如此吗？这些只是一些基本问题。从这里开始，难度加深。哪个为先——情节还是人物？何为故事弧线，它又是如何构建起情节的？次要情节呢？要有多少次要情节，你是否需要它们呢？搭建场景、人物诞生、背景故事——讲还是不讲？

现在，要做些稍显细小的选择，但是，它们也可能是最为重要的，因为它们创造了一种个性，一种难以言表的特质，使得这个故事成了属于你自己的独一无二的故事。过去时态还是现在时态？第一还是第三人称？感官细节、意象、措辞（语汇选择）、对话、方言、韵文？人们真的会完全用韵文来创作小说吗？（我会。不过你应当这么做吗？）

等一下！别跑。创造声音很有意思。好吧，我要让事情变得复杂一点点了。每部小说都存在多于一种的声音。作者声音是把文字置于纸间的一种方式——我刚刚提到的那些细小选择。有人说背景也具备一种声音，确实如此，如若你将此放在心上。此外，每个人物的声音必须能够区别开来，就如现实中人们那样。无论你创作当代小说或者高概念传奇小说，请让你的人物活跃纸间，他们必须在你所为他们搭建的世界中发出真实可信的声音。

孩子们渴望读到其他孩子怎么样。和他们一样，或者大不相同，这都没有关系。但是，如果那些儿童人物读来并不真实，你已然失去了你的读者。因此，如何寻觅到真实的儿童声音？首先，你要花些时间同年轻人在一起。他们中很多人——听起来不尽相同。和他们聊天，然后安静下来，倾听。他们将会有很多话想说。是什么使他们快乐、充满希望、害怕恐惧？他们对家人、朋友，还有未来有什么感受？让他们的话语启发出人物线索、对话片段。

接下来，不要心怀不纯的动机前来创作。不要讲课，不要说教。把你的自我放在身后，尊重你的读者。这个再怎么强调都不为过。他们的鉴赏能力超乎你的想象。不要只是为获奖而创作，也不要惧怕审查。最重要的是，不要仅仅为金钱而创作，或者期待一夜成名。真实写，用心写，充满激情地写，成功即在眼前。

埃伦·霍普金斯（Ellen Hopkins）

目录

第一章　童书市场

儿童和青少年小说市场瞬息万变，童书作家面临着诸多新挑战。了解你的读者，对童书创作成功与否至关重要。在本章中，你除了能了解新兴童书市场中产生的变化与机遇外，还将了解到这些非常重要的读者们的阅读习惯、年龄层，以及他们的阅读期待。

写作并非发生在真空中，它生长于现实土壤。最睿智务实、抱负远大的作者，不单单需要掌握写作技法，还必须对目标市场有认真而严肃的认识。

作为一名图书经纪人，我热爱我的工作，因为我可以同时涉足于写作的创意方面和童书出版的商业层面。每天，我都会读到大批业余水准的稿件、大量已出版的作品，并且频繁接触童书市场的出版审核者、畅销风潮的创造者。我很高兴能为作者朋友带来从中拾取到的些许落穗。

本章是对童书市场的概览，是通往童书市场的重要捷径。在努力寻求书稿出版的过程中，你不再踽踽独行，不再孤独地在高高的阁楼中闭门造车。现在，你是充满活力、瞬息万变的童书产业的一部分。

尽管你不能简单地模仿市场上的畅销书目，一味跟风，但你的确需要了解市场上正在销售的书。你还需要明白，出版商、书商、图书馆非常在意图书的上架类别，这种情况在儿童读物中尤为明显。本章的目的在于，清晰划分如今“儿童读物”与“青少年读物”的界限，将儿童文学创作者们带入读者的思维世界中。随着我们更为深入地探究创作技法和主题，这些概念将通过全书而加强。

既然我们所探讨的是有关市场问题，那么，请牢记：最可能大放异彩、一鸣惊人的方法是：为读者抛下新鲜的诱饵，发出独特的声音，创造出鲜活的故事。故事整体创意的陈腐老套和具体创作技法的俗套一样致命（比如，又是一个吸血鬼故事中痛苦的三角恋）。对市场了解越全面透彻，你的创意和想法将越新颖独特、前途无限。所以，让我们一起掀起童书市场的面纱吧。

童书读者面面观

让我们来界定一下儿童读物的读者群，年龄和类型。为了对照之宜，我们认为 50%的成年人每年的读书量仅为五本书，或者更少；15%阅读量为零。根据 2011 年哈里斯交互式民意调查（Harris Interactive Poll）（这项调查同时也跟踪了读者的数字阅读习惯，对数字出版感兴趣的读者值得对此做进一步查实），大多数成年读者的阅读习惯是：

● 仅当他们童年时期养成了阅读习惯，或者出于某种特定原因而必须去阅读时（如工作需要，或者学校作业，等等），他们才去阅读。

● 每次读十页，在接送孩子、跑个腿、上下班的间隙阅读。

● 长日工作后，床头阅读，起催眠效果。

我们再来看看孩子们的阅读习惯：

● 如饥似渴，不眠不休。孩子们会在一个晚上狼吞虎咽下一整本书。他们是打着手电筒，钻进被窝，也要一口气读完的那一类读者。

● 群体阅读，口口相传。他们会把一本书传阅给周围所有的朋友。这对于市场来说，是股强大的力量，正如安德烈亚·布朗团队所发现的，杰伊·艾夏（Jay Asher）所著的《汉娜的遗言》（*Thirteen Reasons Why*）① 发行整整一年，才登上《纽约时报》（*New York Times*）畅销书榜，所依靠的便是一点一滴积累起的良好口碑，以及它的铁杆追随者。

● 社会交往，不逊同伴。对于孩子来说，有着不逊于同伴的想象力非常重要。孩子们想要和其他伙伴们一样，天马行空，想象力丰富。所以，他们会凑在一起读故事，讨论书中的人物和内容。

● 珍藏故事，建立联系。孩子们读故事，是为了寻求与书中人物的伙伴关系与情感联系。他们渴望与书中人物建立起长久的情感纽带，随时在故事中穿梭（系列故事可以使这种关系更为强烈）。

---

① 此书为 2007 年《纽约时报》青年小说畅销小说。

如果这还没有体现出为孩子们写故事是多么激动而精彩，那么我还想赞一赞儿童读物纯粹而全然的潜在价值：

● 童书把孩子们培养成终身读者，在很早的时候便在孩子们心中播下享受阅读之乐的种子。

● 童书与孩子们长久相伴（我们往往对童年故事有着美好愉快的回忆）。

● 帮助孩子与书中人物建立联系，引起共鸣（指导孩子走出成长的烦恼，安然度过汹涌动荡的青春期）。

● 童书启发孩子们成长为一个更加优秀的人，更为心地善良、坚强勇敢，更为乐观自信、憨直可爱，更富于艺术感与创造力。

其实简单说来，童书能够改变孩子的一生。不过，在我们深入探究童书现状之前，需要查看一些历史背景。

童书市场回顾

今天，我们所熟知的商业儿童读物，是美国出版界在 20 世纪 50 年代的一大创新，主要归功于哈珀 & 罗（Harper & Row），也就是现在的哈珀柯林斯出版集团（Harper Collins）的编辑厄休拉·诺德斯特隆（Ursula Nordstrom）。诺德斯特隆慧眼识珠，出版了现在被人们称为童书经典的《精灵鼠小弟》（*Stuart Little*）、《逃家小兔》（*The Run-away Bunny*）、《夏洛特的网》（*Charlotte's Web*）、《晚安，月亮》（*Goodnight Moon*）、《人行道的尽头》（*Where the Sidewalk Ends*）、《野兽国》（*Where the Wild Things Are*）、《哈罗德和他的紫色蜡笔》（*Horold and the Purple Crayon*）等众多作品。

当想到她的编辑工作还有她的小读者们，诺德斯特隆喜欢说的是：出版“给坏孩子看的好书”。她这样说并不是对读者有所怠慢或心存轻蔑，事实恰恰相反。

在那个时代，很多儿童读物表现出一副盛气凌人的说教姿态，目的是得到成人世界的认可，而并非带给小读者们共鸣。诺德斯特隆看到的是浩如烟海的道德故事——这些故事太过心惊胆战，惧怕忠于现实生活（因为，现实生活的翻版可能会引起争议）。因此，她着手改变这一现状。她坚信，相较于成人对他们的认可，儿童有着比成年人认为的更宽广的想象力，以及对这个世界更多的洞察与理解。

诺德斯特隆曾经这样写道（这个理念也将成为贯穿本书的试金石）：

书写现实世界的作者，必须深入挖掘，讲出真实。

现今，大多数成功的童书作者都清楚：儿童或青少年与成人的唯一区别是前者缺乏生活经历，但这不是我们应该责备孩子们的理由。青春期是一个情境的问题，当孩子还不太真的懂得成人的世界时，却做起了成人的样子。写写这样的经历，这没什么问题。实际上，这正是我们在此讨论的原因。

诺德斯特隆专注于为年轻的读者打造好作品，从连环画到一些儿童小说。而青少年读物市场，如今才出现，并不是她当时能够预测到的。在 20 世纪 60、70 及 80 年代，甚至 90 年代，书店的青少年区域仍旧是一个与众不同、非同凡响的地方。这里，有一些既受大众欢迎而又直言坦率的故事，例如，《去问爱丽丝》（*Go Ask Alice*）①，以及朱迪·布鲁姆（Judy Blume）的作品。但是，在那个年代，大部分人脑海中的儿童读物，还是大众市场中的连载故事，诸如《甜蜜高谷》（*Sweet Valley High*）、《保姆俱乐部》（*The Baby-sitters Club*），或者克里斯托弗·派克（Christopher Pike）那些粗制滥造的恐怖小说。这

---

① 一个 15 岁少女的吸毒日记。

些都未能历经时间的淘沥。

童书市场现状

然后，来了一个前额上有一条闪电状疤痕的魔法师：他就是哈利·波特（Harry Potter），“那个活下来的男孩”。在J. K. 罗琳（J. K. Rowling）的《哈利·波特与魔法石》（*Harry Potter and the Sorcerer's Stone*）1998年上架并崭露头角前，儿童读物一直是学校和图书馆的宠儿，而非图书市场上的一支劲旅（一般意义上的零售业）。哈利·波特系列向世界以及出版业大亨展示了：童书也可以成为重磅炸弹，大规模占领市场，跨越原有读者群（阅读童书不再只是儿童的“特权”!），并带来十分可观的经济效益。

根据图书市场咨询公司Codex Group在《纽约时报》上的报道，47%年龄在18～24岁的读者阅读青少年读物，大约25%的年龄在25～44岁的读者也在关注和探索这一市场。

儿童类型凭借哈利·波特系列电影，迅速占领好莱坞高地。在童书市场荷枪实弹，为迎接另一轮冲击波做准备的时候，碰巧爱德华·卡伦（Edward Cullen）[①] 来袭。斯蒂芬妮·梅尔（Stepheni Meyer）的《暮光之城》（*Twilight*）是可以和哈利·波特系列相比肩的青少年架上图书，掀起了一股狂热的超自然恋爱创作风潮，时至今日，仍然暗潮涌动。反乌托邦小说也因苏珊·柯林斯（Suzanne Collins）《饥饿游戏》（*The Hunger Games*）的大热而生机勃勃。

大片思维与童书创作

这种现象影响诸多。首先，在当今儿童和青少年两大图书市场

---

① 《暮光之城》里的吸血鬼男主人公。

上，最热销的类别都是奇幻文学系列小说。童书登上新闻媒体，走进戏院剧场，为书店曾暗淡荒芜的角落，重焕光彩，引得家长和孩子们流连驻足。利益均沾，不管是首次上架出版的新书，还是销量不佳的老书（先前已经出版，但可能销量未达到预期的书目），其中的优秀书目都借着童书市场的东风，遥遥直上，有所斩获。

由此，引出我在全书中将反复提及的一个观点：大片思维在好莱坞盛行，之后又漫际于成人小说、非虚构文学，最后终于蔓延到童书出版。现在我们已经看到，童书具有市场价值，能够创造经济效益，所以，我们（包括经纪人、编辑、我们楼上看到新的出版合同欢欣雀跃的财务人员）都期待着作者们具有这种大片思维，使其图书向畅销书榜进军。

作者朋友们务必要留意这种发展变化。

并且，也没有迹象显示，这种上升的势头正在渐行渐弱。童书会继续依靠学校与图书馆这样的内置式市场，继续平稳发展。而且，儿童是童书市场中唯一被要求阅读这些书籍的读者群体。最后，童书的受众如源头活水，不断更新。每年，大量新生代小读者涌入书店，挑选适合自己年龄的书目类别。并且，如果你足够幸运，能够出版系列作品，那么其中每一部连载的上市，都会伴随着日益攀升的广泛读者群。

诚然，童书出版市场并不能确保人人皆胜券在握、万无一失。读者和出版商期待风靡全球的作品问世，创意无限、冲上云霄的高概念，以及易于改编、搬上荧幕，后劲强劲、长线发展的系列产品。这些已然决定了你能否进入市场、形成自己的故事创意想法，在接下来的几章中，我们将就这些去探索和发现。并不是每部小说都能如《饥饿游戏》一样，但是，毋庸置疑，具有一定商业倾斜度的小说，在今天的图书市场更被人们所期许。

系列作品的风行

尽管系列作品销量甚佳，在殷殷期待的作者眼中，这保证了他们源源不断的出版机会。但无论如何，这并不是一条亘古不变的真理。大多数作品只有在原作畅销的情况下，才会促成续集的出版。当出版商找到作者，希望形成品牌效应，出版续集，那么作者们身居要位，掌握着销售数据和读者需求。在当今的出版气候下，一个作家在初涉文坛时，便为首部作品定位为三部曲，可能不会激起出版社的太大热情，因为他们希望边走边看，根据市场反响，做出下一步选择。出版首部作品，对于出版社来说，是一项投入很大的工作，因为作者初露头角，充满未知。他们的作品只能听任沉浮，不知成败（更可能是数据上的显示）。出版系列作品，更是一项巨大的投资，蕴含着风险。

我力劝所有文坛新手，考虑将其处女作独立成书，不要从一开始便要求出版社签下系列作品的合同。这要根据这本书的销售情况。初次登场，华丽绽放，一个备受青睐的好故事，这才是你需要交予出版社的。另外，我想说，看在上帝的份儿上，在出版首部小说时，千万别提出这样的疑问：把我的故事出版成一个包括 17 集的连载小说怎么样（或者诸如此类不切实际、狮子大开口的蠢话），有些作者就是这么做的。

童书市场中的变化与机遇

现今，另一个影响童书市场中的大事件便是：数字化出版。从平板电脑上的数字绘本，到青少年已经收到作为圣诞礼物的 Kindle，今天的读者正在花费越来越多的时间在屏幕上阅读数字图书。世界变化太迅速。事实上，当你读到这本书的时候，我们可能已经依赖于另一种全新的技术手段，科技的风潮或者又已转向。

因为这本书主要讲的是创作技法，所以我不会在此详述数字化出版的现状，或者对纸质出版的未来做一预测。作为一名经纪人，我只想简单地说：这种改变会带来图书版权、版税及第三方物流方面的变化。无论你的作品是独立出版，或在纸质出版的同时发行数字版本。数字革命意味着作者与读者交互作用的新机遇。由于价格的下调及其他准入壁垒的放松，越来越多的读者开始使用电子书阅读器。据图书经纪人同事的传闻轶证，2011 年畅销榜单中，青少年图书的数字版本销量是 2010 年的两倍。2011 年 4 月，亚马逊网站称：有史以来，在其网站上的销售的数字图书量，首次超过纸质图书。

数字出版物生产成本较小，在网络书店中容易搜索，购买轻松。而且，一旦孩子们找到了自己喜欢的作者，只需轻点鼠标，便可不费吹灰之力，获得其作品的整个目录。数字出版物的市场份额在逐渐加大，但人们并不认为纸质媒介和数字媒介相互排斥，我即是其中之一。尽管当前的出版业一片混乱，但是，在这个竞技场中，绝不是非此即彼，力争高下的。作家们应当看到出版媒介的变化，以及由此带来的机遇。

定位目标读者

在你坐下来准备进行童书创作时，首先需要确定的是：你的目标读者处于哪个年龄段，儿童还是青少年？在本节中你将了解到，两种类别的不同除了涉及不同的故事内容、基调、文稿长度及其他很多方面，还与读者及作品人物的年龄层相关。为了上架，你需要对儿童和青少年读物的区别一清二楚。

类型与读者

> “儿童”和“青少年”并不是类型划分，尽管人们一直拿他们当童书类型划分的依据。他们是读者的类别。类型是指奇幻类、科幻类（SF）、超自然类、悬疑类、爱情类小说，等等。在为小说定位时，不要说你正在写的是“青少年类型的小说”。这种说法并不正确。更好的表达是，例如：我正在创作一部“以青少年为主人公的都市奇幻小说”，或者“写给儿童读者的成长小说”。因为童书创作规矩众多，因此，如能正确使用术语，你会看起来显得头脑清楚。

在出版界，特别是童书市场，我们喜欢分类。你十分有必要了解这些类别，并在尝试创新之前，遵守一定之规。这么做，并非要束缚你与生俱来的创造力，只是为有志出版的作者提供行之有效的办法，希望其能尽最大努力，获得成功。

> 桀骜不驯、乡野村夫般的作家破坏规矩。
> 艺术家在形式之下，游刃有余。
>
> ——罗伯特·麦基（Robert McKee）

有时，作者们对如何确定目标读者感到困惑不解。一名不成熟的写手可能疑惑她写的可是儿童读物，但结果却从经纪人或者编辑那里发现，她实际上写的是一部青少年作品，反之亦然。有时候，这种错误不可避免，而且也是学习过程中非常有价值的经验。无论如何解决读者定位，要知道这个问题都不可回避。书店中分别有儿童读物专区和青少年读物专区，他们不会单单为了某一作品，磨刀霍霍，另辟蹊径，开辟出一个特别的儿童与青少年读物混合区。以上这些指导原则将帮助你做出明智选择，为故事定位目标读者。

儿童图书市场

儿童读者[1]（青春期前）通常在8～12岁，其中，较小的为8～10岁，年龄稍大的10～12岁。还有些儿童读者已经14岁了，因此，存在一些关于儿童读物“中间层”的讨论。这类图书是从儿童读物到青少年读物的过渡，对此我没有倾注太多思考。因为，不论创作儿童或者青少年读物，作者都更容易定位，而不是在二者交界的迷雾森林中乱打乱撞。将儿童读物的主人公老老实实设定在13岁及以下，因为这些次范畴（诸如“儿童期的小尾巴”“中间年龄段”“青春期早期”）属灰色地带，大多数出版商不愿触及。

同时，要记住：读者向来阅读比他们自身年龄成熟的故事，特别是这个阶段的孩子。如果故事的主人公12岁，那么读者将会在10岁上下。孩子们喜欢读那些比他们涉世稍深的故事，并与这些年长一些的人物建立情感纽带，因为故事人物看起来比他们的同龄人更为成熟老练、见多识广。即使书中人物可能已经十二三岁，但要确保仍然适合于9岁或者10岁的孩子阅读。

年龄差距

我经常看到作品中这样进行人物设定，比方说，两个主人公为兄弟姐妹，一个7岁，一个15岁，两人年龄间有很大差距。

与7岁孩子年龄大致相当的读者，会被其所吸引，但当叙述视角跟随年龄稍长的主人公时，对于7岁的小读者理解起来便有难度了。同样，十三四岁的读者更关心故事里的大孩子，而对里边的小朋友就没那么有耐心了。所以如果故事需要多个主人公，不

---

① 本书中儿童读者（Middle Grade，简称MG）为8～12岁读者；青少年读者（Young Adult，简称YA）为12岁以上读者，一般到19岁。

论他们之间是朋友还是兄弟姐妹关系，尽量使他们之间年龄相当。

平均来说，儿童小说的长度大概为 3.5 万字。很多初级作家并不能很好把握，尤其是当他们创作的是奇幻故事或者科幻小说，并且拿《哈利·波特》当范本。很多“第一次”的书稿，甚至接近 6 万字或者 8 万字。

我主张童书篇幅不宜过长的原因，并非因为我在书稿的苦海里挣扎，想偷个懒，解脱下，而是一些小读者仍然在树立自己阅读文学作品的信心的阶段。他们可能才刚刚开始阅读儿童读物，才放下连环画册，或者他们还不能如他们所希望的那样，独立阅读一本书。

此外，很多这个年龄段的男孩，要么倾向于代入式体验，要么根本不心甘情愿捧本书来读；前者会把目光投向成人图书，后者则完全把读书这回事搁在脑后。篇幅较短的儿童读物可能会赢取到更为广泛的读者。

譬如，布莱恩·塞尔兹尼克（Brian Selznick）的《造梦的雨果》（*The Invention of Hugo Cabret*）是一部插图繁多的儿童小说，其中插图几乎占了全书近半的篇幅，但文字部分只有 1.6 万字。书中硕大的字体和大批量的插图，使这本书足足有 544 页。而且，看上去比实际页数还要多，还要吓人。我曾经看到孩子们在完全凭借自己读完这样一部“大部头”后，满心骄傲；但同时也对这挡在故事门前的庞然大物心生畏惧，不敢推门而入，领略故事的精彩纷呈。

此外，故事字数越多，在印刷、运输、仓储方面的成本就越高，在书架上占据的空间也越大。在你充满创造力的作品面前，这些都是凡尘俗事，平凡得不能再平凡，但它们并非无关紧要。在出版商考虑是否投资你时，他们会把这些因素计算在最终效益中。[每个收购都包括损益（P&L）分析，在用电子表格作该项分析时，作品页数的多少影响着所有统计项的计算结果。]

儿童读物书稿最少约 1.5 万字，如若再短小些，便是连环画册了，尽管这个市场还远不够稳健强劲。你的故事越是短小精悍（再次重复，3.5万字只是平均字数），越能吸引那些心里一百个不乐意的小读者——特别是男孩子，而且书店里货架空间也有限。我认为，儿童读物的字数最多不能超过6万字，这是极限，而且是为奇幻和科幻故事留出备用的，因为这些类型往往需要背景介绍，这会占用一定篇幅。

儿童图书的类型

谈到类型，奇幻及冒险类故事霸占着儿童读物的市场。假使你留意一下畅销书单，会发现书单很大程度上被以下几种类型占据：

- 魔法奇幻及主流奇幻类：克里斯托弗·鲍里尼（Christopher Paolini）的“伊拉龙”（*Eragon*）系列
- 探险类：欧因·科弗（Eoin Colfer）的“阿特米斯奇幻历险”（*Artemis Fowl*）系列
- 超自然、超能力或者神话传说类：雷克·莱尔顿（Rick Riordan）所有的作品
- 神秘推理类：布鲁·巴利埃特（Blue Balliett）的《谁偷了维梅尔》（*Chasing Vermeer*），以及《莱特屋谜案》（*The Wright* 3）
- 轻松幽默类：杰夫·金尼（Jeff Kinney）的“小屁孩日记”（*Wimpy Kid*）系列或者汤姆·安格尔伯格（Tom Angleberger）的“尤达大师”（*Origami Yoda*）系列

儿童读物确实也具有文学性，并且往往风格清新愉快，语气亲切温柔。它更重视亲情、友谊，以及人物的改变与成长。尽管每个人都想成为下一个雷克·莱尔顿，但是，以我们的现实生活作为故事发生的背景，不掺杂超自然或者奇幻元素，仍旧有可能创作出引人入胜、扣人心弦的儿童小说。

文学性

要我来界定“文学性”这个术语，有些难度，不过，我可以分析一下出版界是如何为其所用的。在“商业性”（以情节为推

动力、高概念，事件紧凑，有着畅销潜力，将在后边的几章中做更多讨论）与“文学性”（以人物为推动力，通常以亲情、友情为导向，伴随成长主题，文笔优美动人，但畅销潜质并不明显）之间，有一条显而易见的鸿沟。理想情况下，应达到二者的平衡。鉴于这里讨论的是市场与类型，当我称一本书具有“文学性”时，指的是写作质量极佳，较少明显引人购买的诱饵（比方说，里边没有吸血鬼的爱情故事，或者反乌托邦的惊悚故事）。

具有文学性的儿童读物，往往聚焦于主要人物及其日常生活，通常情节高于生活，但并不具传奇色彩。此类型故事的问题是，没有太过明显吸引读者购买的手段，很多编辑称之为“不动声色”。通常是那些获得文学大奖的图书，诸如纽伯瑞儿童文学奖（Newbery Medal and Honor Books）［即使丽贝卡·斯特德（Rebecca Stead）的《穿越时空找到我》（*When You Reach Me*），也有时间旅行在里面］。但是，因为有获奖可能性而创作，是一场赌博，并不会打动出版商，因为某个文学奖项并不总能够提高销售量。

作者、编者语录：大声呼吁，提高儿童读物质量

我认为青少年系列作品的风靡，诸如《暮光之城》和《饥饿游戏》，对青少年作品已经造成了市场偏差——或者至少人们的市场概念出现了偏差。结果是，最近我越来越少看到儿童作品投稿，好的就太少了。我爱青少年作品，不过如果孩子们要继续保持阅读，我们也需要优秀的儿童作品。因此，请创作儿童作品，下一波的儿童作家们！

——黛安娜·兰多尔夫（Diane Landolf），

兰登书屋（Random House）编辑

儿童读物种类繁多，要满足不同读者类型的需求。女孩子们的故事书，从云淡风轻、温柔可亲的文学类，到幽默风趣、节奏明快的畅销类［诸如乔·惠特莫尔（Jo Whittemore）的《头版对峙》（*Front Page Face-Off*），以及余玉婵（Lisa Yee）的《天才女孩儿》（*Millicent Min，Girl Genius*）］，再到心痛欲碎、惆怅不已的感伤故事［苏珊娜·拉弗勒（Suzanne La-Fleur）的《爱无止境》（*Love，Aubrey*）和凯特·迪卡米罗（Kate DiCamillo）的《都是戴茜惹的祸》（*Because of Winn Dixie*）］，不一而足。

读者中既有男孩，也有女孩，所以若能创造能同时吸引二者的人物角色，将大有市场。不论是儿童读物还是青少年读物，读者向来以女孩居多，不过你可以在儿童读物中，为吸引男孩注意力而创造更大的空间。

如若你在多样化人物性别，不妨考虑添加不同文化及种族背景的人物。编辑书商、老师父母、图书馆员，还有孩子们，总是嚷嚷着，希望看到展示世界各地，各种风情逸事的作品。这方面的作品还不够多，大家对这样的抱怨并不陌生。

读者也欣然接受动物作为故事的主人公，倘若故事以一流的水准娓娓道来，且读者可以和动物角色建立起情感纽带，就像人类间的情感相系。凯西·阿贝特（Kathi Appelt）的《木屋下的守护者》（*The Underneath*），埃琳·亨特（Erin Hunter）的“勇士”系列（*The Warrior Series*），便是很好的范例。

在时间段方面，历史小说（无论你相信与否，背景设置在 19 世纪 80 年代，或者更早）在儿童读物中，占有一席之地；而且，在学校和图书馆有很好的市场。但是，这里还是要提出警示，即历史背景确确实实是故事必不可少的一部分，并且必须为故事事件制造出某种或汹涌澎湃，或危机四伏的潜在影响。比方说，故事的背景是革命战争，这只是个事实，其本身并不是看点也无法制造看点。故事情节必须与你所选定的历史时期高度相关。

另外，我强烈建议你不要仅仅因为你还记得自己的童年，并对这一时期很熟悉，便将故事背景设定在同一时间段（在其上下 10 年间）。这并没有什么说服力，即使你确实是在遵守“写你所知”这句古话。太多这类书稿堆在我的办公桌上，作者简单地把故事时间设定在 20 世纪五六十年代，一点儿也体现不出现今孩子们生活世界的纷繁复杂。这样的故事让人感到作者沉湎于过往，怀旧气息浓郁。并且，故事情节不足以表明该历史背景的必要性，且还有脱离当今读者的可能。

以当代或者未来作为背景，是儿童读物的最佳之选，最符合市场需求。除非你有足够充分的理由，否则避免溯流而上，把故事背景设置在历史上的某一点。

青少年图书市场

青少年图书市场中，12～14 岁这个年龄段，通常被称作青少年早期。14～16 岁，有时甚至是 16 岁以上的孩子，会阅读更为尖锐犀利的青少年读物。出版商以此来为青少年划分阅读阶段，也反映出在内容层级及读者成熟度方面，青少年市场更丰富而多元。读者大概在十三四岁时，便开始转向青少年图书市场，但是也有很多 18 岁左右的孩子甚至他们的母亲也正蜂拥至这个市场，争相阅读。

青少年图书最低字数不能少于 4.5 万字，我建议最好控制在 9 万字以内。任何超过 10 万字的青少年读物销路维艰，除非你创作的是大部头的奇幻或者科幻小说。和我在儿童读物部分讨论的原因一致，在现今的图书市场，体型庞大的首发图书，可能无法点燃出版商的投资热情。尽管有些偏好长篇大论的作者，会拿诸如《暮光之城》这样的畅销读物来和我论战，质疑最低字数。

要知道，你要是斯蒂芬妮·梅尔，尽可洋洋洒洒、精雕细琢，鸿篇巨制 800 页。现在，作为一个初涉童书创作的作者，精简为妥。请对臃肿的初稿做一修剪，相信我，我还没有发现哪个新人从中一无所获。

从创作技艺的角度来说，我如此注重精简字数是因为：对于一份流畅优雅的稿件，恰到好处地做一些补充，总要易过删减繁杂冗余的长篇大论。短小紧凑的书稿往往向我展示出作家处理稿件的综合能力。而自我沉醉、冗长烦絮的稿件，通常树起一面危险信号旗，显示出作者要么是入门级选手，要么在涉及修改稿件时尤为造作。我更愿意同前者合作，而且我清楚很多编辑也会这么做。

青少年图书的类型

就类型和内容而言，青少年图书可谓纷繁复杂。有的出版商出版轻口味或者文学性强的青少年图书，很少涉及尖锐问题；也有出版社推出充满性、毒品、摇滚的书目，涉及大量领域、充斥大量超自然生物，人物及其处境如同成人图书中展示出的那般大胆奔放、错综复杂。譬如，查阅一下妮娜·马尔金（Nina Malkin）的《晕眩》（*Swoon*），故事围绕一个充气娃娃来到一个小镇上所引起的麻烦，读完令人双颊滚烫。

限制级内容

在童书市场中，“限制级内容”被定义为任何尖锐、涉及青春期问题的内容：污言秽语、性、毒品、酒精、黑帮，等等。限制级内容的层级千差万别，不同出版商的接受度也不尽相同。相较于儿童读物，人们更容易接受青少年读物中出现限制级内容。问题的关键在于社会各方对读物内容的审查：忧心忡忡的图书管理人员、学校老师、书商、家长，他们牢牢掌控着孩子们的阅读权限。包含限制级内容的童书，常常会遭到质疑，相较“干净”

的图书，会遭遇更多障碍。如果你想查看例证，苏珊·佩特伦（Susan Patron）的获得纽伯瑞奖的儿童读物《乐琦的神奇力量》（*The Higher Power of Lucky*）中，第一页使用了“阴囊”（scrotum）这个词，人们在网络上表达愤怒。而在青少年读物中，则无此限制。

不过，在你开始描写些乌七八糟、血腥暴力的内容前，记住这一点很重要：青少年读物并不一定全是尖锐敏感、躁动不安的青春期问题。实际上，绝大多数雄心勃勃的作家都掉入了这个巨大的陷阱之中。他们尝试着用一种恶声恶气的口吻叙述，硬生生地塞进超自然元素，并把人物置于危难的情境中——完全因为他们认为只有这些才是现在热卖的。但是，他们所制造的这一切扭捏做作、生搬硬套。如果你并没有一个发自内心想表达的阴暗故事，请不要刻意制造出一个，就这么简单。

青少年们有灵敏度极高、与生俱来的“胡扯测量仪”。所以，真诚与真实性是儿童文学创作中的重中之重，尤其是对于青少年图书市场来说。如果你的作品里有油嘴滑舌、无关紧要的内容，青少年读者会毫不犹豫地严正声明，把你划入装腔作势的那一派。

不可否认，近年来，吸血鬼小说和世界末日类故事统治着青少年图书市场。在下一章“青少年思维模式”中，我将讨论这一现象。如果你想避免畅销类型的窠臼，创作根植于现实世界的故事也空间依旧，比如有关学校生活、朋友老师、青春爱情、家庭温情的青少年故事。实际上，一些编辑和经纪人强烈呼吁内容翔实、极见功底的现当代青少年故事。在这里，只有平平凡凡的普通人，他们不具任何魔力；没有仙女从天而降，也看不到哪只怪物从地底下冒出来。他们（以及读者）渴望真实的生活，因为真实的生活同样令人心醉神迷，具有撼人心魄的魅力。

就类型而言，相较于儿童读物，青少年读物将男孩设定为目标读者的可能性锐减。想一想，你们当地的独立书店，书架边到处是嘟嘟嘴的小姑娘、圆滚滚的小胖墩，以及对对小恋人。十几岁的男孩自尊心强烈，很少敢冒险到此寻找下一个阅读目标。在对儿童读物市场的讨论中，也许你还记得，似乎很多男孩要么在进入高中后将童书置之脑后，目光很快转向成人图书；要么完全停止阅读。所以，如果你的故事以男孩为目标读者，或者以男孩作为主人公，那么风险很大。这些男主人公通常制造出浪漫的牵引力，吸引女孩心驰神往。约翰·格林（John Green）的作品便提供了很好的例子，展示出了此类型人物。并不是说以男孩为主人公的青少年读物就一定销量惨淡，但是，在这个阅读群体中，性别分水岭显而易见。

概括来说，比起儿童读物，青少年读物展示的冲突往往更为严峻，更加耗人心力，并且，在一种更为“痛并快乐着”的调调中化解开来。在青少年读物中，皆大欢喜的结局较少出现，因为读者开始意识到，与此相比，生活要复杂烦扰得多，任何事都没有全然的好与坏。正是在这种深深浅浅、或浓或淡的黯然阴郁中，读者发现，这才是真正的生活，真切动人。无论何种类型，作者都不可浮于表面，而需努力挖掘这些表层之下的写实主题。

做读者的知心人

对于童书作者来说，了解市场很重要，弄清楚它的来龙去脉、历史与未来；而知悉读者的想法，并创作出与其相联系，能引发共鸣的作品，也同样至关重要。在接下来的一章中，我们将进入儿童和青少年的思维模式，游走一番。这一章很简短，建议反复阅读。童书作者应当努力将自己置于读者的经历中，设身处地，感其所感、想其所想。作为一名童书作者，这是你能够养成的极佳习惯之一。

第二章 儿童与青少年的思维模式

进行童书创作，你必须设身处地为儿童及青少年读者去想。哪些话题在儿童读者中会产生共鸣？什么主题、人物、情节会让青少年们手难释卷，欲罢不能？哪些类型尤为畅销？而哪些陷阱你又应当避免坠入其中？本章将带你深入读者的内心世界。

深入儿童读者的内心世界

年龄在 8～12 岁的读者生活在一个由差异与对照所构成的世界中：

● 他们想要忠于家庭，但也开始希望父母能给予他们独立自由的生活。

● 他们愿意将自己定义为一个独立自主的个体，但也渴望融入学校里的社交团体，与朋友们打成一片。

● 他们感受到那来自远方的召唤：起锚出发——快快长大成人，开始做重大抉择，特立独行，做独一无二的自己；而同时，他们也感受到内心深处另一种声音：**留在原地**——继续做个小孩子吧，依偎在安全的港湾中，知道世事忽而艰难，选择林林总总，但自有人来一锤定音，遮风挡雨。

这个年龄的孩子，已闯入大千世界，寻寻觅觅；但仍流连驻足于孩童时的安适与温暖，恐旧日不再，渐行渐远。然后，青春期来袭，曾经在小学校里流行的“别碰他/她，他/她有小虱子”——男孩女孩间那来自不同星球的排斥感，突然间变成了二者的相互吸引。孩子们身体的成熟与变化骗不过一双双眼睛。此时，他们不仅情绪和荷尔蒙一片混乱，似乎一切都陷入迷茫困惑。在这个时期，孩子们开始面临艰难的选择，做出错误的决定，并为自己的决定和行为付出代价，承担后果。

幼儿园中，小朋友们一起分享苹果酱的关心友爱，由此建立起来的纯纯友谊，开始变得复杂起来。曾经毫无理由，一直相信着的父母大人、英雄人物，变得不再那么完美。曾经所认识的自己、他人、外界都变得不再一样，亦真亦假，虚幻迷离。

还要记得，这些正在向青春期过渡的孩子，非常关注自我。他们也在意别人如何看待他们。小孩子的天真与自由，已经一去不复返。取而代之的是，他们开始感到外界的注视与评判，并且还有屡屡出错的尴尬狼狈（而且，父母们也对这些前青春期的孩子们严密监控，让他们无时无刻不感到窘迫与难堪）。但是，好的一点是，他们也在探索发现生活中多姿多彩的新内容。

由此，作家们可以在描述中反射出儿童们鲜活的生命状态。人物是如何与周围世界在感官上互动的？他/她如何去闻、去嗅、去品尝、去触摸、去聆听周围的讯息？去中学校园走走看看，孩子们对于各种新鲜的“第一次”，有着诸多的体验和感受，它们将会怎样改变你作品的声音？

审查儿童读物内容

孩子们成长到这个年龄段，生活从此复杂起来。但是，儿童阶段的生活远非青春期时那般尖锐恼人，问题层出不穷。作家也根本不用心存压力，**想方设法**制造令人头痛的青春期问题。正如第一章所阐述，儿童读物可以存在一定的限制级内容，不过有可能的话，应避免粗话和有关“性”的内容。

前文提到的“阴囊”事件并非玩笑——你可能不相信，但它的确引发了一场骚动。你的儿童读物越是大胆尖锐，便越会遇到阻力，特别是在一些较为保守的地区。出版社编辑也会警告你要远离限制级内容，因为他会考虑总体销售潜力及适销性。

倘若你真的想在儿童读物中对人性的阴暗面做一探索，那么，让次要人物承担这一任务吧，把尖锐敏感的问题留给他们。比方说，在青少年读物中，主要人物可能酗酒成性，或者对伴侣有暴力倾向。在儿童读物中，你仍然可以包含进这些因素，但要通过次要人物表现出来，比如一个漠然的母亲或者暴虐的叔叔。

若有爱情故事出现，那么应该表现得温柔而纯真，就像珍妮·汉

(Jenny Han）的《女孩莎格》(*Shug*）或者伊娃·伊博森（Eva Ibbotson）的《蜻蜓池塘》(*The Dragonfly Pool*)。从这个年龄段开始，小读者们会越来越心心念念着爱情故事（他们进入青春期以后，几乎完全被罗曼蒂克的故事所俘虏），但是，在儿童读物中，对那些无端而又赤裸裸的情色描写，向来不留任何余地。

举个例子，让我们看一看在儿童读物中，男孩女孩之间的爱慕之情是怎么处理的。下面是丽贝卡·斯特德的纽伯瑞获奖作品《穿越时空找到我》的一小段节选。这里，柯林决定要吻心上人米兰达：

> 柯林站在那儿，把滑板抱在胸前，就像一面盾牌，看起来一点儿也不像他平日里的样子。

随后，提到轻轻的一吻，但是斯特德并没有对此做一细致描写。在达内特·霍沃斯（Danette Haworth）的《小紫罗兰几乎被闪电击中》(*Violet Raines Almost Got Struck by Lightning*）中，维奥莉特·雷恩斯（简称小紫罗兰）(Violet Raines）简直是以一种全新的方式注意到邻居男孩。在另一个场景中，他们玩让人狼狈不堪的“真心话大冒险”，这里涉及对爱情描写的尺度问题。

> 他的眼睛燃烧着，充满力量。全能的上帝啊，就好像我从来没见过这双眼睛一样。

儿童读物认可孩子们隐隐初放的爱情情怀，渐渐萌芽的爱情冲动。这虽然很重要，但是最好不要表现得太过直白。

深刻洞察儿童心理

了解读者的意义，在于作者可以在故事主题方面有着更大的发挥空间，使作品引起更大的共鸣与反响。本章谈及的读者思维模式，以及阅读书架中的作品节选，只是对主题探讨的起始，这一探讨将会贯穿全书，几乎在每一章中，均会回归对主题的探讨。

在这些阅读书架的范例中，作者将对儿童读者的关切与忧心，融入故事中。书中人物的经历与情感转折点，直指这个年龄段孩子的经历与体验。如此之感同身受，当循序渐进，自然而巧妙地融入书稿中时，真的会引起回响。

回到达内特·霍沃斯的《小紫罗兰几乎被闪电击中》，我们看到小紫罗兰在一个幽静的时刻，面对孩童时的老物件，陷入沉思：

> 即使我再也用不了这些小时候的东西了，但总有人帮你保存着。这个人爱你，并为你做着这一切，这样你就不会忘记你是谁了。

这一瞬间非常好地捕捉到一个小孩子的内心感受，一种正在向青春期过渡的状态。此时，孩童时的记忆依旧鲜活，依旧在脑海中清晰可触。

布鲁·巴利埃特的《谁偷了维梅尔》是一部扣人心弦的推理小说，柯德——三个主人公之一，正在思考一幅下落不明、价值连城的维梅尔油画到底有多重要：

> 艺术，对于柯德来说，是一件颇为费解的事。是的，一个让他的脑袋有些晕的新概念。一种每次看着，就会给他带来看待事物新鲜方式的东西。

上面的描述恰恰反映了还未步入青春期的孩子们对新鲜事物的感受。

最后我说的是，儿童读物有时被称为“成长小说”，确有原因。在我的阅读书架中，没有人能比密西西比·博蒙特（Mississippi Beaumont），或者简单地称其“米博思”，更能捕捉到这种成长的感觉。米博思是英格丽德·劳（Ingrid Law）造成轰动的儿童作品《奇异功能》（*Savvy*）中的主人公。这部小说讲述了一个家庭里充满了稀奇古怪的人物，人人带有奇异的魔法力量，或者称为“奇异功能”。当米博思获得了她的神奇能力，她想到了更为深远的图景：

> 我发现我已经长大了，不再是个孩子了，我的生活发生了变化，这种变化与我的神奇能力没有任何关系。

另：

> 这种变化太过迅速，我还来不及追赶。

我钟爱这种悉心准备、了解孩子心理的作家。因为，我希望，孩子们的思维模式能启发他们创作出具有丰富主题的作品，这些作品能够直指孩子们的内心，与孩子们共成长，刻不容缓。

深入青少年读者的内心世界

关于青少年，有一些至关重要的讯息你需要知道，那就是他们忘乎一切、全情投入的本质。这是一种对可能性的感觉，一种内心急剧膨胀，随时可能喷涌而出的感觉。我也曾经便有过这样的感觉，那时，我正开着车，绕着家乡的小城。夜已深，我就那么驾着辆精灵紫的福特金牛座（谢谢您哪，还好这是尾部重新设计前的款式），听着收音机里好听得不得了的歌曲。彼时彼刻，一切的一切都感觉那么的浩渺无限，亘古无双——就好像宇宙万物最后终于各归其位，水澈月明，云朗风清——虽然只在那么一瞬。

还记得青春年少时亢奋的情绪状态？那时，你品尝到了初恋的滋味，第一次有了心动的感觉，第一次做出真正的义举，遭到背叛，做出糟糕透顶的决定，也第一次体会到内心瞬间的骄傲感，成为英雄的感觉。随着年龄的增长，这些里程碑式的事件开始星罗棋布，逐渐散落在生命的各个阶段中。而对于一个十几岁的孩子来说，这些大事件一个接一个，在这个生命阶段中，发生得如此集中。

而且，你感到当时的决定会造成永久性的影响。你感觉时而战无不胜，时而脆弱无助；时而无足轻重，时而书写永恒。所有这些感受与经历，对你来说，都恰为第一次，你涌入一个庞大的队伍，很多十几岁的青少年正和你同感（尽管他们从未说出）。因此，你同样也形单影只，渴望同伴与归属，这也是为什么你寻觅这样一本专为你而创作的小说，因为它恰恰道出了你的心声。

简言之，这便是——**热切的心情**。

我喜欢引用一本“青少年读物前”之青少年读物，斯蒂芬·切波斯基（Stephen Chbosky）的《壁花少年》（*The Perks of Being a Wall Flower*）。这部小说 1999 年出版（天啊，时间过得多快）。其中一幕，少年们穿越隧道，出现在一片灯火通明的城市夜景中。故事叙述者查理说道：

> 在那一刻，我发誓，我们无边无际。

爱情故事与阴暗角落

青少年对一切事物都有强烈的感受，尤其是两件事：对爱情的向往和对阴暗面的好奇。如果最近你曾在书店的青少区驻足，那么你就明白我是什么意思了。似乎映入眼帘的每个封面都是一个噘嘴小女孩与一个沉思男孩，还有紫黑相间色调的组合。

反乌托邦小说

反乌托邦小说是奇幻小说中的一个子类别，近年来在青少年小说中十分盛行（在儿童读物中也较为流行）。教材级别的例子，可以参见维罗尼卡·罗斯（Veronica Roth）的《分歧者》（*Divergent*），或者成人图书领域中的科马克·麦卡锡（Cormac McCarthy）的《长路》（*The Road*）。在一个反乌托邦的世界里，人物们奋起反抗阴暗危险，对民众过分控制的权威形象（通常为政府或者其他形式的统治阶层)。譬如，在艾丽·康迪（Ally Condie）的《匹配》(*Matched*) 中，青少年一达到 17 岁，便会给他们安排婚姻大事。反乌托邦式小说的主要人物，要勇敢抵制其所处的社会制度，通常会加入罗曼蒂克的因素。另外一个类型的反乌托邦式故事，发生在大灾变的边缘，此时的基本矛盾是：如何在一片荒涂之地生存下去。不过，慎重使用反乌托邦类型，因为在出版商那里，这一类型已达饱和状态。《饥饿游戏》的大受欢迎将会保证反乌托邦在近些年还会继续被关注，但其销路逐渐堪忧，因为已经有太多跟风者扎堆了。

超自然和反乌托邦小说在童书市场占据有力地位，我不得不用一整节来阐释这两种类型。首先，令人泄气的是，这两种类型处于衰落期，如果我是你，那么现在我不会以其为类型创作我的作品。很多出版商已经签下了超自然及反乌托邦类型的小说三部曲，一直持续至 2014 年甚至 2015 年。但是，他们不会继续沿此脉络继续签约新的作品了。

很多读者和作者（是的，也包括编辑和经纪人）正在厌倦这些类型，并且奇怪当初它们是怎么极速成功的。在我思考过青少年读者的特点和他们的思维模式后，原因逐渐明了可见。

青少年痴迷于浪漫的爱情关系。大多数青少年缺少现实生活中浪漫的爱情体验。十几岁的男孩邀请你一起去打 Xbox，女孩在芝乐坊餐厅（The Cheesecake Factory）约会，无聊得短信发不停，生活远不尽如人意。现实中，远没有那么多风度翩翩、身形矫健的爱德华·卡伦为了心爱的女孩，情愿死在吸血鬼的獠牙之下。热切的读者因而转向文学作品，丰富自己如梦如幻的生活。

青少年们通常还会感到生活的无力与失控。他们的生活轨迹似乎沿着大学先修课、预科考试、校队、义工服务打转，他们听到的讯息是：如果你脱离这个轨道，如果你通不过 SAT，或者不能进入理想的高等学府，那么你的后半生便步履维艰，岌岌可危了。他们感到身心受缚，茫然无助。大部分孩子渴望对生活的掌控，所以，超自然小说的扫荡千军（吸血鬼杀戮、僵尸大战，等等）对他们产生极大吸引。

最后，孩子们到了十四五岁的时候，开始探索自己性格中的阴暗面。他们对自杀、连环杀手，以及其他人性的阴暗面开始感兴趣。小说中，和死亡相联系的世界和人物，帮助他们探索这一主题。近五年，杰伊·艾夏所著的《汉娜的遗言》便属于此种类型最成功的作品之一。这部作品讲述了一个女孩的自杀及其背后的原因。

一些青少年进入高中，开始注意到人性的阴暗、生活的脆弱——朋友割腕，有人怀孕，同学死亡。十几岁的孩子在小说中以一种安全的方式探索这些问题。近年来风行的反乌托邦式小说，便是这一主题的延伸；同时，也是对充斥着经济萧条、战争，以及恐怖主义各种焦虑的现实世界的应对与缓解。

在思考小读者们的心理世界时，记住以上分析。无论你的爱情故事是否发生在超自然的世界中，要知道你的读者（大多数是女孩，上一章已做讨论）渴望看到关于爱情萌动、青涩爱恋这样的浪漫因素。即使你的故事中没有暗黑元素，仍旧需要认同，读者生活在一个纷繁复杂的世界中，这里并不是每事每物都如传说中的独角兽、雨后彩虹那般单纯美好。

我不是建议你在书稿中加入某一程式化的超自然因素——吸血鬼、狼人、坠落的天使、魔鬼、美人鱼、希腊神话、僵尸——因为在图书市场上，这些类型已经饱和，读者已审美疲劳。如果你实在想写超自然类小说，那么请寻找一个独特的反转点，或者发现尚未充分发掘的神话传说或某种生物。比如，莱尼·泰勒（Laini Taylor）的《烟与骨的女儿》（*The Daughter of Smoke and Bone*），就是一部构思新颖奇妙的“天使”小说。

另外，如果可能的话，尽量包含进某种爱情因子。你不必创作一部完完全全的爱情小说，但是，如果你对读者这部分生命体验没有认同的话，你将错失一个巨大的潜在卖点。正如你将要在下面看到的，爱情元素在故事中，从毫无结果的暗恋，到深陷爱情无法自拔，从不曾缺席。

☆ 阅读书架 ☆

青少年书架上到处是爱情小说，因此，没有比从今日经典童书中抽出的那些浪漫瞬间，更能作为青少年思维模式的绝好例证了。如果你对虚构的青少年们如何执着于自己的爱情无法自拔，有丝毫怀疑，这个部分将打消你的疑虑。

首先，我们看一下内心渴望的痛苦。在纳塔莉·斯坦迪佛（Natalie Standiford）《机器女孩与幽灵男孩》（*How to Say Goodbye in Robot*）中，那痛苦孤独、唯美如织的比阿特丽斯就是个例子：

> 电话机放在床头，阳光透过玻璃窗洒在上面，闪闪发光。我盯着它，守着它，盼望着它能响起。

啊，我们看到，单恋是多么的残忍揪心！接下来，我们来看某种危险的调情。朱迪·布伦德尔（Judy Blundell）的历史惊悚小说《不能说的秘密》（*What I Saw and How I Lied*）中的主人公埃薇，在与一个充满诱惑的陌生人的对话中，展现出性格中新的一面：

> “小猫咪，你很了解男孩嘛。”
>
> 我假装我是芭芭拉·斯坦威克[①]，甩了下头发。“是吗？谁

① 芭芭拉·斯坦威克（Barbara Stanwyck），好莱坞知名女演员。

来教我啊?”

不过，青葱岁月的恋爱从来不会一帆风顺。在科迪·凯普林格(Kody Keplinger)的《甜蜜逃避法则》(*The Duff*)中，碧安反对那个家伙——当然——他是她最后的归宿：

> 卫斯理·拉什是最恶心的娘娘腔的花花公子，最让汉密尔顿高中的台阶蒙羞……不过他还是有点儿帅的。或许如果你能把他给弄哑巴了……砍了他的双手……或许——只是或许——那会儿他还勉强可以忍受。

接下来，青少年作品中还存在异性间的张力，你可以在盖尔·福曼(Gayle Forman)《如果我留下》(*If I Stay*)中看到，一个微妙细腻的例子，发生在米娅——一个古典乐器演奏者，还有她的新男友——亚当之间，这是他第一次和米娅一起共进晚餐：

> 我推着盘子里的食物，希望没有人注意到。与此同时，我的心里在小声嗡嗡着。我想到我经常用来调大提琴的音叉。

这是留意的时刻，第一次真正的留意到，命中注定的那一半，正如克里斯汀·卡索(Kristin Cashore)《杀人恩典》(*Graceling*)中的凯莎与波武之间那样：

> 他的眼睛。凯莎从未见过这样的眼睛。一只银色，另一只，金色。在他那被阳光晒黑的脸上闪耀，不一致，还很奇怪。她惊讶于在他们第一次会面时，这双眼睛并没有在黑暗中闪烁。这双眼睛看起来不像人类，她不由自主地盯着它们。

此外，还有悲剧恋情的危险，正如已经订婚的凯拉与她遭到封杀的男友之间的那种，发生在卡罗尔·林奇·威廉姆斯(Carol Lynch Williams)的《被拣选的人》(*The Chosen One*)里原教旨主义的摩门大院中：

> 这里是另一个秘密，另一重罪。因为，我不被允许和乔舒亚在一起，我不被允许有这样的感觉。当他盯着我看的时候，我满心欢喜。当他的手靠近我，我不能呼吸，几近昏厥。最为糟糕的是——我忍不住想知道和他接吻会怎么样。
>
> 然后，我们真的接吻了，这全是我的错。

最后，当情感相系，瞬间欣喜若狂。在珍妮·唐纳姆（Jenny Downham）的《十六岁的最后心愿》（*Before I Die*）中，当罹患不治之症的泰莎第一次吻了邻居亚当，情感火山喷涌而出：

> 我从未意识到我如此渴望。
>
> 他推开我。“胡扯。”他说。“胡扯！”他一只手捋着头发，湿的，闪闪发亮。街灯在他眼中闪耀：“我们怎么了？”
>
> “我喜欢你。”我对他说。
>
> 我的心怦怦直跳。我感到自己完全活过来了。

这份强烈的情感联系最终柔化成甜美而真挚的东西，就像泰莎留下的那扇时间小窗中的一份真爱：

> 像一颗石子落在池塘中，爱情的涟漪一圈又一圈，环绕着我。
>
> 亚当快乐地大喊。
>
> 我靠拢他，紧紧抱着他。他让我惊讶，我们让我惊讶。这份礼物。

现在，你看到了，青少年作品经典中的少年爱恋全光谱，从荷尔蒙萌动到命定之爱。在读这些作品节选时，看一看作品声音是多么充满激情，情感是何其热烈。这不仅仅是阅读书架中的罗曼蒂克范例，这也让我们意识到充满力量的青少年思维模式。

你也可以在书中看到各种复杂的爱情关系。为你的人物培育一段更为深刻的浪漫的情感联系。不要只是让你的主人公因为男友很火辣而特别喜欢他（你都不会相信，多少次我读到这样的内容）。化学反应比这要深刻得多。书中哪一时刻，我们可以指出，主人公在一瞬间不可自拔地爱上了一个男孩？在那个转折点发生了什么？这决定性的瞬间告诉我们什么，关于这个男孩，女孩，还有他们的爱情——他们现在处在何种阶段，以及会走向何处？

青少年读物中的主题与核心主题

当你了解了青少年的经历与体验，并能置身其中，感同身受时，才更能创作出与目标读者产生共鸣、内容深入、主题鲜明的作品。

让我们回到“阅读书架”，看一看作者们是如何将故事主题融入人物的叙述中的。首先出场的是萨拉·德森（Sarah Dessen）的《再见，旧的麦克琳》（*What Happened to Goodbye*）。主人公麦克琳跟随她的父亲——一名餐厅顾问——到处搬家，辗转于一个又一个城镇。在每一个新的城镇，她都尝试新的名字、新的身份，展现不同的自己。当在一个新的地方落脚后，她对自己的困境陷入沉思：

> 当然，总是不太愉快，动身启程，再一次离开所有的一切。不过，归结起来，问题在于你怎么看待这件事。把它想成天崩地裂、地动山摇、生活大毁灭的改变，那你就这么着了。不过，把它看成是一次翻转，一次重塑自己、重新开始的机会，什么都好了。我们现在湖景镇，1月初，从这儿开始，我可以是任何人。

十几岁的孩子往往身份感尚不确定，如果他们愿意，似乎可以把自己撕成碎片，然后完全重新来过。尊重孩子们这份感受，看看能否融入故事主题。

接下来要谈到的是青少年心理大师约翰·格林的《纸上城市》

(*Paper Towns*)。在这部作品中，一个真挚而诚恳的十几岁男孩，昆汀（或者简称Q），爱上了一个名叫玛歌·罗斯·施皮格尔曼的炫酷女孩，女孩对郊区生活感到幻灭，逃离了这里。作为一个忠实可靠的、有担当的、暗恋玛歌的好男孩（单相思），全书剩下的部分，Q都在努力阻止玛歌伤害自己。

很多青少年观察着这个世界或社会，并且试图将其改变。玛歌谈到她那个幽闭恐怖的佛罗里达小镇：

> 所有这些纸人住在他们的纸房子里，烧掉未来，只为保暖。所有纸孩子都喝某个废物从纸便利店给他们买的啤酒。每个人都呆狂般去占有。所有事都纸张般单薄，所有事都纸张般脆弱。所有人，也一样。我在这里住了十八年，这辈子从没遇到过任何一个人，去关心任何一件有意义的事情，一次也没有。

下面，稍后的故事中，Q设法把自己放入玛歌“匡威全明星”(Converse All Stars) 的另类身份中：

> 突然，我明白了当玛歌·罗斯·施皮格尔曼不再是玛歌·罗斯·施皮格尔曼时，她有什么感觉：她感到空虚。她感到一堵不可攀越的墙围了过来。

这些十几岁的孩子，以激烈地视角看待及阐释这个世界。他们感受到心底的痛与爱、渴望与寻觅。理解青少年的这些特质，将使你的作品更加丰富而深刻。

第三章　什么是故事的核心主题?

所有伟大的小说均是从一个简单却伟大的想法开始的。你的想法足够大到撑起一部小说吗？它有商业吸引力，以及即时显见的营销卖点吗？你想探索的核心主题和核心问题是什么呢？在本章中，作者会探讨儿童及青少年小说中的故事创意。

> 我敢不敢搅扰这宇宙？
>
> ——T. S. 艾略特（T. S. Eliot）

通过前面两章，你对童书市场及读者已更为了解，现在，是时候将焦点转向故事本身，更确切地说，**你的**故事创意。作家能够赋予故事的最有力支撑便是一个意义重大、能与读者产生情感共鸣的**中心思想**。

撇开写作技艺不谈，小说创作的头号杀手就是缺少**故事**。我对大部分书稿不抱有希望，或者老实说，在浏览完问询信及作品的前十页后——其中99%的书稿我是不会从头看到尾的——读后我就在想："然后呢？那又怎么样呢？"

一个十几岁的孩子和朋友之间麻烦不断，与男友间的分分合合，一个家庭的支离破碎，某个异形生物引诱人物到了黑暗边缘……

然后呢？

那又怎么样呢？

很多起步阶段的作家，受缚于思维的狭隘单一。他们创作的作品缺少立体的人物、丰富的张力与多维的危机。整部小说从A点直抵B点，只有少许颠簸冲撞，同样也呈直线状。其中，没有任何人经历关乎生命、信仰或身份的深刻而巨大的转折。我对这样的故事一点儿也提不起兴趣，因为这里边根本就没有故事。

这样的问题通常源于过于狭隘的故事构思。在作者的某个想法有机会开花结果、大放光彩前，便被掐断于萌芽中了。即便心怀抱负的作者知道他们需要构建一个新颖独到的故事主旨，但大多数作者都无法对自己所选的素材做出足够深入的思考。

今天的出版市场步履维艰。并不是每个立志从事创作的作者都能梦想成真——作品出版。况且，即使作品真的得以出版，如果没有货真价实的内容，读者也不会自动蜂拥而至，争先阅读。说到底，读者唯一所求的，便是有一个好故事来牵挂，有一个血肉丰满的人物能够惦记。

当你坐下来开始创作时，问一问自己：我是否正在写一个特别的故事，**此情此景，只在此时此刻，只对主人公一人而言，无他。**在故事中你力求表达的是什么？读罢作品，你期待读者脑中萦绕怎样的想法？

独创性及新点子

在你搜肠刮肚，寻找小说创意的时候，不要耽溺或执着于创作出任何人都未涉足过的故事。那会把自己逼疯的。表面上，这看起来和作品要保持独创性的建议相左，但是，请注意听：所有的故事都已被人讲述过了。归根结底，基本的故事素材只有不多的一些——男女孩相遇，一个陌生人来到小镇，英雄踏上旅程——这些已经被重述了千百遍。

在通往出版的道路上，很多作家都经历过一个可怕的瞬间。他们慢慢烹制着自己的故事创意，通常会钻进去，全情投入，不写出个所以然来，誓不罢休。然后，他们瞥了一眼《出版商市场》（*Publishers Marketplace*）或者书店的书架，这时，最可怕不过的事情发生了！他们发现了一本听起来几乎和他们正在创作的故事完全一样的小说，但已经先行出版了，即使没出版也八九不离十了。

这些作家陷入深深的沮丧中。他们不再写作了。

可他们没有意识到这是多么司空见惯的一件事，这也绝不意味着世界末日。在当今的童书市场，让每一个故事与众不同的是如何将创意付诸实施。这正是你作为一名作家要展示给世人的。这里指的不是故事内容本身，而是你如何将其表达出来？投射在里面怎样的主题？

你创造了什么样的人物？以及你是否发出了自己独特的声音？

一个新鲜独特的故事构思和深刻的故事主旨一样颇具价值。因此，在为下一部小说构思创意时，不要忘记这两个重要部分。

我是学戏剧专业出身的，对此我颇为自豪。我的大学毕业论文是关于斯蒂芬·桑德海姆（Stephen Sondheim）的作品。他是一个传奇式音乐剧作曲家，我最钟爱的是他的《星期天与乔治在公园》（*Sunday in the Park with George*）。这部音乐剧情节巧妙，以法国家喻户晓的印象派画家乔治斯·瑟拉（Georges Seurat）为题材。但是，和桑德海姆其他所有作品一样，这部作品实际上是关于生活的各个方面。（我还能说什么呢？桑德海姆简直是个天才）。在其中一首歌《不断前行》（*Move On*）中，剧中人唱道：

> 不要担心你的看法是不是足够新颖。让别人来作判断吧，他们向来这么做。

法国电影导演尚卢·戈达尔（Jean-Luc Godard）也在其语录中发出共鸣：

> 重要的不是故事源于何处，而是你将其引向何方。

故事的独创性被过分渲染。作为一名作家，你的看家法宝是：眼界，以及以你独一无二的方式，将故事想法付诸实施的能力。童话故事便是很好的例子。如果你打算改编某个童话故事，但是只是简单地来一个乾坤大挪移，给故事换上当代的背景，改一改少许人物的名字，那么，你并没有为故事注入新的生命力，没有使故事价值有所提升。但是，如果你为故事引入一个真正新鲜而原创的大逆转——比如，在《机器灰姑娘》（*Cinder*）中，玛丽萨·迈耶尔（Marissa Meyer）将灰姑娘设置成一个机器人——此时，你才算进入了状态，即使故事素材是来自最为家喻户晓、人尽皆知的经典作品。

如何定义商业小说

如此，你有了一个故事创意，更重要的是，如何将其体现的新鲜想法出炉。现在，你需要考虑的是：故事的**中心思想**是否具有足够的深刻意义？

无论你在开始小说创作前，便开始阅读这本书；还是你已在修改故事的过程中，伤痕累累，累得半死。你总能对故事创意做审慎、全面的检查，看看燃料是否充足，驱动整个故事前进，搭建舞台，充实人物。

“商业性”这个词很有意思，它相当难以界定。我们已经在前边章节中探讨过它所谓的对立面“文学性”，但二者并非完全对立，互不兼容。事实上，并不是“商业化”图书就“不具文学性”，而是它们在图书市场上还展现出另一层特点：营销手段。

商业化图书

商业化图书是那种具有“大片”潜质的作品，不论因其以当下风行的类型写成，还是其具有令人着迷的小说世界、难以忘怀的人物，或者和其他畅销书有某种交集和“相遇”。比如，一个商业化的故事主旨可以是“蝇王遇到了不轨者巴菲”，这会大受编辑青睐（如果内容足够好）。商业性图书具有传奇色彩，比大多数文学性图书或者成长小说具有更大的风险。此外，商业化图书中的佳作以出人意料、充满变数的事件为重点，通过对这些内容的展示，给读者带来一种观影般的感受。想一想你最喜欢的电影——让你惊颤激动、迷醉狂喜、欲罢不能的那些。商业性图书也具有这种牵动读者神经的特质。这些也称作“高概念”，我们将在本章中，看到一些高概念营销手段。

营销手段

即为图书的卖点。这本书是否以极为风靡的题材写成？是否具有浪漫的爱情元素或者以牢不可摧的友情为主要内容？是否以一种新的方式处理热议问题？是否对时下热点话题尤为关注（例如，和全球天气变暖相关的反乌托邦式小说）？书中是否有与故事叙述方式相关的内容（视角及文学手法，等等），使之吸引眼球？卖点并不是哗众取宠之物，它带来的好处是：容易调动读者情绪，以及推销故事。

商业性图书是那种“重磅图书”，通常在购买阶段能够卖出大价钱，或许甚至得到出版商竞相购买版权，最后成为他们出版目录中的头牌。他们在出版社内部大肆炒作，大肆营销，冠以重点新书的头衔。每一部具有商业性**主题思想**的作品都能够获得商业成功吗？并非如此。但是在图书市场，打上“商业性”或者“高概念”标签的图书，通常市场表现最佳，因为出版社大力将其推销给读者、书商及图书馆。

我们阅读小说，为的是体验具有传奇色彩的事件，一些在生活中可能不会抑或不能发生在我们身上的事情。大多数平凡之人，永远不会做出拯救世界，使其免遭毁灭的举动；或者进行一次地狱之旅，重获挚友；又或在一场事故后，挽救生命于危难。这就是为什么人们把目光投向书籍和电影，以体验更为宽广、更加活跃的生命状态。

小贴士

写你自己愿意读的书，而不是你认为会畅销、能获奖的 写你自己希望去读的书。斯蒂芬妮·梅尔不是由于认为吸血鬼是下一个大卖点，而创作吸血鬼故事；J. K. 罗琳也不是由于认为“魔法学校”是一个很棒的主意，而写了哈利·波特。这些作者把他们的骨肉心血之作付梓——他们对其了若指掌，他们甚至不需要给出建议这些故事是否能够出版，因为它们急着冲出来。

——安德鲁·哈韦尔（Andrew Harwell），哈珀柯林斯出版集团编辑为你的读者而创作，而不是那个作家的自我。

——荷莉·布莱克[1]，

“咒术家族”（*The Curse Workers*）系列，

“现代精灵故事”（*The Modern Faerie Tale*）系列作者

再想一想读者朋友：他们可能百无聊赖地待在郊区的家中，在学校、购物中心、律所、朋友家之间穿梭。他们期待一个能够让他们震颤激动、惊喜陶醉的故事，希望作者能够给他们带来一生仅此一次的故事体验，在迥异于日常的情节中，摆脱一成不变的平凡与琐碎。

读者无法在现实中体验何种经历？哪些经历虽然存于现实，但从不可能发生在他们身上？又有哪些普遍的“如果……会怎样？”之类的问题，人们沉溺其中，你可以不断利用？（如果恐龙还未灭绝，人们将如何是好？如果我可以乘着时光机溯流而上？如果我能够飞翔？如果我能就那么再见她一次？）

这便是高概念思维的起始。

在我出版的书单中，我也会积极寻找那些闪亮夺目、采用商业销售手段的图书项目，只要他们同样文采斐然，用心撰写。开始商业性思维的最佳方法之一，便是分拣出那些具有商业爆发力的图书，继而分析其中的核心要点。

故事的一句话简介

大多数经纪人和编辑都会在简短的语句中概括故事重点，以推销作品、吸引读者注意力。这是对作品的提炼与升华，用简洁易懂的语

① 荷莉·布莱克（Holly Black），现代奇幻大师，著有《咒术家族》三部曲：第一部：《白猫》；第二部：《红手套》；第三部：《黑暗之心》。

言，表达出强烈、激动人心的故事创意。

一句话简介

有时也被称作“好莱坞式推销”或者“吊人胃口的悬念与钓钩”，但注意不要和营销手段混淆。同时，这个概念还有个有趣的昵称——“电梯推销”（你发现自己竟与图书经纪人或者电影制片人搭乘同一班电梯，这时你要在其走出电梯前，表达自己的故事点子，引起其兴趣）。这些都是对同一概念的不同表述方法：在一两句话间，揭示故事人物，概括故事内容，提炼作品独一无二的亮点，再次重复，也就是我们所说的“高概念”。

下面是一些著名作者和编辑对“一句话简介”的洞见：

故事的一句话简介是指，作者在一句话中传递出其中所有必要信息。

- 故事类型（这是一部超自然小说，还是一部儿童戏剧，等等）
- 故事主人公
- 故事设置（目标）
- 欲达成目标所遇到的问题或者阻碍因素

内容更为丰富总好过干瘪无物。

——丹尼尔·纳耶里（Daniel Nayeri），
霍顿·米夫林哈考特集团（Houghton Mifflin Harcourt）编辑，
“另一个”（*Another*）系列及其他作品作者

这是对一本书的精髓以及读者群定位的表述，一至两句，立竿见影。它可以，而且通常也应当包括极小极小一部分情节，其不应为一篇梗概。[比如，《猫科》（*Feline*）是一部推测性、幻想未来类青少年作品，讲述了一个社会中，为了看起来像猫，半数人都会做整形手术。这本书将会吸引斯科特·韦斯特菲尔德(Scott Westerfeld)的书迷朋友们。]

——黛安娜·兰多尔夫，兰登书屋的编辑，
以及《真是个好哥哥》(*What a Good Big Brother*)
和《猪猪和狗狗》(*Hog and Dog*)的作者

此为作品核心真相之表述，通过暗示人物生命弧线，吊起读者的胃口，但不会透露其终极轨迹。换言之，很诱人，但还不足以剧透。

——巴里·利加(Barry Lyga)，《杀手猎人》
(*I Hunt Killers*)、《玩具男孩》(*Boy Toy*)及其他作品作者

不只是问询信中需要优秀的一句话作品描述，编辑也常常需要用一句话向销售与市场团队宣传他们手中的作品，然后，接下来这些团队同样需要以一句话向书商和图书馆推销这些书。所以，当你把小说精华浓缩进一句话时，它会抓住编辑、书商、图书馆，以及消费者——这是你的钓钩。

——安德鲁·哈韦尔，哈珀柯林斯出版集团编辑

本书所挑选的阅读书架书目，均能强烈吊人胃口，这只是其中一例：

一个孩子，身负传说中的厄运，必须在青年羁留营的隐秘议程中幸存下来，并揭开家族诅咒的真相。[路易斯·萨赫(Louis Sachar)《别有洞天》(*Holes*)]

秘密和逆转是高概念故事主旨的补给与食粮。这里，我们同时还有一个独特的背景(青年羁留营)，一个邪恶当局(我提到的隐秘议程)，以及一个诅咒。不是每个家庭都存在这样一个遗留问题，因此，这个主旨高于生活。

> 一个女孩，罹患晚期癌症，必须在无可避免的那一天到来前，在离开这个世界以及尽可能有意义地生活二者间，做出选择。（珍妮·唐纳姆《十六岁的最后心愿》）

这本身不是一个高概念的“一句话简介”。但是，不幸死亡这种颇具争议性的问题，以及真正感受生活这类主题，在青少年读者中极受欢迎。这里，我们从小说题目已然知道故事结局，但还是热切希望看到故事如何到达这里。请注意，这可能是此处列出的最具“文学性”、最“不动声色”的一个简介了。

> 一个男孩正为心上人的死去悲伤不已，却突然收到了女孩自杀前寄出的一盒录音带，牵连了十三个与她自杀相关的人——男孩也是其中之一。（杰伊·艾夏《汉娜的遗言》）

这是这一组简介中，最为令人战栗的高概念故事主旨。注意，这个核心主题是如何即刻引起情感反应的。每次我听到这个故事设想时，脉搏数都陡增。倘若有一天你收到这样一盒录音带，你会怎么办？这就是那个诱人的“倘若……怎么办？”剧情梗概！

> 一个女孩必须为她所相信的一切去战斗——家人、爱、家乡——她要和一群其他孩子在政府获准的搏战中，拼个你死我活。（苏珊·柯林斯《饥饿游戏》）

此反乌托邦的故事主旨有点儿大赌注以及情感扭曲的味道。一个什么样的世界，会把孩子放进笼子里比赛？一个怎样绝望的人物，需要豁出一切？

> 一个很差劲的人气女孩，有机会不断复活她生命中的最后一天，看看她是否能改变她的生活方式，改变命运。[劳伦·奥利弗（Lauren Oliver）《忽然七日》（*Before I Fall*）]

小说中，吊起读者胃口的正是“高概念”，因为它提出了一个不可能的问题“要是……会怎么样?”，这个问题使得读者能够体验一些只能发生于小说中的经历。另外，这个问题也发掘了读者同作品的高度关联性：回到过去，改变历史。这种想法具有普遍性，是人类所共有的一个幻想，因此，读者感到了一种无法抗拒的吸引与诱惑。这也促使读者将自己置身于人物的位置，好奇心即刻泛起。

我不知你的感觉如何，上面每一个“一句话简介”都使我脑细胞燃烧，情绪沸腾。我可以想象故事如何发生，并且条件反射般地开始在头脑中构建故事场景。这些故事钓钩使我产生情感共振，让我思维即刻驰骋。

对于“高概念”的定义，可能一些作家仍有些许迷惑（特别是当他们创作自己的小说时），但这个概念起到的作用却显而易见。现将其与文学性更浓的一句话情节简介做一对比——“一个来自佛蒙特的乡村女孩，长大成人，尝试到初恋的滋味和诚挚的友情”——现在你应该知道它们的区别了吧。这个较为宁静的故事能够激发我的想象力，但还远不够具体，因为它几乎没有暗示出故事情节。这里没有体现出诱人的“要是……该怎么办”，无法带给作者和读者惊颤激动的感觉，且并未给读者期许一个传奇之旅。这部当代小说需要进行更多完善，以点燃读者的阅读热情。

相较其他，一些特定因素似乎更容易具有“高概念”潜质。总的说来，任何好莱坞式的元素均属于此，诸如：变数与转机；出人意料的结局；秘密与玄机；背叛友情；亲属关系；浪漫爱情；重大事件，诸如出生与死亡，改头换面；危及生命的险境；奇幻及超自然因素，如不为人知的身份；滔天犯罪；阴谋诡计；三角恋爱；任何平凡生活不易存在、具有传奇色彩的情况。

尽管你可能无法在故事中添入超级大坏蛋、神奇魔力、连环杀手，因为你创作的是当代现实主义作品，但是，你可以编织进意想不到、一波三折的情节，以及其他可以为这部“轰动性作品”增加层次感的内容。这与人物设置及其如何受到情节发展影响关系甚大。

并不是每个故事都能够成为“高概念”作品的，但你应追求在故事中打造出悬念、紧张与重大危机。如果你从本章中吸取到什么，那么你应了解到，在成堆的书稿中，能够真正令我激动不已的故事凤毛麟角。如果你能够为自己的作品添加上面提到的任何元素，你的故事将愈显非凡突出，你也会找到一个对此感激不尽的图书经纪人（且接踵而来的便是出版社编辑）。

我是如何布下饵料的

我向来喜欢能够分离出故事卖点的作家。故事卖点，再次重复，是对故事要点的描述，使你的故事能够被识别，并且——我们希望——能够使你的故事脱颖而出。

下面是经由我代理出版的一部小说——“电梯推销”——埃米莉·海恩斯沃思（Emily Hainsworth）的《超越时空触到你》（*Through to You*），由哈珀柯林斯出版（你将在后面读到对于这部小说的问询信）：

> 一个伤心欲绝的男孩渴望再见死去的女友，跌跌撞撞，来到一个平行世界中，在这里，女孩仍旧活着……但是，却和男孩记忆中深爱的那个她——判若两人。

从多种层面来看，这都是一个非常奏效的故事主旨。包括故事类型——轻科幻小说，伴有超现实的平行世界元素——这本身即是一个“钓钩”，因为，这些都是现今热门的小说类别。我们了解到的主要人物信息，刚刚好激起我们的兴趣（卡姆最近经受了一场灾难，他有一个不切实际的心愿)。

“要是……会怎样?”这个问题此时起到了作用：如果你能再见逝去的故人，会发生什么呢？你会做出何种举动？又会对她说什么？这是一个普遍存在的人类幻想，因此我的想象即刻如脱缰野马，驰骋开来。

这里设置的“钓钩”同样也暗示出了情节：男孩发现了一个平行的世界，在那里，他的女友仍旧活着。并且，我们也感受到故事中的转折：在男孩最后终于完成了这项不可能完成的任务——触碰到女孩，她却并不如他所期待那样。

在这个“一句话简介”例子中，流行的类型与高概念超现实元素结合，读者与人物的情感相连接，并伴随出人意料的转折。这些都是经典的高概念元素。将其同“一个佛蒙特乡村女孩的成长故事”做一对比，但愿你看到了差异之所在。

洞察人性的故事

由于故事内置的矛盾冲突不足，大多数故事无法使读者产生情感共鸣。回顾一下你的故事中主人公身陷麻烦的所有时刻——这里说的不只是“我家的狗狗把我作业给吃掉了”这种烦心事，而是真正的大麻烦，能够触及人物灵魂深处的煎熬。读者可不想读到人物糟糕的一天，然后一天又一天，麻烦没完没了，最后，一切结束于一杯袅袅的香茗、一个悠长的小憩。这样的故事极度乏味。

读者期待读到能够**改变生命轨迹**的事件与时间。你为人物设计了多少足以撼动心灵的重大时刻？他们多少次失失得得生命中最重要的人或事？你又为人物创造了多少可能，使他们得以清晰表达出自己的梦想与希望、恐惧与隐秘？倘若你无法将这些充满深情与热度的情感流诸笔端，我猜你还没有准备好一个足够厚重的故事。

同时，这也是你作为一名作家，应当考虑的故事主旨和核心主题。在创作时，你是否**个人情感**强烈？是否对生命感到疑惑，想探索其中哪些核心问题？哪些对人性渐渐累聚的深刻洞见，激发了你的创作灵感？

每部书都有故事诉说。请注意——并不是直截了当、赤裸裸地为读者说教。但是，每一部穿越时间、具有恒久魅力的小说，都传达出某种重要主题，探索了有关人性的某种真相，述说了人们活着的些许意义。我们将在后面的章节中涉及以上更多内容，但现在，请让自己的思绪自由驰骋，想象力尽情起舞，想一想你可能会有怎样的核心主题。

读者希望在故事中看到自己——这便是他们表达关注的方式。而且，不仅看到他们自己，还有他们的生活哲学：他们的信仰与希望，心底里最深最深的梦想，他们的人生观、价值观。《恋恋笔记本》（*The Note Book*）的读者唯愿相信：爱可以战胜一切。《美食，祈祷，恋爱》（*Eat*，*Pray*，*Love*）为这般读者而作：无论世事多么艰难、生命多么挣扎，他们依旧渴望一个充满爱与欢乐、终将实现自我的大大的世界。《暮光之城》传递给读者：一个平平凡凡的女孩也可以经历一场旷世奇恋——“我用我全部不朽的生命，等待你的出现。”《饥饿游戏》则关于，当一个人不得不为信仰而战时，他会拼尽一切力量——从来不曾知道的力量——直至死亡。所有这些主题都高于平凡生活本身，也往往更为理想化。但这正是小说给予作家的自由空间——出售天马行空的幻想世界，让读者情绪升温，使真实的生活体验更为强烈。

读者在阅读你的作品时，应该感到：“哇，人物/我历经种种磨难，现在，不管是在生活、信仰还是选择上，我感到比以前任何时候都更安心了。”或许读者还不知道他们是这么想的，但这是作者应致力于为读者创造的情感体验。

我的同事亚当·克劳米称此为“抱枕格言”（即人们买来抱枕或者汽车保险杠贴纸，上面印有其意欲宣传的生活哲学片语）。他们想以此昭示自己的个性，建立与他人的联系，得到社会的理解。故事中的“抱枕格言”越有力，越会对读者造成潜在而强烈的影响。故事中强调的主题越具有普世性，潜在读者便会越广泛。

你可以在故事中展示一个以上的主题，但是，首要的核心主题必须重大且易于表达。这个核心主题必须能够融入一句话，其中描述出你的主要人物和故事冲突。如果你无法在一句话中概括故事，那么你也不能在300页之内完成整个故事。这样一来，你的麻烦可不小。因此，从精华而紧凑的主题开始，然后由此拓展人物和情节。

让你的故事具有传奇色彩，永不嫌晚。即使你的手稿接近完稿，你依然可以在分析作品后，用一个核心主题来武装它。想清楚你到底想表达什么，然后在修缮每一个故事元素的时候，强化这个主题。获得更多灵感，请看下面的练习。

本节练习

核心主题，核心问题：

你不用在这里就定下主题——我们将讨论更多有关主题的内容——不过，真的要开始思考你在自己的书中想探讨什么核心主题，以及你想探索什么核心问题，想一想读者的思维模式，他们正在经历何种艰难？如何将此融入你脑中的故事？

旧瓶新酒

你最喜欢的老故事或者最熟悉的故事是什么？头脑风暴十分钟，想想怎样才能让它鲜活起来？改造它，来个出其不意；或者以其他方式，把你的独特理解添加进已然存在的经典中。杰克逊·皮尔森（Jackson Pearce）在其作品《姐姐的小红帽》（*Sisters Red*）中，将小红帽和狼人结合。你自己能想象出怎样的“混搭”？

设钩

获取你的想法，并将其浓缩成一句话简介。你的营销手段是什么？你带给我们一种与众不同之感了吗？你强烈传递出故事的两难境地了吗？一句话简介是否听来足够独特，使其竞争有力？卖点是什么，转折或者创新点又是什么？它体现了哪种普遍的“要是……会怎么样”情形？如果你还没有任何想法，想一想好莱坞为暑期大片而做的一句话简介。如何才能弥补你的新奇想法与一张电影海报上的简介之差距？

第四章 故事叙述基础

不要低估了小说开头的重要性。从序言（你应不应该写一个序言呢?）至引发事件，我们会从故事应如何开头开始，来探讨故事叙述基础。

一经建立了夺人眼球的小说开头，接下来的任务其一便是继续确保读者能投入其中。童书创作是平衡的行为，包括事件与事实的合适配比，使用人物内心独白，为己所用，以及避免令人恼火的信息堆积，我们都会在本章悉数探讨。

如何写故事开头

故事开头对于整个故事至关重要。你的作品会从排山倒海般的书稿中脱颖而出，还是就此沉没，需要斟酌出最佳的首句、首段，以及首页。

太多作家壮志满怀，但是并不知道如何让故事立刻抓住读者，也不知道如何创作一个好的开头。

故事开头必备内容

我无法告诉你，有多少作家的故事第一段就使我不再想读下去了（有时候是第一句话）。虽然听起来很严酷，但这是真的。

在读过成千上万篇小说的开头后，我几乎可以通过问询信的质量和小说开篇的寥寥数语，对作家所在的层次窥得一二。就像医生一眼便能辨别出病人扭伤的脚踝已经骨折还是只是扭伤而已。逐渐积累的丰富经验，让我可以很快判断一个人对写作技艺的整体把握情况。

作品的开头举足轻重。开头必须为整部小说定下基调，并且暗示接下来将会发生什么。开头需要有事件和事实，二者需要平衡（本章将会在后面探讨更多内容）。开头还要把演员阵容搬上舞台，不过要先搭建舞台才行。

现在，“如何写小说开头”的内容可自成一本书了。所以，原谅我不能在这个至关重要的问题上花足够的时间与你讨论。想了解更多这方面的内容，你可以看一看莱斯·埃杰顿（Les Edgerton）的《着迷》（*Hooked*）[由作家文摘出版社（Writer's Digest Books）出版]。

我将概括一下在童书写作中，小说开头应该包括的内容：

● 介绍人物，不要使用过多背景故事（指的是关于人物或者环境的细节内容，本书将在后面详细讨论此内容）。

- 把人物置于行动中，展现人物并使之做出某项决定，对某事做出反应，使读者能将其与自身相联系，对人物产生好感与兴趣。
- 展示给读者能够撼动人物世界的引发事件（将在情节部分讨论更多）。
- 形成读者对故事发展的预期。

引发事件

引发事件是把人物从他具有的正常感中（生活和工作的如常进行）抽离，开始进入故事的主要矛盾中。他的小妹妹被绑架了吗？他没能让球队赢得比赛？小行星改变轨道，正在接近地球，地球岌岌可危？引发事件就是小说中的发令枪，应当及早发出枪响。

小说的承诺

读者阅读一本书总是在寻找上下文的联系。当他们拾起一个新故事，想知道会在里边体验到什么：这会是个乐观向上的故事，还是消极悲观的？故事滑稽有趣还是深邃有内涵？里边会有奇幻元素吗？核心矛盾是什么？故事的主题思想或者探寻的中心问题是什么？（一开始仅暗示出主题也可以。）这就是小说的承诺。初读前十页内容，应该让读者能够基本了解接下来的故事会是什么样子。举个例子来说，如果前面的行动里一直没有引入魔法元素，你不能在第五十页的时候突然出现神奇的力量，让读者颇感意外。大部分核心元素需要在第一章结束前，以某种方式被引入到小说中。

在塑造故事开头时，只引入充分的背景故事和矛盾，使读者能够对人物产生关注即可，这点非常重要。如果一段信息可以保留到后面再展示给读者，而不会削弱读者对作品最初的情感依恋，那就留待后用。我恰巧每年都会做很多关于小说开头的评论，经常谈到这一点。

在很多小说中，我会看到人物房子的布局，对家庭成员还有宠物们的详细介绍，以及对房间、储物柜、衣橱里所放物品的大量细节展示……无休无止。请把这种充实的细节留给故事完全需要它们的时候，现在要做的是继续故事的下一步发展。

细数那些老生常谈的故事开头

在我看来，以下这些故事中最为常见的开头，读者几乎一看到它们，便会皱眉摇头、望而生厌。

● “梦醒时分”型：故事从清晨讲起，特别是设置成：“啪”的一下，人物从睡梦中惊醒。

● “校园人物展示”型：主人公介绍其必备人物——死党及校园小霸王。

● “家庭成员展示”型：介绍爸爸妈妈、兄弟姐妹、小宠物们。

● “房间环游”型：人物坐在房间里，环视其中的一景一物，思绪飞扬。

● “情绪摇滚少年”型：人物坐在那儿，想着他的一串串麻烦。

● “不再平庸”型：人物哀叹自己的人生是多么庸庸常常，平淡无奇，抑或一无是处。这些都是在为即将发生在人物生活中的巨变做准备。

● “小货车搬家”型：人物拖着一车的家当，驶往新房子，心中满是抱怨，一点儿也不情愿。

● “对镜自嘲”型：人物对着镜子，注视着自己，描述自己的种种缺点，通常以一种自嘲的口吻。

● “酷刑之夏”型：人物暗自神伤，不得不将无尽的夏日消磨在不情愿的事情上（住在一个鬼屋，看望老祖母，在幼儿园打工）。

● “初来乍到”型：人物进入学校第一天、魔法师训练营、吸血鬼学院，首日登场，忧心忡忡。

- “父母去世”型：人物父母中的一方或双方突然惨离人世。
- “反乌托邦社会抽选日”型：在反乌托邦类型的作品中，人物在这一日被抽中去从事某项工作，迎接可怕的洪水猛兽，或者与知己搭档共赴难关，等等。

这些都是十分常见的故事开头，倘若你选择迎风斗浪，直面窠臼，继续打磨这些旧的瓶瓶罐罐，我只请求你：唤起它们新鲜的生命力。

作者、编者语录：我们了不起的作者与编辑还想补充些老段子

一个光彩夺目的女孩新搬到一个小镇，突然发现自己具有超能力，她是拯救世界的唯一人选！这个光彩照人的女孩（向来得光彩照人）被完全排挤于小镇生活之外，除了一个同样非凡瞩目的男孩，女孩不被小镇上任何人理解，而这个男孩，忽然间爱上了她。

——亚历山德拉·鲍尔泽（Alessandra Balzer），
哈珀柯林斯出版集团编辑

一个激动人心的故事开头，原来只是一个梦境，并不如读者起先所想的那般精彩。（举个例子：“我中枪了！不，我在演校园剧，枪是假的。”）

——荷莉·布莱克，“咒术家族”系列，
“现代精灵故事”系列及其他作品作者

序幕

在我的博客上，有很多关于小说序幕的问题，在有些会议上我也会被问及。一些作家序幕写得不够充分，另一些则从来不去写。但是，二者均爱就这个问题争论不停，各表立场，然后找经纪人或者编辑一判高下。在小说本身之外，我并不太喜欢就技巧问题争论不休。不过，老实说，我并不喜欢小说以序幕开场。

序幕

指在小说第一章正式内容之前出现的部分，通常会介绍较早时间段内的信息（往往是主人公出生的时代），或者是对未来发生事件的快闪（常为小说高潮或者临近故事高潮时发生的事件）。很多作家喜欢在第一章之前创作一个序幕，因为这样能打出一组快速而连续的镜头。但是，我提醒各位要小心，序幕在你的作品中，是真的必不可少，还是只是虚晃一下，为制造紧张空气而存在？

在重大事件发生前，序幕带读者进入一系列事件，这是对序幕的常见使用方式。如此便建立了故事发生的语境，但是大多数序幕读来却像信息堆积。在序幕中，作家的另一个惯用伎俩是，以一个高度紧张的时刻来挑逗读者，然而在这个紧凑的小片段过后，为读者奉上的却是一个沉闷拖沓的故事开头。我们来看《暮光之城》，其序幕的问题便很典型。故事伊始，即让人进入心跳咚咚的重量级场景，一切关乎爱与恨，生与死。然而，接着，叙事场景转入主人公贝拉在福克斯小镇闲逛，想着新车的事情，百无聊赖，云淡风轻。

作为一名作家，你清楚作品必须先声夺人，吸引读者。所以，在序幕中，空气高度紧张，故事引人入胜，一切着实激动人心，妙不可言！然后，真正的第一章方才进入读者视线。这时，序幕良好的声势效果开始下降，因为其积蓄的势头已经消失殆尽。当然，你可以一再承诺，随后，故事会回到之前那紧张激动的时刻，这也是作家理应做的事。但是，大多数时候，这类唬人的序幕，感觉像是作家偷懒的把戏，不过尔尔。

小贴士

我看腻了在故事序幕、前几章中，从反派视角切入，展示其令人发指的恶棍行径。作者常采用这种写作手法，在此之后，此人物消失，直到故事的后半部分才再度出现。作者应该在开始时便采用其他方式，为故事注入兴奋刺激、危机四伏的气氛。

——安德鲁·哈韦尔，哈珀柯林斯出版集团编辑

有些作家依赖于在作品中使用序幕，因为除了这个方法，他们不知道如何让故事开头引人入胜，激动人心。这真成问题。小说以序幕开始，虽未必决然令读者生厌，但几乎总让我兴味索然。作者架起序幕，就如同在说："嗯，开头还算可以，但不怎么进入状态，等到第四章就好了。所以，现在搬上一组劲爆镜头，让读者感到不那么乏善可陈。"

阅读书架上有一个作者——亚当·吉德维茨（Adam Gidwitz），他的《韩塞尔和葛雷特的格林世界大冒险》（*A Tale Dark and Grimm*）拿经典的童话故事解闷，然后，是故事叙述者对序幕的传统猛戳一通：

> 我很清楚没有人情愿听到这样的故事，主人公还没出场，故事就已经开始了。这也太倒人胃口了，因为它们都是以一模一样的方式作结：那就是主角亮相。

为什么要把真材实料隐藏起来？为什么要戏弄读者，掩饰自己对情节的不自信？几乎每当我捧起一本小说，我更愿意看到一个精心设计、没有噱头、真诚简单的开头。

当然也有例外。即使一些经纪人和编辑对小说序幕大发牢骚，但

牢骚归牢骚，不少作品最后也出版了。不过——我只告诉你——要知道，我们发现，序幕这个诱饵，还挺吸引读者的，他们一次次对作品满心期待，盼望着接下来的故事更精彩。

☆ 阅读书架 ☆

讨论过故事开头，现在让我们一起走入阅读书架中的一些开场白，其中大部分例子来自青少年作品。请留意，在每个例子中，作者是如何在空气中燃起火焰，创造箭在弦上的紧迫感的。我们或许无法在首句中搞清人物姓甚名谁，其身处何处，将发生何事，但是，那种山雨欲来的紧张氛围，弥漫在空气中，使我们一行行看下去，这正是读者所希望拥有的阅读体验。

第一个例子来自苏珊娜·拉弗勒的《爱无止境》：

> 玩儿过家家，起初，还挺有意思的。

这里的“起初”，着实勾起了我心中的困惑，因为，这意味着事情发生了变化……并且是恶化。这牢牢地抓住了我的神经——这起初的“乐趣”到底遭遇了什么？

另一例，用妙趣幽默的方式，描摹出同样的效果，再次来自亚当·吉德维茨的《韩塞尔和葛雷特的格林世界大冒险》：

> 很久很久以前，童话故事曾经酷毙了。

这里，作者戏用了“很久很久以前”的象征意义，但紧接着在当代俚语“酷毙了”的表达中使其灰飞烟灭。这出其不意的幽默，瞬间攫住了我们的好奇心。而且，作者还营造出紧张氛围，暗示童话故事虽然曾经帅呆了，酷毙了，棒极了，但那已是“曾几何时”的事情了。这促使我手难释卷，急着搞清楚到底发生了什么。

另一个滑稽有趣的开头来自路易斯·萨赫的《别有洞天》：

> “绿湖营”根本没有湖。

此句中的荒谬之处，令我必然手难释卷，渴望一探究竟。风趣幽默、出其不意，是制造故事张力、营造紧张氛围的两大利器，在我们正慢慢走进故事时，尤为助益。

接下来的例子，在开头引入人物时，更为直截了当、简洁明了。这里的人物是阿尔文·霍（Alvin Ho），他是《阿尔文·霍：对女孩、学校及其他可怖事物过敏》（*Alvin Ho：Allergic to Girls，School，and Other Scary Things*）中的人物，该书由丽诺尔·卢克（Lenore Look）撰文、范黎渊（LeUyen Pham）配图：

> 你应该了解有关我的第一件事是：我叫阿尔文·霍。
>
> 我害怕很多东西。

接着，作者罗列了一箩筐东西，都是阿尔文害怕的。这个开头看似简单，其实不然；看似平实讲来，无太多修饰，但实际上效果斐然。因为，顷刻间，激发了我们对小阿尔文处境的理解与同情，继而对其心生牵挂与好奇。

下面一例，来自英格丽德·劳的《奇异功能》，在此人物引入中，多了点儿紧张，添了些惊喜：

> 由于飓风肆虐，在菲什——我哥哥——十三岁后，我们一家搬到了内陆最深处。当然，事实是：他才是导致飓风的原因。

啊？你说什么？这样的开头总能让读者一个激灵，支棱起耳朵，坐将起来。我们从中获得很多事实性信息，然后进入到故事之中，比如人物名字、可能的背景。但是，真正给故事加码、让读者倾情投入的，却是作者对于魔力的巧妙构思。

作者、编者语录：上架童书，故事开头之最爱

正如巴里·利加所言，他注意到“（好的故事开头）均能在开篇数语中先声夺人，打稳根基，有所斩获——建立起人物、冲突、张力，甚至（多数情况下）搭建起故事背景”。

我听人们说：女孩儿藏不住秘密。歪理！我们就是反例。有一个秘密，自从我们来到 *Piscul Dracului* 居住，而后又跌跌撞撞、迷迷糊糊踏上闯进其他王国的道路，已经守口如瓶好多年了。

——《原始森林的秘密》（*Wildwood Dancaing*）
朱丽叶·马里莱尔（Juliet Marillier）著，黛安娜·兰多尔夫推荐

黑暗中，一只手，握着把刀，黑色骨柄，抛光闪亮，锋刃比任何剃刀都要锋利尖锐。倘若迅速划破皮肤，你或许都无法即刻感觉到。

——《墓园里的男孩》（*The Graveyard Book*）
尼尔·盖曼（Neil Gaiman）著，荷莉·布莱克推荐

莱拉和她的守护小精灵穿过渐暗的大厅，小心地走在一侧，这样从厨房里就看不到他们。

——《黄金罗盘》（*The Golden Compass*）
菲利普·普尔曼[①]著，巴里·利加推荐

一切就这么发生了，源起自一个我曾相识的男孩——迈尔斯·斯佩里（Miles Sperry），决定从事掘墓行当，并且，他把已故

① 菲利普·普尔曼（Philp Pullman），英国小说家，著有畅销奇幻小说“黑暗物质三部曲”。

女友贝瑟尼·鲍德温（Bethany Baldwin）的墓给掘开了，而这女孩死去还不到一年。

——《掘错墓》（*The Wrong Grave*）

凯利·林克（Kelly Link）的一篇短篇故事，收录在其短篇小说集《漂亮怪兽》（*The Pretty Monsters*）中，安德鲁·哈韦尔推荐

爸爸妈妈们真可笑，即使他们的孩子是你想象所及，最讨人嫌的成事不足、败事有余的熊孩子，他们还是觉得自己家的公子或者小姐棒得不得了。

——《玛蒂尔达》（*Matilda*）

罗阿尔德·达尔（Roald Dahl）著，安德鲁·哈韦尔推荐

对于一个想自杀的人，谈再多也是枉然。

——《说来有点可笑》（*Kind of a Funny Story*）①

内德·维齐尼（Ned Vizzini）著，亚历山德拉·鲍尔泽推荐

鲍尔泽还补充道："你马上就会知道，你会读到一个完全不一样的故事——惊险、有趣，可能还挺严肃。在我读过的有关抑郁症的小说中，这本小说当在最优之列。"

下面是杰克·维茨纳（Jake Wizner）《打莎士比亚的屁股》（*Spanking Shakespeare*）的开头，这部青少年小说的开头极为出彩，真是一部笔锋幽默、引人捧腹的杰作，但却被人们抛在脑后。后面或许你会发现，我时常在阅读书架中引上几小段《打莎士比亚的屁股》的内容。这不仅仅因为我个人非常喜欢这部作品，还因为我也想咯吱咯吱你。毕竟，锤炼写作技艺这件事，也不是每时每刻都要板着

① 该书曾获美国图书馆联合会（American Library Association）颁发的"2007 最佳青少年小说"（Best Book for Young Adults）奖。

脸的。

请看，从第一时间映入眼帘的数百字中，我们能获知小说的哪些信息：

> 真搞不懂，我爸妈脑子里在想什么，居然给我取了一个名字叫——莎士比亚。鉴于我爸是个酒鬼，我妈一杯酒下肚就会耍酒疯，或许，这二位当时正醉醺醺的，不省人事。关于我名字的来龙去脉，我已放弃再向他们做任何求证了，因为这二位，迄今什么也记不起来了。而他们绞尽脑汁攒出来的各种故事，总让我觉得还不如在后院儿挖个洞钻进去，让他们找不着我，到明年奔赴大学之时，再出来呼吸新鲜空气，重见天日。嗯，也就是说，如果我能上大学的话。

主人公莎士比亚，时而一本正经，时而机智诙谐，时而挖苦讽刺，有如围棋、博弈那般可爱（倘若你喜欢这类智斗类游戏的话，我就很喜欢）。而且，这里还显现出一股古怪搞笑的风范。小说能够让读者哈哈大笑——嗯，注意，是发自内心、情不自禁的那种，这难度极高。因此，当作者在开篇即做到这一点，我可真是感激不尽。（另外，还要注意，并不是所有的“社会问题”——诸如酗酒，都需要时时刻刻，板起面孔来对待，因为我们还需要考虑小说的基调。）

所以，现在，不要担心故事开头了。大多数作家都会经历完稿、修改的过程。只有在修改阶段，他们才会绕回开头部分，再揉捏揉捏开篇这几页。创作一个完美无瑕、层次丰富的开头，是一件超级难以驾驭的事情，因此，没有必要给自己过大压力，要求开篇一步到位。在你慢慢回味、细细咀嚼，完全领会本书的创作理念后，最终，会云开月明。做一做下面这些练习，发散一下思维，愿你乐在其中。

本节练习

亮出漂亮的第一句

大部分故事的开头可谓“万金油”。举个例子，“正是这个夏天，改变了一切”，这样的首句既可以开启一个甜甜蜜蜜的爱情故事，也可以轻松拉开僵尸屠城的序幕。怎样的首句能独一无二，非它莫属，开启唯此一个故事？你的首句，引发了怎样的疑问，又抛下何种谜团？还是什么也没有？那就加上一些。每个故事的第一句，均应使故事气氛骤然紧张，黑云压城，山雨欲来，使得读者在焦灼不安中等待：“接下来呢？接下来呢？”

“你的故事始自何处？”

创作之初，大部分作家都无法寻得一个恰如其分的开头，直至作者对作品进行深入修改。但目前，你把这个块头放在最前面，并不意味着它真的适合作故事开端。你是不是认为儿童或者青少年小说，在第一章中介绍学校或者家庭场景，是一项必不可少的内容，所以才以此开篇？（没这回事儿，倘使你选择在故事开头来点儿别的什么，另辟蹊径，那会避免很多陈芝麻烂谷子。）故事从哪儿开始，才真正恰到好处？（譬如，人物坐在一起，闲聊着一会儿要去看比赛，他们是何等激动——这不是一个好的故事开头，开门见山，砍掉前奏，直接从赛场切入。）

平衡事件和事实

当进行创作时，你希望读者可以随你的想象一起驰骋。但读者凭借什么与你的想象力一起翩跹共舞呢？那便是你流淌于纸端的文字，除此无他。读者必须透过你的文字，想象出人物、故事情节，以及整个小说世界。

除了通过人物和情节，提供客观信息也是使读者了解故事的方法之一。在奇幻故事中，你要为读者提供有关小说世界足够的细节信息，以使故事真实可信，这被称为构建小说世界。在塑造人物时，你试图通过介绍特定的细节，帮助读者关心体谅、理解同情小说中的虚构人物，这被称为人物的细节刻画。传递信息的方式也很重要，这也是为什么我们有“要展示，不要讲述”这样的创作箴言。

在小说创作过程中，作者需要弄清：何时、以何种方式引入信息，多少为宜，又是哪种类型的信息。

微妙的平衡

在创作中，事实和事件是一对相对的概念。在任何文稿中，要达到二者的平衡，都需要小心处理，精心维护。事件驱使情节不断前进，促使读者获知有关虚构人物的情况——他们做出何种选择？又遭遇了怎样的艰难险阻？事实为读者提供了小说的整个背景环境；同时，还可以通过内心独白和背景故事，充实已有的人物形象。

虽然事实和事件都必不可少，但是任何一个过多，都会使故事跑偏，出现问题。在小说开头，二者的平衡最为紧要。试想，你正尝试阅读一本反乌托邦式的小说。在故事开头，人物醒来后发现记忆全无。因此，她不断问自己：“我是谁？我在哪儿？”作为一名读者，我坐在那儿，也会想：“是啊，这个人物是谁？我们在哪儿？我为什么要在意眼前发生的一切？”

更糟糕的是，当人物终于恢复知觉，却意识自己在一个地下迷宫里，正被什么东西追赶。不管是什么，这个东西长着尖利的牙齿，散发着死亡的气息，就在她身后。她没有任何武器可以用来抵抗，此时，必须马上逃离。

故事开门见山，令人称道，人物身处险境，情势危急，命悬一线。但是，这样的开头就足够扣人心弦了吗？答案是否定的。因为，这里只有事件发生，仅此而已。我们对背景环境一无所知，也不清楚人物的具体情况，因为她对自己尚未全然知晓。情势确实紧迫，这毫无疑问，但是危机都是类型化的（事关“生死存亡”），还不够明确具体（针对这个人物的生死存亡问题）。

从中间开始

从中间开始，在拉丁语中的意思是“处于事件的中间”。指故事以正在继续进行的事件为开端。如果你的作品以正在进行的场景或者情节点为起始，可能使用的便是“从中间开始”的文学手法。

如果你担心故事里事件过多，而事实不足，那么请自问一下：“我对相信这个故事有困难吗？”如果有，那你可能需要更多的事实性信息，使故事看起来更加真实可信，并为读者打下故事基础。

为读者打下故事基础

这并不表示读者太淘气了，不老老实实待着。这表示每当你把读者放到故事中——不管是在开头，还是使其在时间或空间中穿梭（抑或二者皆有）——你都要迅速提速，一级战备。“要展示，不要讲述”先放在一边，这时，最简单的方法是：空降信息。如此来开始一个章节：“三个小时后，我仍在等着见校长。”这条信息告诉读者他们何时、身处何处，并在叙述中表示出与之前相比，时间和地点标签已做出怎样的转换。这类信息非常重要。不必在每个新章节的首句均做如此交代，但不要让读者感到茫然无措。故事的精密与逻辑性至关重要。记住：如果你使读者困惑不解，他们将离你而去。

天平的另一端是事实性信息。清楚这些事实信息，对读者大有裨益。因为，一旦对小说世界的背景环境，以及人物的情况有所了解，我们便会去关心在意这里发生的一切，这是一个简单而朴素的道理。

但是，也容易信息过剩。比如，在开学的前一晚，主人公坐在卧室中，想着他糟糕的生活。他抬头看向储藏间，里面藏着他的滑板——这让他心生畏惧，因为暑假时他弄伤了膝盖，不能再玩儿这个了。他又环顾四周，看到他的衣服，希望他穿着它们又酷又帅；映入眼帘的还有墙上摇滚歌星的海报，他嘴里嘟囔着最喜欢的乐队从来不在小镇上巡演，因为小镇又小又破。

这幅景象有何问题？换个方式，那么我来问你：迄今为止，故事里发生了什么？如果我们设法把这一幕拍成电影，将会看到什么？一个孩子坐在那儿沉思，无他。这是一个完全静止的开头，没有任何事件发生。没错，对主人公的生活，我们了解了很多，但全部源自作者的讲述，而非人物自己活生生的展现。我们知道，主人公不能再玩儿滑板了，他心里很难过。但不会倾注什么情感在他身上，直到看到他一个技巧没炫好，从 U 型场地上一瘸一拐地走下来。而且，读者真的需要即刻去了解这个土里土气、无聊乏味的小镇吗？恐怕不需要。

你头脑中储存着各种丰富的信息，关于人物及其所处的环境。但是，你决不能在同一时间向读者倾倒全部信息，特别是在故事开头。事实性信息一定要逐渐渗透。通常，它们会随着事件的动态进行而浮现出来。

信息堆积

信息堆积是指小说中任一部分，布满了细节、描述，或者背景故事，以致整个情节发展缓慢。我知道，你想让读者获取这些信息，但是你不能一股脑地把它们全倒给读者。如果你担心故事已经信息堆积，问自己几个问题：这条信息此刻确确实实有必要介绍给读者吗？我能自然而然暂不透露，留待后用吗？我能够从长远角度来利用这条信息吗？（如果答案是否定的，或许你需要把它们完全删掉。)

当动态的事件和静止的事实性信息达到一定平衡时，它们将共同发挥作用。二者的共存便构成了节奏问题。不仅仅在故事开头，在创作中，作者也不能有任何懈怠，需要时刻把控故事节奏。

节奏

节奏，是指从头到尾故事读毕，读者对事件似乎在以怎样的速度向前推移，或快或慢，所形成的看法与认识。倘若在阅读中，你被故事折磨得坐卧不安，或许由于太多对话或者事实陈述，故事节奏让你感到慢吞吞的，情节性不足。你可能把故事的某个追击片段写得令读者感到被折磨得痛苦不堪，因为你花费了太多时间用于描述所有的枪支的规格。又或者，你可以设计一个令读者着迷的图书馆场景，其中，人物在书架前浏览，但你知道杀手正隐藏在一排排书架之中，随时都可能出击。此时，紧张的空气让你欲罢不能，欲一探故事究竟。张弛有度的节奏主要来自事件与事实间的平衡。

善用聚光灯

作家是整个故事的谋划者，引导读者聚焦在所有其有意为之的要素上，责任重大，正如所有故事策划人都会对你说的：一定要深思熟虑，审慎地排好每一员兵，布好每一方阵，马虎不得。

想象一下，你是一名灯光师，掌控着整个剧场的灯光效果。你坐在剧场的后部，俯视全场，视角清晰，可以捕捉到演员的一举一动，并把观众的视线引向任何重要的舞台表现上。比如，一场歌剧中，女主角站在舞台前方中央，唱着咏叹调，成为全场瞩目的焦点。你可以加大光圈，使舞台全景一目了然；也可以仅仅打出一束光，把少女那清纯的脸庞展现给观众。

要知道，你为观众点亮何处，他们便会把视线移至何处。同理，创作亦如此，作家应有所聚焦。不仅在描述方法上，在描述篇幅的多少上也应当有侧重点。

一个常见的错误是，过度描述故事并不需要的内容。譬如，你会这样写："萨拉来到储藏间，拿了几片面包，又去拿炸薯片、生菜和番茄；她打开冰箱门，拿出蛋黄酱和黄油、砧板和锯齿刀，走过吧台。"但你也可以简而言之"萨拉做了一个三明治"，然后便进入故事的下一个部分。不过我希望感到更多激情与活力。

逐帧描述

当作家在头脑中生动地浮现出故事场景，同时也希望将此分毫不差地在呈现在读者眼前时，他们通常会沉溺于逐个画面描述的状态。特别是大量肢体动作出现的时刻，更是此类错误的重灾区。有些作家没有意识到，读者可以靠其自己填补很多空白。在多数情况下，应把逐帧放映画面的任务交予读者自己，留出其想象的空间，竭力克制自己对各种无足轻重的事件、肢体动作，作出细致入微的描述。

发挥自己找寻焦点的能力，将读者的注意力引至作者意欲之处，使前者对无关紧要之事的投入降至最少。有时候，就给它一块三明治应有的简单吧！

在对话中传递信息

以对话的形式体现解释说明性的内容，并不代表可以避免信息的堆积。试想这样一个场景：一对夫妻共进晚餐。下面是作者对二人的介绍，作者太想给读者一些基本事实了，所以他把二人的短暂交谈写成如下：

"噢，伊桑，我亲爱的老公，作为一个项目经理，今天在工程公司工作感觉如何?”

“棒极了，埃德娜。我想我升职了。今天下午我想把咱们的双胞胎，埃米莉和埃文，从幼儿园接回来，你觉得怎么样?”

上面这个例子真是做作得过火。但或许你会感到惊讶，而我对频于出现的矫揉造作、毫无生气的对话场景，已经见怪不怪了。这个对话之所以如此写，完全出于向读者传递信息的目的。因为两个如此相熟的人，绝不会这样一唱一和，以这种方式透露如此基本的信息的。当然，更不用提他们的口气，听起来机械生硬。

另一类类似的错误同样缺少头脑，被称为“女仆和男管家的对话”。在这样的对话中，作者耍了一个手腕，设置次要人物之间讨论主人公的种种情况，以此显露信息。其中一例便是男管家对新女仆训话：

卡洛少爷从议会回来时，总是气呼呼的，所以，你们最好五点钟准时把雪利酒给他准备好。

人物之间应该互相通过对话传递信息，他们实际也是这么做的。但是，需要听起来像现实中人们真实而自然的语言，且符合人物自身身份，在情节发展的上下文中有所作用。倘若你不清楚在哪里添入背景故事，那么请抗拒把它们置于对话中的诱惑吧。

在人物相互传授或者解释事情时，要十分小心审慎，尤其当你正在创作的是一部奇幻小说，里面含有大量有关构建小说世界的信息时。如果你的对白向来以这样的语句开场，比方说，“正如你所知……”，你很可能已经触犯了这一条，而这样的对话场景是众所周知的禁区。

为读者创造知识

知识分两种。一种，可以通过读报获取。此时，读者被动接收信息。这种传递方式称为讲述。另一种，则通过向外界的寻求而获取，置身其中。接收者需要做一番侦查，积极留意身边事物的状态，亦即生活向其展示出何种面貌——以便其揣摩人性，判断形势，做一假设，抑或做出决断。这便称为展示——正是你饶有兴趣地为读者营造的知识。通过展示某个场景，你将某种事实深植于表象之下。你正在邀读者开动脑筋，仔细思考，潜入故事，深入探究。

当作品通过展示传递信息时，读者需要付出不少脑力劳动，这种叙述方式促使他们去思考，思维活跃，并有种驾驭故事的感觉。由于读者需要挖掘故事中的潜在信息，以便揣度事件走向，此时，他们会有参与其中、身临其境之感，并投入自己的情感。酷吧？每个作家均应努力在展示中，向读者传递信息；而非通过讲述的方式，将信息灌输给读者。

要展示，不要讲述

在故事叙述中，众所周知，展示为“佳”，讲述为“劣”。但是，我们真的清楚其中的含义吗？展示是一种创作工具，作者用以在读者头脑中创造知识，建立关于故事的些许理念，讲述在一定程度上也如此。我想，重要的一点是，真正通过展示呈现出的内容，大多发生在事件中；而作者主要在描述中蹚入讲述这滩浑水。

我发现，通常涉及人物及其感情时，我会给出“要展示，不要讲述”这样的建议。理想状态下，你希望通过展示人物特点与各种心情，使读者循着各种蛛丝马迹，渐渐形成自己对人物及其处境的深入见解。即便如此，在这里我还是想讨论一下几种不同的讲述类型，其中两种你应避免；另外一种，你需要锤炼成娴熟的写作技巧。

- 讲述
- 肢体表述
- 内心独白

现在，让我们逐一分解。

讲述

这些陈述性事实，对于作者来说是终南捷径，但却让读者失去了更为深刻地理解人物特点及其成长经历的空间。为了做一对照，下面列举一些非讲述型叙述方式的例子：

- 珍娜穿过房间。
- 太阳出来，但风却清冷。

但是，上面这些信息同人物塑造以及情绪渲染没有太多关联。并且，这样的叙述简洁明了，并没有深长意味。因此，读者实际上并不真的在意他们是如何接收到这些信息的。对于与展现人物无重要关联的一定信息，简洁是关键，这时，你可以自由使用讲述的方式叙述故事。

将上文例子与下面做一比较：

- 珍娜生气了。
- 在杰克见过的最乐善好施的人里，埃米莉当属其一。

这里，我们看到在叙述时，作者抄了近路。首先，平铺直叙人物的心情；其次，给出一些内核性事物。此时，这样的讲述就很成问题。每当你运用讲述表现人物或表达情绪时，要小心。另外，还有一种更为微妙、不易察觉的讲述形式，你应训练自己识别和避免：肢体表述。

肢体表述

为了在技术层面上成功回避“要展示，不要讲述”这个难题，很多作家采用外围策略，用以表达人物情绪：咕噜作响的肚子，怦怦直跳的心脏，忽闪忽闪的眼睛，扭作一团的肠子，你没发现自己正屏着呼吸，等等。还有作家们钟爱的各种动作，比如，咬嘴唇，看手表，双臂交叉，眼珠骨碌碌地转（在青少年作品中使用频繁），以及其他程式化的动作。

肢体表述

> 肢体表述是指作者通过身体语言、动作，以及对各内脏器官的描述，来传达人物的情绪状态。这里，真正的问题出在，作家们为了回避使用讲述方式，已经把肢体表述这种所谓的“展示”，滥用得一塌糊涂，俗不可耐。

如若登临现实中的舞台，人物为表达不耐烦的情绪，反复查看手表，或者轻轻跺着脚，那导演将对我怒不可遏，因为这种方式太过明显而直白了。但是，小说作者们却向来热衷于此。所以，此时不是导演，而换作我对作者们暴跳如雷了。当作者使用肢体表述时，对人物动作描述得细致入微，精细得让其看起来好像在表演默剧。

作家们总是设法借助人物的肢体去“展示”，但作品往往读来如同病历一般，他们细致地描述人物各种内脏器官的健康状况；或者似舞蹈演出，一招一式记录了四肢的各种动作。但是，我并不关心人物那些奇奇怪怪、七零八落，一个一个的身体器官。

同样的情况也发生在人物设法在眼神中触碰、目光中流连这样的描述中。作家们费尽辛苦，想方设法去形容爱情的火花碰撞，请听好：浪漫戏的两位主演同时出场，这样的重头戏时刻，其实埋了雷。如何不用眼睛发亮、脸颊绯红、头部微倾这样的描述来传递人物间的爱意？回溯一下“儿童与青少年思维模式”一章中的爱情选段。一对恋人就那么用眼睛交流得不眠不休、喋喋不休？相较这样的展示，我想你会比这个更高明。

那么，作家为什么对这类描述如此无法抗拒？回想一下，我们最常在哪里见到它们（这里，关键词是见到）。当我们看电影或者与他人交流互动时，眼神与肢体语言的微妙变化，显而易见：“啊，他就这么一直稍稍侧着头，因为他喜欢眼前这个正与他有说有笑的女孩！”

但是，在银幕上颇为奏效的表现形式，并不可在小说中悉数效法。有时，这些动作提示语实在是太难以阅读了。通常，生动鲜活的情感通过内心独白，而非肢体动作或者描述，完美体现。

内心独白

内心独白——走进人物所思所想、情感反应的一扇通道。内心独白是极佳的创作工具，但是作家使用得远远不够。这种叙述方式是一种充满感情的讲述，但又不简简单单只是在讲述各种情绪。举例来说，“她很伤心”，这个表述强调了人物的情绪或者关键时刻的情感转折。通常，内心独白以一种总结性的形式，出现在一个场景或者一个段落的末尾处。并且，需要作者能够卓有见地、审慎使用，以确保读者确实理解并进入当时的情绪状态。

内心独白

人物的思想、情感，以及对当前情况做出的反应。你可以使用或第一人称，或第三人称视角，通过在重要时刻渗透进人物思维，完成对人物内心独白的描摹。内心独白可以是在某个激烈紧张、针锋相对的场景中，一种急如闪电、一闪而过的念头；也还可以是情节紧凑的一章结束后，人物冥想沉思、大彻大悟的某个时刻。内心独白往往处于讲述和展示二者的中间状态。例如，一名作家可以溜进读者的心理世界，展示使人物痛哭的原因，以及他的种种念头。这种叙述方式更令读者向往与着迷，因为，此时读者可以理解人物情绪如此激动的确切原因。使读者深入人物内心，由此，他们才会了解到底是什么——哪些具体而特别的事物——潜藏于表象之下。

通常，内心独白发生于高潮场景之后，或者当你希望总结一下读者刚刚经历了哪些事件时。其中，内心独白创作要点是：重申事件内容，并且（或者）概述此刻的情感基调。

内心独白与展示在上下文语境中相互联系。首先，读者应看到人物处于事件发展过程中；然后，借以内心独白，看到作者把刚刚发生一幕的真正意图表现出来，淋漓尽致，水到渠成。通过作者的连续出击，读者可以对刚刚目睹的事件获得坚实而充分的认识，继续在故事中驰骋。我认为，正是因为内心独白在作品中的缺失，**讲述及肢体表述**才问题重重。

☆ 阅读书架 ☆

下面是从阅读书架中挑选出来的作品片段，成功传达了作者的情感和故事信息。《阿尔文·霍：对女孩、学校和其他可怖事物过敏》作者有力展示了阿尔文父亲失落沮丧的心情：

> 我爸爸脸绿得像海带。
>
> 然后是泛着白沫的大海。
>
> 石榴红，葡萄紫，最后是橙子黄。
>
> 通常我喜欢橙子。因为这是老虎、太阳下山，还有芒果的颜色。但是我可不喜欢爸爸脸上这种橙子黄，黄色信号灯的颜色，这只在人行道上有用嘛。

读者不仅获知了阿尔文的父亲气得发疯，而且还看到了阿尔文对爸爸怕得要命（当然，肯定是阿尔文做了什么出格的事儿，他爸爸才有这个反应的)。“黄色信号灯”这个部分的空气尤为紧张。语言简单易懂，符合阿尔文小朋友的年龄。一些重复性语句，能使年轻读者更有认同感。

描述人物的行动和肢体体验，是一种展示人物情感的方法，只要你不让一些陈腐的肢体表述溜进来。在杰伊·艾夏《汉娜的遗言》中，克雷从汉娜·贝克那里收到了十三盒磁带，他的同班同学（也是他的爱慕对象)，最近刚刚自杀。为了这十三盒磁带仅投递到对她的自杀行为负有责任的十三个人手中，汉娜生前做了万无一失的安排。显然，从克雷手捧一大盒磁带起，便已卷入其中。下面是他听到第一盘磁带前的瞬间：

> 我等待着，直到房门“咔嗒”一声关上。然后，我用一个手指按下了播放键。我的每根手指，我的双手、胳膊、脖子、整个身体，每一个部分，都感到被抽空了一般。连音响上的一个小按钮也没有气力按下去了。

这里，克雷有种明显的恐惧。作者不仅向我们展示出克雷一直等到他一个人的时候，才开始听磁带（暗示了他心中的恐惧，可能还有羞愧），还展示出他的身体已经在某种程度上不听使唤了。这提示我们，克雷的精神世界已经支离破碎。

在杰克·维茨纳的《打莎士比亚的屁股》中，作者向我们展示（而非讲述）了朋友间一场短暂的交锋，莎士比亚刚刚把朋友尼尔的大秘密泄露给了尼尔的心上人凯蒂：

> 凯蒂笑了。“你是在说‘大量’吗？你每天还记录排便状况！”
>
> 尼尔脸腾地红起来，生气地瞥了我一眼。
>
> 我耸耸肩。“我也不知道这事儿得保密嘛。瞧你不是还挺得意的嘛。”

从尼尔受伤的一瞥中，读者立刻明白了，莎士比亚对凯蒂说漏了嘴。同时，也揭示一个令人捧腹的细节——尼尔的最大爱好。维茨纳的展现方式制造了即时的喜剧效果。

有时，作者通过内心独白展示人物。在汉娜·莫斯科维茨（Hannah Moskowitz）的《断骨重生》（*The Break*）中，主人公乔纳一和女孩说话，便会乱了阵脚。乔纳脱口冒出个“宝贝儿”，又后悔不迭，这让读者高度机敏：事情没这么简单。

> “谢谢，宝贝儿。”
>
> 她不是我女朋友，因为我管每个人都叫“宝贝”。
>
> 真的，夏洛特不是我女朋友。

乔纳在这段独白中，反复解释自己的情感指向，这向读者展示了：实际上，乔纳正试图掩饰自己内心的真实感受。勿惮于利用人物的尴尬难堪、对自我感受的否认，来引导读者发现真相。

萨拉·德森是年轻女孩的最爱。她的爱情小说充斥着情感与渴望。德森身后跟随着一大批忠实粉丝。我认为，她的成功，部分归功于其对内心独白的强烈本能。在重要的场景之后，德森干净利落、熟练巧妙地概括了主人公的情感，这种方式不会给读者反复强调的感觉。下面两个例子，来自她的《再见，旧的麦克琳》。

故事伊始，小说主人公——麦克琳，回忆她和母亲的关系从何时起走上了岔路：

> 我怀念以往生活的一切，我只想过回那样的生活。然而，直到我妈告诉我她怀孕了，是一对双胞胎，我才明白，过去的日子再也回不来了。他们即将到来的消息就像当头一桶水，浇醒了浑噩、无措、茫然的我。

至此，我们知道当麦克琳的母亲有了婚外情，并抛弃了家庭后，母女之间的关系破裂。但是，明确出关系崩塌的确切时刻，只会使麦克琳的情绪更为强烈暴动。在整个故事中，母亲这条支线，仍旧具有力量。

不久，麦克琳遇到了戴夫，她潜在的恋爱对象。至此，她的生活完全是在尝试各种新的身份，无法坦然接受自己。下面，她概括了这个新认识男孩的陪伴令她大怒却又吸引她的原因：

> 当只有我和他，起起伏伏，空气中涌动着不同以往的气流：

我们聊几句天，沉默一阵，我总有什么可以去想。就像在学另一门语言，学习怎么和人待在一处，并且就那么待着，即使在聊天变得别扭，我自己也觉得不自在时。

这个片段给了麦克琳的感受一个说法，也带给读者一块试金石。这是一个诚实且快速的方法，在二人的关系被搬上舞台后，更加明确了麦克琳和戴夫之间的情感联系。按钮就位，迪森再不必担心她是否已把二人的关系讲得明白。

在你的创作生涯中，你最为可能在平衡事件与事实，权衡展示、讲述，以及内心独白之间，纠结难断。提早考量这些问题，你会在把读者引入人物与情节的方方面面时，更有选择空间。

本节练习

选取必要信息

练习选取最重要的五项内容（只选五个），五项我们需要了解你的故事世界的内容，再选取我们需要了解主人公的五项内容（只选五个）。通读并回顾故事的第一章，只许自己向我们提供这十项细节内容。现在，第一章发生了怎样的变化？你得砍掉多少事实信息？如何才能将这些细节更多地投入到事件中呢？如何简化第一章，使其仅凭这些事实信息，便能吸引并牢牢抓住读者？你倒不必在终稿时还保持这种极简范儿，但削减文字对突出故事所需所求、所舍所弃，十分有效。

独到的展示

为这十种常见情绪想一个老套的动作，或者某种身体描述（肢体表述）。然后，构思一种独到的方式，在事件中传达情绪（利用假设的人物和场景）。对比这两种叙述方式。在练习后一种方式时，你可以写一两句话，或者勾勒出一个完整的微型场景：

愤怒；

幸福与喜悦；

爱恋；

绝望；

不耐烦；

饥饿；

紧张；

如释重负（宽慰）；

了然无趣；

饶有兴趣（乐不可支）。

时态与视角

故事采用何种时态、某种或多种视角，是作家对故事最为基本的设定。在这个部分中，想一想你将选择哪种时态与视角，并在下笔之前，花些时间做做试验。你可以不断地改变主意，不过整部书稿去通篇改换，这些恼人的枝枝节节会是个大麻烦。

时态

为读者创造临场感，是童书创作的关键。因此，很多作家对使用何种时态、采用何种视角叙述故事、童书市场上通常存有哪些叙述声音这些问题心存疑虑。

我给出的答案向来言简意赅：只要故事效果不错，我才不在乎你到底用了什么时态，哪种视角呢。不过，你捧起这本书，可不是来寻找三言两语的答案的，因此，本书这部分将细说这些重要的小说创作基本要素。

时态

> 时态即故事的节拍记号，影响或渗透进故事语法与情节选择。现在时态主要发生在当下，伴以在过去时态闪回中发生的向过去推移的反思。技术上，过去时发生在故事叙述者正在叙述的当下时刻，但其正在回味与思索的事情却发生在过去。你所使用的时态决定了文中动词需要进行何种词形变化，以及将如何完成故事的倒叙部分。

在儿童和青少年读物中，最普遍的两种时态是：过去时和现在时。尽管普遍而言，以过去时态创作的小说甚众，但在童书市场上，现在时却是宠儿。你会发现，很多故事由于在现在时态下，发生在此时此刻的当下感会牢牢吸引住你。

由于童书尤其需要攫取读者的注意力，因此，大量童书作家选择了现在时态这条捷径，不过，这也不全然是件坏事。在现在时里，你会自然而然地加快叙事脚步，使写作风格更为急促。如若你在为小说的声音、节奏设计抑或情节构架苦苦挣扎，使用现在时将会有所帮助。

但是，小说采用现在时态并不是解决一切问题的万灵药。当你一章接一章地慢吞吞向读者倾倒各种显而易见的信息时，即使采用现在时态，读者还是会感到乏味无趣，昏昏欲睡。并且，故事如若缺少引人入胜的声音或激动人心的人物，读者也不会仅仅因为它是用现在时态写成的，就产生多么强烈的代入感。因此，作者应深思熟虑后，再走“现在时”这步棋，不要当其为拐杖，过于依赖。

现在时态还存在逻辑问题。比如，我亲爱的老妈读了《饥饿游戏》后对我说（注意：此处有剧透!）：“我知道凯尼斯最后死不了啦，因为这本书不是用现在时写的嘛（因为故事不是发生在现在嘛）。”老妈，说得好！我还号称是家里的创意写作硕士呢……

在现在时态中，当你不知不觉进入闪回、往事重现，千万要记得使用过去时态。这是一个简单易行的方法，可以区分现在的事件同过往记忆。一如往常，这包括扎实一些细节，清楚我们逆流而上，过往的记忆溯至何处，行至何方。在此之后，当追忆结束，即使你又转回至现在时态，也要给读者一个信号："我们回来了"。

更为经典的做法是：在故事中使用过去时。但这也制造了障碍：你必须得加倍努力，才能让故事叙述看来即时可亲，扣人心弦。过去时态似乎时常让一切笼罩在一种氤氲飘渺、遥不可及之中。

人们时常会问儿童或青少年作品与背景设置在青春期阶段的成人作品之间，到底区别为何？对于后者，朱诺·迪亚斯（Junot Diaz）的《奥斯卡·瓦奥短暂而奇妙的一生》（*The Brief Wondrous Life of Oscar Wao*）是为一例。小说部分故事发生在主人公的青少年时代。在成人图书市场，很多故事都有设置于青春期的背景，他们惯用主人公深情回忆往事的框架（如"要是我知道十五岁那年夏天，将会改变我的人生轨迹，那该有多好……"）。这里，暗示了故事叙述者现在更加成熟睿智，习得了人生的智慧，指缝间，穿过时光的细沙，追忆自己的青葱岁月。

在儿童和青少年作品中，并不存在这种框架。一切都发生在人物的此时此刻（在过去及未来场景中亦是如此）。没有人在乎这里是否有一个成熟睿智的成年人在为你讲述故事——读者要的是鲜活的发生在此时此地的当下感，这是故事的核心。因此，如果使用过去时态会让故事有一种做作的"回到孩提时代"的感觉，你还是把这点点滴滴的回忆砍掉吧。

至于如何在过去时态中建立闪回，大多数人会采用过去完成时："她特想再吃一块饼干，便急匆匆从储藏室里抓来一块。"（"She had craved another cookie and had grabbed one from the pantry."）我发现这样使用过去完成时存在问题，因为持续使用同一助动词"had"会让文字听来呆板僵硬，倘若闪回不只一两段话那么简单。取而代之的做法是，我建议作家朋友以过去完成时为基础建立闪回（“去年夏天，他们在海滨寓所度假时，她曾在深更半夜偷偷溜下床铺……”）。在此之上，继续以规则的过去时态叙述，而省去所有过去完成时的繁冗，只是，要保证故事从闪回中悄悄淡出时，要像往常那样，给读者提供类似的提示。

作者、编者语录：专业人士认真权衡，选取时态与视角

总体而言，我没有什么特殊的视角偏好，尽管我默认会用第三人称、过去时态创作。我认为每个故事均需要一个不同于其他故事的视角。我的“现代精灵故事”系列使用第三人称、过去时态，因为这样故事可以有丰富的描述性声音，这同个体人物的单一声音不同。我的“咒术家族”系列，以第一人称、现在时态叙述，这给作品一种暗黑特质，并能够在过去时态中闪回（有很多闪回，因为第一本有关记忆之谜），避免过度使用更为恼人的过去完成时态。

——荷莉·布莱克

胸怀抱负的作者需要意识到视角和时态只是满溢的工具箱中的又两种工具而已。仅仅因为最近的畅销榜（得奖作品）惊悚的《它》（*It Book*），以一种特别时态或者视角创作而成，这并不意味着你也需要这么做。同人物、基调、叙述结构一样，视角及时态应当适合你的故事。千万别把一个第三人称故事硬塞进一个第一人称的壳子里，仅仅是为了符合某种奇怪的迷信：一本畅销，另一本不会。“哪种时态与视角适合这个故事？”当做这方面选择时，这是唯一一个你需要问的问题。

——巴里·利加

你对时态的选择，既不会为你增加也不会减弱你获得出版的机会。仅仅因为众多青少年作品是由现在时态写成的，并不意味着你也想当然地选择这个时态。选择何种时态，以及哪种听来更适合你作品的风格以及故事内容，这全在于你。此外，倘若你想设置让故事的某些人物死亡，又或者你想做一些穿越时空的游戏，需要注意如何让故事的现在及过去这两种时态同时奏效，做出最为伸缩自如的时态选择。

不过，正如我一向所言，我真的不太在乎你选择什么时态，因为事实上，只要故事一路走来，娓娓道来，结构紧密，浑然一体，我不会去留意你采用了哪种时态，除非你错得离谱，让我不得不注意到这一点。

第一人称、第三人称、第二人称视角

在创作中，视角比时态更为灵活，倘若你愿意尝试，前者更富有实验性。在儿童和青少年作品中，最常见的当然是第一人称视角。

视角

视角是指通过镜头，故事得以讲述。儿童文学中最为常见的视角类型是第一人称及第三人称。如果你把故事叙述者想成一台照相机，那么将这台照相机置于何处？如果这台相机只存在于一个人物的头脑中，并且固定在那里，这便是第一人称。如果，相机悬浮在场景之上，可以观察到一个或者多个人物的思维，“他”和“她”，此为第三人称。第三人称视角甚至可以由故事讲述者担当重头戏。这个人物是一个讲故事的高手，独立于情节之外，但也可以作为故事的一部分出现，比如雷蒙·斯尼凯（Lemony Snicket）。

第一人称

你正在通过主人公的“镜头”叙述故事，使用“我”这个称谓。主要人物是唯一一个你可以透视其思想的人物，你只能描述其在场的那些事件，这具有局限性。使用这种视角的结果是，正如现在时态，给人以即时当下、亲近相熟的感觉，这也正是为什么我反复提醒作者，要学会使用内心独白。

在第一人称视角中，作者的叙述局限于主人公的认知和经历。对于某些故事，这种视角刚刚好。但是，作家朋友们请注意：如果你需要引入某些信息，比如，谋杀谜案的线索，对此主人公现在还无法知晓，作者的叙述会严重受限，因为主要人物必须在场，才能捕获事件。

对于故事来说，在哪里揭示事实不是最重要的问题，因为第一人称视角很奏效，且通常是获得即时、平易效果的一条捷径。在这种视角下，内心独白更容易驾驭，毕竟，你已经置身于人物自身思维中。（尽管你会惊讶，有多少作家未能在第一人称中纳入任何内心独白。因此，内心独白可不是第一人称视角中的信手拈来之物。）

同时，你希望内心独白并不是单枪匹马，而是能挑起故事叙述的重任。事实上，第一视角叙述者仍然需要描述情节和事件，在这一点上，一些作家真是绞尽脑汁，疲于应付。

即使儿童和青少年作品一般会用第一人称，但我不会说你必须用这种视角进行创作。重申一下，没有时态或者视角组合的秘密武器能保证书稿得以出版，并且，诚实一点的话，我越来越对“第一人称”审美疲劳了。从这点来讲，我渴望看到一些真正文笔娴熟、运用得当的第三人称叙述文字，相较于第一人称，它的完成难度往往更大。

第三人称

在第三人称视角中，你将会更加游刃有余，自由徜徉。你可以或者使用全知第三人称，进入不同人物的思维与经历中；或者使用限知第三人称，此时，你只能浸入到一个人物的思维中，通常为主人公的思维。第三人称视角就好像鸟瞰。叙述声音在此来得更为强大有力，且其本身通常会变成一个人物而发声。此外，你还可描述主要人物不在场的事件，以便制造悬念、保留信息。要小心，并记得使用内心独白——欲达成此，更富挑战，但优先视之，因为其通常非常重要。

说到这里，第三人称叙述视角是儿童和青少年作品中另一种最为常见的视角。第三人称视角有些许种类，你需要知道的两种是：限知视角与全知视角。在第三人称中，事件通过具有凌驾于场景之上视角的叙述者，与读者相连。在一些故事中，如《波特莱尔大遇险》（*The Series of Unfortunate Events*），或者“匿名的博施”（*Pseudongmous Bosch*）图书系列，叙述者具有非常独特的声音，就像独立于小说之外的另一个人物一样。而在另一些故事中，叙述者则更为中立，只是简单地讲述事件。

在限知第三人称视角中，叙述者可以进入某个人物的思想，这个人通常是主人公。尽管故事的大部分内容都是通过外部视角讲述，限知第三人称视角可以在需要时，自由地深入人物的思想与内心活动，这时，可以在场景中，加入人物的内心独白。

在全知视角第三人称叙述中，叙述者可以通过多个人物的经历，在不同人物的思想中，跳来跳去。有时，这意味着在几个人物之间；另一些时候，在真正意义上的全知视角中，则意味着叙述者可以进入所有人物的思想，或许甚至一些小宠物或者某些无生命物体的想法。对于使用全知视角的作品，我将会非常审慎。作家朋友们不必操之过急，要在故事确有所需时，再使用这种需要严密构架的人称视角。

目前，在童书创作中，有一些关于第二人称视角的讨论。诸如，查尔斯·伯努瓦（Charles Benoit）的《你》（*You*），该书完全以第二人称视角创作。在阅读本书时，作者实际上被称为主要人物：“你的手指沿着班主任布置的作业列表往下走，直到发现你的名字。”使用第二人称视角，是故事引人注意的一个小噱头，若使用得当，力度极大。但是，这种视角会使得叙述者——这个特殊的故事媒介，古怪至极。

第二人称视角另一个较为温和的版本是直接称呼，有时指的是旁白或者书信中出现的“你”。一个极佳的范例来自纽伯瑞奖作品——丽贝卡·斯特德的《穿越时空找到我》。在这部书中，叙述者有时会直接对一个神秘的小说人物——“你”来讲话。

多重视角

一些作品，诸如玛姬·施蒂弗拉特（Maggie Stiefrater）的“边境森林三部曲”（*Shiver Trilogy*）[①]，即以多重人称视角创作，其中，多个人物各自以第一人称视角进行叙述（如故事以第三人称叙述，则为全知视角）。多重叙述视角之间应该通过章节间隔，并相互衬托。而且，各种视角间的衔接转换，务必清楚明了，以免读者难辨此彼。

在你大胆尝试，冒险深入涉足多重视角故事以前，请确保你可以运筹帷幄，巧妙设置故事。这要求作家具有高超的写作技艺。小说采用多重视角，能够最大限度地制造步步惊心的故事紧张感。例如，你可以在某个激动人心的时刻，从一个人物的视角展现某个大事件；然后，视线迅速移至另外一条故事线，并用足足一章的内容来展开；接下来，镜头再度拉近至新的故事线；最后，恰在读者极度渴望了解下文，事件扣人心弦却戛然而止的地方，回到最初的人物视角。倘若视角转换得当，这将会创造奇迹效果。

倘若你想采用多重视角叙述故事，完全没有问题。但是，每个视角所发出的声音必须透着精彩。在我阅读多重视角的作品时，叙述者听起来着实像不同的人物，而使我置身于不同人物思想中的情况罕见

---

① “边境森林三部曲”包括《边境森林：心颤》《边境森林：徘徊》《边境森林：永恒》三本。

至极。在讨论人物和声音时，我们将更多地涉及于此。不过，每个人物视角所具有的性格务必独一无二。这意味着小说的句法、措辞、人物的关注点、人物关注事物的方式、意象、思维模式等，都需要具有独到之处。这并非易事。假使你发送给我一份“多重视角”的手稿，而其中所有人物的声音听起来一模一样，毫无二致，我对你可留不下什么好印象。

对多重视角的另一种阐释是群体视角，诸如汤姆·利文（Tom Leveen）的《狂欢》（*Party*）。在这本书中，每一章都以一个新的人物视角来叙述故事，所有这些声音融合在一起，组成了一个疯狂之夜的故事。如果你感兴趣实验多种不同叙述视角，那群体视角会是一个有趣的尝试。

作者、编者语录：探索人物视角

来自童书作者、编辑的推荐，探索人物视角。除非另行提到，以下所有作者、编者都为本书单做出了贡献。

第一人称视角

比如珍·韦伯斯特（Jean Webster）的《长腿叔叔》（*Daddy-long-legs*）。

第三人称视角

戴安娜·韦恩·琼斯的《平荷伊之蛋》（*The Pinhoe Egg*）。琼斯是如此一位大家，从一个人物的声音与思想，无声无息地过渡到另一个，还一直停留在第三人称。我喜欢《平荷伊之蛋》，因为它有两个强有力的主人公——一个男孩和一个女孩，还有很多富有魅力的配角团队。第三人称视角的使用，对所有人物皆公平以待，并且，此视角与作者描述魔法的方式也融为整体。

——安德鲁·哈韦尔

《狐狸街上的故事》(*What Happened on Fox Street*)，特里西娅·斯普林斯塔伯(Tricia Springstubb)使用第三人称声音，创造了一个温馨舒适、似曾相识、充分发挥作用的家庭与邻里社区。这部书让你想裹在毯子里，一边喝着可可，一边读它。

——亚历山德拉·鲍尔泽

非常视角(多重、全能视角，等等。)

马戈·拉纳甘(Margo Lanagan)的《美味点心》(*Tender Morsels*)。大量人物在这里发声，不过实际上，我不记得到底有多少个了——在从一个描绘得极为出色的声音，不知不觉地转入下一个的时候，你绝不会还一边数这是第几个了。并且，拉纳甘从来不径直告诉读者，你正栖居于哪个人物的思维中——通过人物的独到声音，你会很快自己搞明白。

——安德鲁·哈韦尔

戈登·科曼(Gordon Korman)对创作多重视角的儿童小说很有一手。这些视角包括男孩、女孩，甚至大人，例如老师。这种躲在幕后去了解老师们在想什么的感觉，对于孩子们来说太有趣了。《狗狗你别走》(*No More Dead Dogs*)还有《学校教育》(*Schooled*)均为出色的例子。

——亚历山德拉·鲍尔泽

玩转视角

当你脱离第一人称抑或第三人称限知视角，而转用其他叙述视角时，应当理由充分。有些入门级作家会认为跳脱这种常规视角，这理所应当；而另一些则会告诉自己这是一项不可能完成的任务。小说创作本身已是一个不易的壮举了。在你真的有能力掌握小说创作技艺之前，不要因设定一个另类反常的人物叙述视角，或无所不包的小说时态，没必要地给自己难上加难。

“雄心勃勃”有时是赞美，有时也并非如此。

即便如此，我欢迎几乎任何关于视角的尝试。诸如小说《狂欢》中里的群体视角？当然可以。在小说中大量使用直接称呼？让我们拭目以待。第一人称视角过去时，透过连环杀手的思维，伴以第三人称视角、现在时叙述故事，在不同章节交替出现？听来似乎也有可能制造些许不错的故事张力。

不过，再次强调，你万不可漫无目的地乱用视角，把故事讲得一塌糊涂。仅以第一人称或者第三人称这样一个视角，在过去时或者现在时态中，踏踏实实，讲好一个故事，这种做法绝无可厚非。老实说，只有在叙述视角出现问题，读着别扭的时候，我才会意识到还有“叙述视角”这回事儿。

本节练习

时态转换

多尝试总不会有什么坏处。倘若你在处理时态时卡住了，那就重写一章，从现在时态转换到过去时态，反之亦然。不要只是通读一遍，然后改变动词形式——要真正去想见——你在遣词造句上可以做出哪些改变？时态改变会起到什么效果？你可以以何种不同的方式来表达？可能你会发现从头到尾时态并无偏差，又或许你会看到些许新的契机。使用新的时态能让故事更为出色。不要只是想一想，要打开一个新文件，着实去做。你不会真切感到其中差别，直到你真正尝试过。

找到你的视角人物

倘若你正以第三人称视角叙述故事，且在确定视角人物时遇到麻烦；又或者你怀疑选错了视角人物，这个时候，请问自己一个简单的问题：在你的故事中，哪个人物经过了最为深刻的成长体验，经历了最为强烈的人生变化，且贯穿情节发展，举足轻重？如果你安排若干人物以第三人称视角讲述故事，但其中一个给人单薄无力、无足轻重之感，那么，砍掉这个人物。没有人愿意听一个恹恹无趣的人物绵软无力、淡如白水式的叙述。最具视角人物潜质的是那些经历了最大生命变革，最有故事的人物。

第五章　人　物

什么令得诸如哈利·波特或者凯尼斯·埃弗丁这样的人物如此令人难以忘怀？原因在于，我们——作为读者，真的在乎他们。为了让青少年读者同样倾注精力，投注感情于你的人物，你必须以能让人理解的动机、至为关切的背景故事，以及令人信服的情感，来发展完善主人公。为使读者有所关心在乎，主人公需受尽磨难、历尽艰苦，并由此更为美好、睿智、痛心，有所不同。

在发展人物时，不要忽略次要人物，以免最终陪衬人物是一个模子刻出来的，或成带一抹小胡子、好吃懒做的反派。小说的成功取决于能力所及处，充分发展所有人物。我们将在本章对刻画人物的可行之法，一探究竟。

英雄之旅与人物引入

儿童文学读者渴望同书中人物建立联结与亲密感，体验带有英雄色彩的人物个性。具体情况是，儿童和青少年以自我为中心，他们想尽可能深入地去触及虚构人物的思想和经历。所以，满足他们的最好方法就是创作一个复杂有趣、使其愿望得偿的主人公。

说时容易做时难。我所读过的作品主角大部分单调乏味，无法使故事跃然纸上。除此，人物性格塑造还存在其他各种问题，人物要么过于沉闷无聊，不会主动采取任何行动；要么牢骚满腹，嘀咕个不停，令读者即刻好感全无。最有力量的人物让读者要么爱得牙齿发狂，要么恨得牙齿发痒。他们可以激发读者热情，而这源于作者自己对主人公的强烈情感。为使读者有所在乎，你自己首先必须关心和在乎。你为之倾注情感，你对其感同身受，你能够宽容理解，正是这些赋予虚构人物以生命力。

> 作家无所感动，读者难以落泪。
>
> ——罗伯特·弗罗斯特（Robert Frost）①

英雄之旅

神话学者约瑟夫·坎贝尔（Joseph Campbell）② 于1949年出版了《千面英雄》（The *Hero With a Thousand Faces*），该书认为，大多数

---

① 罗伯特·弗罗斯特，美国桂冠诗人，代表作《雪夜林边小驻》《未选择的路》，诗风平易，语言通俗。

② 约瑟夫·坎贝尔，美国著名神话学家、作家、演说家，他探讨人类文化中神话的共同作用，深入研究世界各地文学与民间传说中的神话原型；他建构起当代神话学理论的全新体系，代表作有《千面英雄》（1949）、《上帝的面具》（4卷，1959—1967）等。

主人公，从神话中的英雄人物到现代故事中的普通人，都遵循着同一种经历。

当然，这是对坎贝尔作品的极度简单化解读。但是，这也说明了大多数故事都可以被分解成人们所熟悉的元素。英雄原型或者普通人的概念由来已久（来源于中世纪戏剧形式中的道德剧①）。纵观历史，讲故事的人为了传达他们的世界观，会将读者认同的某类人物放入不同寻常的情境中。

在历史上，英雄人物是一块白板或者一个无名小卒，读者可以将自己的个性与斗争投射到他们身上。因此，将人物补充丰满，这项艰巨的任务便落在了读者而非作者身上。此外，组成故事情节的事件通常十分陈腐老套，以至于只有主题呈现新意，并明确地贯穿于整部作品之中。

小贴士

陈词滥调和原型人物之间的界限并不明显，在这两个概念间来回起舞，我们得风险自担。像“明天我 16 岁，就要获得超级能量了”这种段子太老套了，我小时候就听过。但是，乔斯·韦登（Joss Whedon）在“巴菲”（*Buffy*）系列②里，将这类故事讲得新鲜有趣。我认为，大多数故事的核心多少都是些老生常谈的内容（或者，原型人物也是如此）。问题是：在这种情况下，你会怎么做？在罗密欧与朱丽叶的故事之前，已经有各种版本的青少年爱情故事了。那么，什么使你的故事与众不同呢？把一个帅小伙变成彻头彻尾的失败者；把某种超级能力搞得滑稽可笑不太好使；让头脑

① 这里指的是中世纪道德剧《世人》（*Everyman*）。

② 指《捉鬼者巴菲》系列，又译作《吸血鬼猎人巴菲》，是美国 20 世纪 90 年代后期的经典剧集之一。

理性、一本正经的成年人、家长或者老师做出些改变。但是，最重要的是：这些陈词滥调大多已被过度使用，甚至连它们的改编版也已然成了俗套！这些原形故事深深扎根在大众文化中，成为人们的共识。作者必须走出来，和它们保持一定距离，才能看到新的层面。

——巴里·利加

故事讲述引人入胜，是一笔丰富的文化遗产。但是，必须摒弃普通人或者脸谱化人物的概念，尤其是当你在为今天的孩子们创作时。

当然，你不能忽视的是，要使人物与读者相联结、使人物具有普遍性。不要抛弃所有故事理论——它们既然存在，即有一定合理性。但是，你笔下的主人公应当以非常具体且极具个性化的面貌出现。我们将花些篇幅来谈如何创作出丰满充盈、栩栩如生的故事人物。不过，这里首先要讲的是，采用何种策略引出人物，把他们介绍给大家。

作者、编者语录：专业人士之最爱作品人物

我喜欢威洛·戴维斯·罗伯茨（Willo Davis Roberts）的《银色眼睛的女孩》（*The Girl with the Sliver Eyes*）中的凯蒂。不仅是因为她有着极强大的脑力，还因为她以一种完全实际且可辨识的方法，应对真实世界的问题（父母离异），避免将故事拖向说教主义。

——巴里·利加

埃米莉·丹佛斯（Emily Danforth）的《错误教育》（*The Miseducation of Cameron Post*）中的卡梅隆，是我读到过的最为真实、可笑、复杂的青少年人物之一。她是那么惹人喜爱——这向来重要。但正是她的真实、缺陷和人性化，使得她如此特别。《拉马尔的恶作剧如何赢得布巴大奖》（*How Lamar's Bad Prank Won a Bubba-Sized Trophy*）中的拉马尔，是一个令人忍俊不禁的人物——自信（过度）满溢，作为一名最差的保龄球手，却大摇大摆地到处晃悠。看看作者是怎么引入人物的："自从周六以来，接连十场保龄球赛，我已经把塞尔吉奥炸成鲇鱼，捣成土豆泥，搅成奶油玉米汤了。"

——亚历山德拉·鲍尔泽

老生常谈的人物：

- 呆头呆脑的体育特长生。
- 傻乎乎的人气女孩（通常和上面的是一对）。
- 不自信但暗藏天资的独行者。
- 愤怒的哥特摇滚乐人，吐着烟圈，穿一身黑衣。
- 书呆子、拼字高手、数学奥赛队成员。
- 精疲力竭的瘾君子，在看台底下吞云吐雾，极度兴奋。
- 怪才，酷爱读和写（毕竟，书虫创造了它们！）
- 坚毅勇敢的女孩，不自信，不过设法对每个人友好（通常为主人公的密友）。
- 不受欢迎的孩子，阴差阳错却备受瞩目，他由此知道还是做个默默无闻的孩子更快乐。
- 超然的神童，接受了一项真的特别酷的秘密工作或者使命（通常出现在传奇小说中；可以是一名间谍或电脑天才）。
- 一个富翁或皇室一员，渴望简单的生活。
- 出身卑微的下层社会人物，机缘巧合获得一笔巨大财富。
- 一个坚韧的孩子，内心却藏着一个令人垂泪的故事。

● 一个另类的家伙，却有着一颗金子般的心，最后赢得了人气女孩。

● 一个美丽的学究，她一点也不知道自己是多么光彩照人。

● 一名孤儿，披着街头霸王的伪装。

● 一个孩子，哀叹他的正常生活，就这样被推入了不可思议的冒险之中。

● 一个普通的孩子，被预言成能够拯救世界的“那一个”。

● 一个孩子，在一个意义非凡的生日前后，获得神奇力量。

男主角或女主角感到世界待他们真的很不公平，他们总是成为全宇宙最重要、最具才华、最特别的人。在一部奇幻小说中，对他们星球中的某样事物，主人公看起来似乎完全惊诧，并且受到惊吓，而他们早该知道并且到现在应很熟悉从容了。主人公尽管身处极端险境，抑或被赋予了拯救世界的使命，却更在乎他们的爱情生活。

——荷莉·布莱克

有些“类型人物”可以放在次要角色中，这个时候，要有节制地应用这些类型，并且/或者传递出一种会心的讽刺感。但是太过常见的是，类型人物成为作家们的退身之地或其安全网，就像浪漫喜剧故事中的“放荡的死党”型人物。

——巴里·利加

人物引入

作为一个图书经纪人、读者或者普通的生命个体，我的经验告诉我，人物是开启通往故事的大门，此言不虚。如若没有一个栩栩如生、活灵活现的人物，我们不会在意情节的曲折离奇，不会在千钧一发之际，紧张得屏息敛气，也会失去继续翻动书页、阅读下去的动力。

正如童书作者麦塔丽·珀金斯（Mitali Perkins）在 2010 年美国图书博览会的年度童书作者早餐会上的演讲：一个故事既是一面镜子，也是一扇窗。我们说故事是一面镜子，是因为它反射出读者对自我的认识；故事也是一扇窗，因为伟大的故事还需要向读者展现崭新的事物。

如何使人物既招人喜爱，又真实可信？如何使人物和读者普遍相连？如何将他们置于英雄旅程中？这里给大家一些建议。因为很多作者依然在创作让人过目即忘、无足轻重的人物。

人物出场时，需要向读者展现六项信息，要么是明确展现的，要么至少在第一章中有强烈暗示。

● 人物的世界观。他们如何看待生活，他们对生活的整体态度。

● 提供至少一段背景信息。在细节中反映人物与他所处世界的关系，以及二者是如何互动的。

● 至少展现人物的一个目的或者目标，可以是其宏伟蓝图，也可以是与当前场景相关的具体目的。

● 至少有一个对人物特征的细节描述，使读者对人物性格有所了解。

● 至少有一个声音片段，暗示人物的语言风格、精神活力，以及对周围事物的观察方式。

● 至少有一个具体的选择或行动，最好是“救猫瞬间”。

这个指示说明意在使你对人物引入有一个总体理解，让头脑活跃起来。首先，你必须把读者投放到人物的人生态度之中。故事人物如何诠释她所处的环境、她生活的社会？她的地位是怎样的？她态度是积极乐观还是消极悲观？她焦虑不安还是冷静自若？读者应在初见人物时，即开始了解其世界观。理想情况下，作者应当通过描述和内心刻画去传达，而非平铺直叙。人物的世界观和人生态度与其生活背景、身份密切相关。务必使读者清楚人物的身份地位、背景情况。

我们将在接下来的两个部分中谈及更多有关人物目的和对人物特征的细节描述。所以，对这两个极为重要的要素，要让自己及早有所准备。声音也应当在第一章中有所体现，如后文例子所示。最后，人物采取强有力的行动或做出决定，并且，由此让读者对其产生好感，这一步是关键，也被称为“救猫瞬间”。

救猫瞬间

布莱克·斯奈德（Black Snyder）在迈克尔·威斯出版集团（Michael Wiese Productions）出版的《救猫咪》（*Save the Cat*!）一书中，定义了救猫瞬间［出自电影《蒂凡尼的早餐》（*Breakfast at Tiffany's*）］，指故事人物在某时某刻做出某种举动，而受到读者喜爱。人物需要在较早时间给读者以好感，这非常重要，因为在故事发展中，好感可能不会继续。人物的善意举动不一定非得惊天动地，可以微不足道，可以于不经意间做出，但又必不可少。这个举动就告诉了读者：“你可以和故事人物站在一起，你们有所共鸣。从现在开始，不论发生什么，这个人物归根结底内心正派。”

一个麻烦难缠的主人公可能在故事一开始就会使读者失去兴趣（例如，《忽然七日》里的萨姆·金斯顿，随后你将读到她那令人大跌眼镜的价值观），这时，你需要创造一个非常踏实可靠的“救猫瞬间”。那些不招人待见的主人公，你得早早地将他们的外壳瓦解，让读者看到他们脆弱的一面。否则，风险就是，这些主人公会让人大倒胃口。

以动态、变化的方式引入人物，可以帮助读者建立与人物的密切联系。有些作家会以程式化的人物为开端，因为他们认为，熟悉的人物模式可以迅速将读者与人物相联结，使读者产生认同感。但这么想就错了。老套、模式化的东西实际上会疏远作者与人物间的关系，因为读者会感到，这里已经没有什么新鲜事物可以去探索了。正如我的同事、图书经纪人约翰·卡西克曾经所说："读者需要对人物有认同感，但这并不代表人物不得不类型化。"

☆ 阅读书架 ☆

关于人物引入，第一个例子来自美国国家图书奖获奖作品——珍妮·伯索尔（Jeanne Birdsall）的儿童小说《夏日传说》（*The Pender Wicks*）[作品全名为：《彭德威克一家：有关四个女孩、两只兔子和一个极有趣男孩的夏日传说》（*The Penderwicks*：*A Summer Tale of Four Sisters*，*Two Rabbits*，*and a Very Interesting Boy*），不过，接下来我只称其为《夏日传说》]。

这是一个关于四个姐妹和一个名叫亨特的狗的故事，他们来到一个陌生庄园度假。伯索尔不仅玩转了对四个迥异人物各有千秋的性格刻画，还结合了上下文，并且没有过多讲述。嚯，这真是个壮举！我们对这些人物还在了解过程中，因此，留意每个女孩是如何迅速有效地进入我们的视线的，以及人物的细节刻画是如何加强的：

> 现在，到了姐妹们上楼选房间的时候了。
>
> "先到先选。"斯凯拖着箱子，一头冲向楼梯。
>
> "这不公平！"简说道。"我还没想这个呢。"
>
> "这就对了。我最先想到，当然我最先来选。"斯凯说着，已经冲上二楼。
>
> "回来，斯凯，"罗莎琳德说，"让亨来决定谁先选。"
>
> 斯凯嘟囔着，不情愿地回到楼下。她讨厌把重要的事情留给

亨特做主，而且，亨特通常会最后一个选斯凯。

“亨特嗅一嗅”是姐妹们一项历史悠久的仪式。她们把各自的名字写在小纸片上，然后，和狗狗饼干碎屑一起，放在地上。在亨特呼呼地嗅饼干碎屑的时候，怎么着都得拱一拱这些小纸片。亨特的大鼻子最先碰到谁的小纸片，谁（最先）获得优先选择权；第二个碰到的获得第二选择权，以此类推。

罗莎琳德和简准备好小纸片，巴蒂把狗狗饼干捏碎（捏成小块儿），斯凯抱着亨特，在他耳边不停地嘀咕自己的名字，试图催眠亨特。不过说了也白说。她一撒开亨特，小家伙首先触了触简的小纸片，然后是罗莎琳德的，接着是巴蒂的。斯凯的小纸片呢，在亨特咀嚼完最后一块饼干屑时，一起给吞掉了。

“干得可真妙啊，”斯凯痛心地说，“又是（老末，）最后一个选我，我最后一个来选，亨特又要闹肚子了。”

这个精心布置的场景反映了每个人物的性格特点，尤其是斯凯和她们之间的互动关系。斯凯在这里展现出一副“我早就知道会这样”的不耐烦模样，和姐妹们比起来，她略带些自卑情结。她相信，甚至连家里的小狗，也会最后一个来挑她，不管她多么努力改变自己的命运。

简有些头脑凌乱——和有条不紊的斯凯天然相对。显然，罗莎琳德是姐姐，扮演着母亲的角色。从她们的沟通互动中，我可以推断出罗莎琳德能够得心应手地“唱黑脸”，强制执行某些规定；她甚至可能有些固执己见。

巴蒂是唯一一个我们知之不多的女孩，但是，我想说，在这么短小的场景中，我们能认识四姐妹中的三个，这很不赖。（你甚至可以跳出来说，我们还多少了解到亨特这只口味比较挑剔的小狗）。

细细观察作者是如何将声音渗透到文字描述中的：行文中略带刻

意的掩腔——“斯凯的小纸片被亨特吃掉了”，一些精心的措辞和语调——“呼哧呼哧地嗅着”，以及伯索尔极强的幽默感。作者将我们的视线从两个姐妹拉近至一堆饼干屑，再到最后斯凯的喃喃低语，这突出了伯索尔对亮点的把控——在一个场景中，选择将读者的注意力引至何方。

在劳伦·奥利弗的处女作《忽然七日》中，我们并没有即刻喜欢上“贱女孩”萨姆·金斯顿。在第一章中，这个人气女孩被一场车祸夺去了生命。但是，我们发现，自己不可思议地被书中超现实的巧思妙想牢牢吸引，不可自拔：萨姆可以以某种方式，回到过去，改写人生——一种“土拨鼠日”① 式的巧妙构思。“救猫瞬间”发生在萨姆发现自己曾经劣迹斑斑，对自己能否重获救赎感到好奇的时刻。

尽管萨姆的做派令一些读者生厌，但是，请记住：最好还是精心雕琢出能够让读者要么爱得发狂，要么恨得发痒的人物，而不是那些淡如白水式的人物。萨姆的世界观在下面的场景中被表现出来，萨姆和她命途多舛的朋友们在讨论学校的“情人节老规矩”：

> “去年我收到了 21 朵玫瑰花，”琳赛将烟蒂弹出窗外，侧身喝了一大口咖啡，“今年我会收到 25 朵。”
>
> 每年在“丘比特日”到来之前，学生会都会在体育馆外面设立一个小亭子。你可以给朋友买 Valograms——玫瑰花附上赠言，每份两块钱。然后，在这一天，由“丘比特”们（通常是想和高年级学长建立良好关系的大一新生，或者大二的姑娘们）送达。
>
> “能收到 15 五朵我就很高兴了。”我说。你能收到多少朵玫

---

① 土拨鼠日（*Groundhog Day*），美国民间节日，每年公历 2 月 2 日，美国和加拿大许多城市的村庄都会举行庆祝活动。

瑰花，这可是件大事情。通过学生们手捧玫瑰花的朵数，你可以看出谁人气爆棚，谁又毫不起眼儿。倘若你收到的花儿不到10朵，情况不妙；如果还不到5朵，这简直是个耻辱——这基本意味着要么你长得难看，要么是个无名小卒，或许二者皆是。有时，人们捡拾掉落的玫瑰花，加进自己的花束中。但你总看得出来。

在这段话中，读者开始意识到萨姆那动辄评头论足、妄加评判的世界观，这源自她自己深深的不安感。从她对人气选手的评价方式清晰可见——她和她的朋友们相对那些“丑八怪或者无名小卒”。

观察出奥利弗如何不打破紧凑而流畅的对话与内心独白，提供给我们上下文语境（萨姆所在学校的世界，以及 Valograms）。

下面这段文字更多展示了萨姆的生活态度，这样的态度在每一页中均清晰可见，如在眼前：

不过，我不打算撒谎。能够这么无忧无虑地生活可真好。你知道自己基本上可以为所欲为，且不会有任何后果，这感觉真好。在我们离开高中生活，回过头来，我们知道我们没犯什么错儿：我们吻最萌的男孩子，在最棒的派对上狂欢，惹足够多的麻烦；音乐放得震天响，吞云吐雾，烂醉如泥；笑得太多，听得太少，或者根本不去听。如果高中生活是玩二十一点，琳赛、艾丽、艾洛蒂还有我，我们是庄家，手里攥着80%的牌。

相信我：在这场游戏中，我知道输家的滋味。这就是前半生的我，挣扎在谷底，卑贱到尘埃。我知道在一堆没有人理睬的残羹冷炙里的滋味是什么样的。

好在我现在事事如意。这有什么好大惊小怪的？事情本就该如此。

谁也没说过生活是公平的。

这些语句张力十足。萨姆的恐惧，恐惧可能失去一切，回到谷底尘埃，充斥纸间。一些人认为萨姆残忍、冷酷，简直是个怪物。另一些人则认为她的诚实着实令人欣喜。这些强烈的反应源自萨姆是一个有血有肉的人物，坦率直白，毫不矫饰。对自己所栖居的这个世界，萨姆有一套再明确不过的想法。此外，我们还了解到她在这个世界中身处何位，正如在上一个小说节选中，我们获知彭德威克家里的长幼尊卑、等级划分一样。

在一定语境中引入人物很重要。不要只把注意力集中在主人公——从她所处的周遭环境中，界定她的身份。下一个例子来自艾琳·鲍（Erin Bow）的《没有影子的凯特》（*Plain Kate*）。小说中，作者使主人公凯特与整个村子相对立（由于近来出现的暗黑魔法力量）：

> 女巫热病非常可怕。生病的人们在床上辗转反侧、浑身滚烫，哭喊着魔鬼把他们的骨头关节都要给捏碎了。他们语无伦次、惊恐万分，指着影子大喊："巫女，巫女。"之后，这些人大多数都死去了，只有少数能活下。在凯特看来，那些没有患病的人，也盯着影子看。集市广场上的标灯下、炭火堆旁，这些人们曾常聚在一起买卖闲聊、烤鱼填肚子的地方，已一片唏嘘与死寂。人们比以往任何时候，都更加对凯特指指点点。

作者并没有说"所有人都认为凯特是女巫"，而是细细地雕琢她的遣词造句功夫。在这段描述中，某种窃窃私语、让人几近无法喘息的氛围，在滑动的"s"声音中回荡——集市广场上……已一片唏嘘与死寂（became a place of hisses and silences），作者将这样的音响效果同肢体器官的影像结合（"魔鬼……把他们的骨头关节都要给捏碎了"），营造出一种危险的气氛。作者的文字充满艺术造诣、张力十足，让我们登时心中一紧，对女主人公的安危有所牵挂。小说开端这段对环境的描写，并没有直接描写主人公凯特，但我们却从中了解了她的处境。

当你引入人物时，另一项重要的事情是，向你的读者展示人物想得到什么，我们将在下一章中对这一点详细讨论。以 E. 洛克哈特（E. Lockhart）的《弗兰奇兰道银行不堪回首的历史》（*The Disreputable History of Frankie Landau-Banks*）为例，该书是国家图书奖决选入围作品，并获得普林兹文学奖（Printz Honor）。当弗兰奇同家人为不允许她独自进城而争吵时，很多读者能够理解她的困扰：

> “如果我是男孩，你会让我去吗？”
>
> “你是想打上一架，把最后一天假期也给毁了吗？”鲁思声色俱厉道，“你希望事情变成这样？”
>
> “不。”
>
> “那就别回嘴了。就这么着，什么也别说了，好好在海滩上玩一会儿。”
>
> “知道了。我去栈道那儿走走。”弗兰奇站在那儿，把脚往人字拖里一塞，一把抓起放着皮夹的书包，直直地走过沙滩。
>
> “别超过一个小时！”鲁思喊道，“回来晚打我手机。”
>
> 弗兰奇什么也没说。
>
> 实际上她不是真的想买明信片——其实也不是她非想进城看看不可，也不是鲁思有那么多的条条框框来约束她，或者小鲍里去年就自己去了。
>
> 问题在于——对于本叔叔和她妈妈，甚至可能对于保尔叔叔——弗兰奇是一只乖乖兔。
>
> 对于他们来说，弗兰奇脑筋不转弯，毫无方向感，不会用手机，没有解决问题的能力。
>
> 在他们眼中，她连独自一人走过十五个街区，且不被汽车撞

到的能力也没有。

在他们看来，她是一只乖乖兔。

善良无辜。

需要保护。

无足轻重。

弗兰奇在这个场景中的目标（短期内想得到的）可能并不伟大——走着去城里——但其中意义却远大于此。弗兰奇的性格被清晰地展现出来，我们发现了此处她的主要目的，并且，也是她在整部书中所追寻的：人们能够认真地视她为一个聪明独立、具有强大影响力的女性。一旦我们了解人物的心之所愿，便会理解、体谅，以及认同他们，并且跟随他们的脚步，随着故事的展开一路走下去。

M. T. 安德森（M. T. Anderson）的《喂食》（*Feed*）是一部国家图书奖决选入围作品。该书在引入人物阵容的同时，使读者置身于反复吟唱的句法与词汇中。下面的例子中，故事叙述者泰特斯概述了其诸友：

我、林克、玛蒂，还有卡莉斯塔，我们能瞬间表现得魅力非凡。卡莉斯塔金发碧眼，颇有一股联谊会女孩，还有冰雪公主的范儿，听她那甜美的声音，看她瘦削的肩胛骨，给人一种她比实际年龄更成熟，真的蛮重要的感觉。林克个子高高，丑得出奇，却富得冒油。他富二代的魅力无可阻挡，光芒万丈，噗噗噗噗，人们无形中对他顿生好感，“嘿!”，想同他称兄道弟（能量波及甚广）。马蒂——他的绝活是他好像什么都玩儿得转，什么好玩儿的游戏也会，我呢，就老老实实站在他边儿上，不用吭声，扮扮酷就行了。我们是“铿锵三人行”，三人帮，三个棒棒的小孩，人气颇高，相当吃得开，人们乐意敞开门，请我们喝上一杯。

从电波四射的“噗噗噗噗”，到闲话家常的句式流动，我们对泰特斯的声音便了然于胸了。这感觉就像他站在我们的肩膀之上，又或者直截了当地进入我们的大脑，给我们喂食，和本书的情节相得益彰。

我们获得了泰特斯每个朋友的一方面细节信息，有限的细节信息含义颇丰，因为安德森精挑妙选。在更加深入了解这些人物之前，至少目前，我们在头脑中对其每个人均形成了清晰的印象与概念。

同时，这段文字也带着读者走进了人物目的。我们了解到泰特斯很重视和这些人儿“成为小伙伴”的机会，在这个小团体中，最了不得的成就是酷得一塌糊涂，然后街坊四邻乐意请他们喝啤酒。以如此方式描述朋友圈，泰特斯同时也展现了其自身性格特点。为什么有一个超级大富豪朋友很要紧？为什么人们对这个小圈子的看法会如此影响他的看法？这些都是泰特斯世界观的一部分——这些对泰特斯及其小团体意义重大。

你可以通过展示主人公对其他人及其周遭世界有何种觉察，巧妙地刻画其性格特征。在上文的例子中，在描述朋友时，通过泰特斯选择的关注点，我们不仅获知一些次要人物信息，并且更深一层，发现其自身价值观及目标。

下一个片段同样以人物声音为驱动力，洛里・豪斯・安德森（Laurie Halse Anderson）的《纸片少女》（*Wintergirls*）是一部描述厌食症问题的小说，触目惊心。在描述主人公丽亚强烈的自残倾向时，作者采用了“垮掉派”诗人擅用的自造词汇：

> 过去，我的整个身体是一块粗帆布——滚烫的刮刀舔舐着我的肋骨，一个台阶一个台阶爬上我的双臂，粗壮的乳草茎秆刺进我的大腿。当我搬到“詹妮弗土地”，爸爸约法三章。女儿忘记该怎么吃东西，嗯，这很糟，但是，这只不过是一个阶段……但

> 当这个孩子剥开自己的皮囊，想要把这架躯壳抛置地面，这样她就能载歌载舞了，这代表了什么？大变态。不能一刀一刀割下身上的鲜肉，丽亚·欧弗布鲁克，至少不能在爸爸的屋檐下这么做。没什么条件好讲。真扫兴。

你可以感到丽亚的愤怒，她的秘密在这里承载了巨大的分量。我们看到丽亚对自己的真切想法（她的“躯壳”隐藏在“皮囊”内），以及她在继父家里（“詹妮弗土地”）过得是多么的不自在。安德森的声音为这个片段增添了一种执着强烈的感情基调。并不是每个作家均能完成得这么漂亮，不过这里每一句话都确确实实渗透着人物的性格特征。从这个短小的片段中，我们知道丽亚到底发生了什么；在这样的处境中，她承受了多大痛苦；不夸张地说，在这具皮囊下，又可能包裹着什么。

说到“救猫瞬间”，在近年来的青少年奇幻作品中，出现了两个坚韧顽强的女主人公，其名很相像，分别是苏珊·柯林斯所著《饥饿游戏》中的凯尼斯，以及克里斯汀·卡索作品《杀人恩典》中的凯莎。

首先，我们在《饥饿游戏》一开场，便清楚获知凯尼斯心中久绕着的记挂——妹妹小樱。作者通过凯尼斯清晨做的第一件事，便是本能地伸手去触摸小樱，并保护她，向我们展示出来：

> 在我醒来时，床的另一侧冷冰冰的。我伸手去抓小樱，寻找她的余温，但只碰到了床褥，上面盖着粗糙的帆布。她一定又做了噩梦，钻到母亲那里去睡了。没错，一定是。因为今天是“抽签日”。

同时，这组画面还绝妙地凸显了张力，在全书中首次提到“抽签”这个说法。在小说中，“抽签”是指一种仪式，年轻的勇士通过抽签被选中参加“饥饿游戏”，展开对抗。当然，在本章稍后部分，凯尼斯自告奋勇，代替小樱，赴“饥饿游戏”，使她的“救猫瞬间”更有力度。在“抽签日”里，凯尼斯下定决心，这一做法进一步赢得了读者对她的忠诚与敬意。这一刻发生在小樱被抽中为“贡品”后，一片慌乱震惊中：

> 远处的某个地方，我可以听到人群中一片阴沉低语。在一个十二岁的孩子被抽中时，人们总是这样。因为，没有人认为这是公道的。之后，我看到她，面无血色，拳头在身体两侧，紧紧攥着，一小步一小步，僵硬地走向抽签台。与我擦身而过时，我看到她衬衣的扣子松开了，后面翘了起来，在裙子上面鼓着。正是这个细节——松开的上衣变成了鸭尾巴状，让我清醒过来。

这个微小而深情的细节——留意到小樱松开的衬衣——使得凯尼斯将对妹妹的爱付诸行动——自告奋勇，代替其参加“饥饿游戏”。毫无疑问，此举促使凯尼斯成为一个读者力挺的英雄人物。

下面，让我们把目光转移到《杀人恩典》这部小说。凯莎是一个残暴的杀手，在第一章中，她正在执行一项刺杀任务。越狱后，凯莎一路突围、斩杀。读者可能会因其冷酷残忍而心生抗拒，因此，作者克里斯汀·卡索创造了“救猫瞬间”，极为有效地淡化了凯莎给读者的冷酷印象：

> 在果园的尽头，她偶然发现一个年老的护卫，老得像黎恩尼德人一样，或许他站在一片小树苗中，倚着把剑，佝偻着背。她溜到老护卫后面，停住了。那双手，扶在剑柄上，不由自主地颤抖着。

凯莎顷刻间，对这些细节如此体察入微。护卫的虚弱无力、摇摇欲坠，激起了凯莎巨大的同情心。自然她不能让任何人察觉她的行踪，因此她必须撂倒老护卫，使其无任何反击之力。只有当我们看到凯莎是如何处理这一情况时，才会建立与她的情感联系：

> 她出手了，只一下，重重击在老护卫的后脑……她擒住老护卫，把他放倒在地，动作尽量轻柔缓慢。

读者可以真真切切感受到凯莎对是否将老护卫置于死地而挣扎痛苦，甚至可能在咒骂她不得不执行的这项刺杀任务。使命职责与主人公的内在价值观相对抗，成为这部小说的核心主题之一。

小说中任何人物描述都不应仅满足于停在表面。无论读者是否意识到这一点，其始终应从多个层面了解人物，特别是在小说的开端部分。在首个场景中纳入本节所概括的六个要素，非常必要，它们将有助于培养人物和读者之间的联系与纽带，贯穿小说始终。本章接下来的六个部分更为深层聚焦人物，不过千里之行，始于足下，下面这些练习与观点，将会是一个很好的起点。

本节练习

让我认识你

你会在第一章中的什么位置，纳入下面的元素？如果哪一项有所缺失，想方法将其包含进去。

人物的世界观？

一段上下文？

人物目的或者目标？

人物性格的细节刻画？

一段声音展示？

一个具体的选择或行动？

此外，想一想下面的问题：我们首先了解的是人物的哪个特点？第一个积极的品质是什么？第一个消极品质？第一个身体特征？某个强烈的性格特征在人物行动中不言自明，最先体现在哪五次？把这些也加入作品中。

他人眼中的你

尝试通过他人的视角，引入主人公。然后，利用这些“局外人”的视角，辨识出一些令人悲凉神伤的细节与主人公特点，这些能够转换到你的“真实的”第一或第三人称行文中去。你作品中的人物在社交场合中举手投足流露出怎样气质？他人留意到人物哪些特点，而人物自身可能并不明了，抑或并不想承认？从次要人物视角出发，创造一个场景，次要人物从中与主人公互动，并且展现出后者的一些特点，而这些通过主要人物的视角，将永远无法呈现。找出一种方法，在事件中制造这样的交汇。

让我在乎：人物目的与冲突

我哼鸣着，内心充满渴望。

——《不能说的秘密》，朱迪·布伦德尔

儿童读者，不论他们是否意识到，捧起一本书时，他们脑中会有这样的需求：“让我关心点儿什么，让我在乎点儿什么”。每次看到一堆堆书稿和作品时，我也是这么想的。要满足读者，最好的方式不仅是引入一个伟大的人物，还需要为人物设定目的和动机。然后，让他们的人生充满内在和外在冲突，给故事加足马力，全速前进。

生活中，当对人们的愿望与目标有所了解时，我们会给他们鼓劲。他们会坚持下去吗（就像我们自己有了心之所向之时）？他们会放弃吗（就像我们在恐惧之时）？看到有人身处烦扰，我们开始关心和在乎。这种同感，是联系读者和人物的重要纽带，应该尽早建立。

人物目的、动机和行动

目的、动机和行动组成了一个金字塔的三个侧面。目的是你的渴望，动机是其下之基础，行动使前两者得以实现。

目的

人物生活的主要目的之所在，不论是一件物品（《指环王》中的指环）、一个人（《罗密欧与朱丽叶》中的朱丽叶），一种性格使然的价值观、还是判断正确与否的行为准则（如全民正义）。人物可以有很多目的，但是你永远要知道哪个是他们力求的首要目的。就像你在下一章中将会看到的，人物目的在每时每刻、每个场景，以及小说发展的整个过程中，均可以不断变化。

动机

如果你仅仅告诉我一个人想要的是什么，我是不会太在意他的。没有无源之水，根深蒂固的东西不会毫无理由。作为一名读者（以及经纪人），我总是会问：为什么？人物为什么想要这个？为什么他要以这种方法获得？通常，作家在背景故事中探索人物动机，但是，无论是否在故事主体中被明确表现出，均要使读者对人物目的下面的动机有所洞悉。

行动

当人物受某一目标驱使，便会行动起来，向其进发。我曾学过戏剧专业，所以允许我在这里说一点儿题外话。在表演理论中，人物动机通过其采取的行动被表现出来。举个例子，在田纳西·威廉姆斯（Tennessee Williams）的《在欲望号街车》（*A Streetear Naned Desire*）中，布兰奇和斯坦利有一场搏斗。斯坦利开始是乞求，接着命令，然后献媚。他种种做法的目的只有一个——让布兰奇留下来。但是，如在迷宫里的小老鼠，他试了不同途径来达到目的。记住这一点，将会在后面用到。

生活向来不易，**人物目的和人物动机**也必然错综复杂。一个简单的目标不足以激发人物采取行动，同样，一个简单的动机也不足以充分解释一个强烈的目的。（举个例子，“他小时候被一棵倒下的树击中，所以现在做了一名伐木工，这是一个扭曲的复仇阴谋”。）

当各种人物在一个场景同时出现时，我们必须始终清楚他们想要什么（清楚作品中每一个人物的每一个需要）。概括人物的目的和动机，然后用行动不断使之加强。当翻开你的书稿，不论到哪一页，我们均应凭直觉便知晓人物在任一确定的场景、章节、书页中的目的究竟是什么。

当人物不再为了目标而殚力奋进时，我们也不再关心在乎他们，此时任何行动也就失去意义。人物的每个选择、每个行动均应受其目标影响。诚然，也不总是关联得那么直白。有时，人物必须有所牺牲，这会使其与目标渐行渐远。有时，人物会心灰意冷，做出适得其反的举动。从人物角度看，他们的经历生动不凡，从不似一潭死水，但是，始终具有一个共同点，即从未让目标淡出视线，即使暂时无法企及，任它在某个角落嘲弄揶揄主人公。

还可以想一想，当主人公做出一项重大决定后，他会缺乏自信、自我怀疑；当未能或者未能更好地达成目的时，他会惊诧讶异；当某事发生，促使他离目标渐进或者渐远，彼时彼刻他会有着怎样的内心独白？让你的主人公在前往目的地的道路上跌跌撞撞，磕磕绊绊，屡屡犯错。在这样的时刻，他的想法是什么？他学到了什么？他将如何承担后果？通过人物在这个过程中的行动和反应，读者将逐渐了解他们。

小贴士

主人公不能完全依赖他人才能实现自己的目的。作家给人物设定目标，要使其自己能够推动。如果她的目的是从她哥哥那儿借辆汽车，然后她哥哥说“不行”；或者，她想知道某个消息，但其他人就是不告诉她，毫无理由地。那么，这种人物目的就设定得没戏可唱了。这种情况下，你还能做什么？无论如何总得允许人物有些力量或者机会去实现他们的目的。

同样重要的是，记住人物目的也有阴影笼罩、隐蔽神秘的部分。事实是，我们并不总是向往那些对我们有利的东西。对于我来说，归结起来就是去睡懒觉还是与社会活动的对抗。我知道明天要搭乘早班飞机，但是……孩子们也有这种逆反的冲动，我们不应该为了保护孩子，便将他们避挡于人性中古怪成分之外。你的人物有着怎样暗黑的梦想？

最后要说的是，大部分人的性格并不是一览无余的。果真如此的话，治疗师和教人自助的心灵导师就得丢掉饭碗了。我们不总是完全清楚我们想要什么，为什么想要，或者如何表达出来。那么下面我们就来谈一谈无意识目的。举个例子，对于一些人，他们希望爱人和被爱；另一些人，则不惜任何代价想要获得同龄人的接纳。

人物在与自己无意识的目的作斗争，并且他们无法清楚地表达出来。但是，毫无疑问，作为作者，你必须去思考人物内心深处的渴望。读者应当清楚人物有意识的、起推动作用的目标是什么，同时也应对人物的无意识机制或者在所有表层下，其更为基本的人类需求有所感知。而且，请记住：无意识目的只是构成人物复杂性的一个方面，千万不要直截了当地说出来。现实中，你很少见到一个人到处转悠，到处说“我只是需要爱”，所以，故事人物也不能做这样的蠢事。

☆ 阅读书架 ☆

下面，让我们看一看有关展示人物目的一些有力的例子。在阅读的同时，努力想象一下这些主人公在言语流露的愿望与需求之下，究竟隐藏着什么。

布鲁·巴利埃特的《谁偷了维梅尔》中，三个超常儿童卷入一起关于一幅画作被盗的世纪奇案。在下面的引文中，其中两个孩子早些时候便以轻松活泼的语调表明了他们的目的：

> 柯德和汤米早在七月份的时候就决定：他们不做就知道玩玩闹闹的普通小孩儿。他们誓要在此生做一些惊天动地的大事——要么破解某个旷世之谜，要么去拯救什么人，或者成为学校里的神童，能连连跳级。

人物目的简单明了，但这其中暗含深意。或许柯德和汤米在学校生活感觉太无聊、太没劲儿了，所以希望能有一个大显身手的地方。

在英格丽德·劳的《奇异功能》中，主人公米博思的目标更为感情化。她的父亲遭遇了一场车祸，正在此时，她获得了她的超自然能力。在刚刚过去的一秒中，她相信自己能够将人们从沉睡中唤醒（或者——从昏迷中，她希望如此）：

> 我知道我将会唤醒爸爸，和唤醒吉卜赛人，还有桑普森的乌龟一样，使用同一种方式。

什么暗藏于这些文字之下？或许是彷徨无助，或许是犹疑迷茫，因为在那一刻太多事情同时在发生着变化。这为米博思强烈的“领悟”状态平添了某种紧张与无奈。

再让我们看看一些作品中青少年人物的动机，每一段描述，均话里话外与十几岁的青少年读者群体产生着共鸣。在杰伊·艾夏的《汉娜的遗言》中，克雷解释他为什么要听汉娜的录音，以及为什么追踪她同磁带一起放入纸箱中的地图：

> 我追踪这张地图，不是因为她想让我这么做，而是因为：我需要了解这一切是为了什么。无论怎么样，我必须真正明白她到底发生了什么。

我同时还要说，克雷需要弄明白他在这团混乱与麻烦中，扮演了什么角色，他不只是担心汉娜而已。

在纳塔莉·斯坦迪佛的《机器女孩与幽灵男孩》中，主要人物比阿特丽斯相信她生活的动力是躲避与人类的接触。

> 我学会了不对任何人、任何事太过依恋。我不再把我们住的房子想成是我自己的，街道不是，朋友也不是——虽然我并没有很多朋友。

当然，我们即刻发现：与人类的接触与联结是比阿特丽斯最为渴望的（尽管她声称她在努力回避）。

在汉娜·莫斯科维茨的《断骨重生》中，乔纳通过折断身体中的每一块骨头，来应对生活的混乱与无章。在执行一次重摔前的一瞬间，他是这样表述自己意图的：

> 我得这么做——每一块还没断掉的骨头都知道。我得更结实。我得更强壮。这就是方法。一头扎下去，扎进这个空水池里，我将得到拯救。除此别无他途。

不过，乔纳并不是真的想摔碎他的每一块骨头。透过人物自己声明的目的，我们看到其更深层的渴望——渴望采取一些措施，对生活中随便什么加以掌控，即使在外界看来他这么做疯狂至极，一片混乱。

洛里·豪斯·安德森《纸片少女》中的主人公丽亚的行事动机同样病态而错乱，下面这段话中，她谈到自己不断减肥的必要：

> 不过，85 磅让我渴望，75 磅。这我得拿一柄大银锤，敲开骨头；还要拿一把长勺，挖出骨髓。

此刻，丽亚挣扎着，她几乎不去管 75 磅在医学上根本无法实现。她已做好付出任何代价来实现这个目标的准备。这里，丽亚深层次的驱动力是，一个再次被提及的概念：对自我掌控的需要。

在克里斯汀·卡索的《杀人恩典》中，冷血杀手凯莎最终承担起一项高尚的任务：营救一个处于极度危险中的孩子——碧塔蓝公主。从表面上看，她的目的似乎非常基本简单：

> 到达那个地方，放一把火，救出那个孩子。这些是［凯莎］的责任，也是她的目的。在奔跑中，她把这些想法装进脑子里。

即使我们可以看到求生的基本鼓点，我认为在此之下，凯莎还有更深层次的需求：自我救赎——人人都以为她是个杀手，而她则要做一个更加高尚的人。

冲突中的人物

冲突是人物刻画中的另一个难题。冲突有两种：内在冲突和外在冲突。内在冲突发生在人物的精神世界中（自信、适应性、抑郁，等等问题）。外在冲突是指人物与其外部联系、更大范围的宇宙之间的矛盾与摩擦（个体对群体，个体对世界）。

内在冲突

> 内在冲突是指，任何时刻，人物在脑中盘旋有关他的身份、生命作为一个整体的相关问题。通常，人物的这种状态是对外部世界所发生事件的反应。其他情况，内在冲突在人物头脑中独立存在。上佳的内在冲突来源：孤独寂寞、自我意识、挥之不去的心碎、对失败的惧怕，等等。

外在冲突

外在冲突有两个层面——人际层面和社会层面。人际冲突可以是主人公与男友间的一场争斗、与父母之间存在的问题、一份不情愿的暑期工、校园小霸王横行霸道，等等。社会冲突发生的范围较广。比如，在一个反乌托邦的社会，主人公和政府或者统治阶级发生冲突。再比如，流感、饥荒、专制统治、种族主义盛行、经济衰退，等等，都是社会冲突的例子。

内在冲突和外在冲突均需要存在于当下，令人耳目一新，使读者产生共鸣，并且强烈吸引着读者，使其不忍释卷。我们通过人物的内心独白来表现冲突，特别是它对人物的影响程度。

你可以花上数个星期为人物构思出多层次的绝妙冲突，但要注意平衡内在冲突和外在冲突，且在作品一开始就要体现出来。我们不想读到人物已经达到内心完全平和的禅状态。由于绵绵不断的摩擦和麻烦，小说得以向前推动，特别是在儿童和青少年作品中。

☆ 阅读书架 ☆

展示冲突的最佳方式是：让它们跃然纸上。这也是其他作家让笔下的人物充斥着内在冲突的方式（我们将在下一节看到如何处理外在冲突）。请注意，我们几乎总是通过内心独白传达出人物的内心冲突。同时也要注意：在大部分内在冲突中，情感的暗流如何贯穿其中，且并不言明，正如人物的无意识目的一样。

从丽贝卡·斯特法的儿童读物——纽伯瑞文学奖作品《穿越时空找到我》中，我们可以看到人物在家庭认同上，存在着内心的冲突与矛盾：

> 我猜因为我从来都没有爸爸，所以我现在也不想要有一个。人不会去想念一个从来都没有拥有过的东西。

显然，主人公在心痛，否则她永远不会想到提及从“未有过爸爸”这个事实。英格丽德·劳《奇异功能》里的米博思，再次担心起昏迷不醒的爸爸，也担心自己采取这样的行动去见爸爸是否值得：

一切都让人感到破碎而无望，如果所有这一切都是徒劳的，该怎么办？如果爸爸已经好起来了，从床上坐起来，和妈妈还有小火箭有说有笑的，会怎么样呢？又或者爸爸感觉不太好，万一他……

米博思不仅仅担心着爸爸的安危，她的内心同时还充斥着自我矛盾，因为她甚至不忍去想“死亡”这两个字。

下面的例子来自达内特·霍沃斯的《小紫罗兰几乎被闪电击中》，这是一个有趣的内心独白时刻，当死党洛蒂的房子被一场奇怪的意外事故击中，小紫罗兰这时候首先想到的是自己，她为此感到惭愧：

我感觉还不错，但又觉得很糟——感觉不错是因为这可不是我的错，糟糕是因为——我居然还能感觉不错。

在这个体现内在冲突的小片段中，有众多可以展开分析的内容，也正是这些内容使其读来生动有趣。同时，也传递给读者很多关于小紫罗兰的信息，确切来说，她并不算是邻里街坊眼中一心为别人着想的孩子。与此同时，她也知道她不是，而且几乎为此感到骄傲。由此，小紫罗兰这个人物的形象更为立体而丰满。

让我们跨越至青少年读物，我想向您呈现的，或许是我所能找到的最纯粹的内在冲突范例了。《纸片少女》中的丽亚，发动了一场在厌食症倾向与身体进食欲望之间的战争。

我身体壮得很，不用吃东西（马铃薯闻起来太香了）；坚强点儿，不吃东西，不吃（马铃薯闻起来太香了）；坚强点儿，不吃，坚强，呼吸，装作没事儿，坚持。

我们将再度听到《杀人恩典》中凯莎的声音。这次，她得到了意想不到的恩惠，而施予者恰被她刚刚威吓过。

> 听到这再次的道谢声，她的喉咙里好像被什么堵着似的，刚刚她是那么的穷凶极恶，威胁他，恐吓他。她想，一个女魔头，表现得不那么恶声恶气、恶言恶行，便得到感谢和赞美。她愿意克制自己，克制自己的残酷行径，不需要任何赞美与回报。

这里再次展现了凯莎内心挣扎的症结所在：她不只甘做一个杀人傀儡，她对人们的善意感到新奇，但又拒之千里。内在冲突通常与人物目的紧密相连。这里，我们看到凯莎正为弥补自己过去的错误做准备。她的脆弱展现了其救猫特质。

在马修・奎克（Matthew Quick）的《有点儿像摇滚明星》（*Sorta Like a Rock Star*）中，主人公安布尔・阿普尔顿的内心挣扎：

> 一个人的时候，我常常哭泣，或许因为我不知道我怎么成了这么一个小蹄子；也或许我不像唐娜那么坚强，我心里装了太多事情——比如，像有的时候，我会想，过去这 17 年中，爸爸真的一直在照顾着我，守护着我，就像一个守护天使什么的，但是只有他真的还活着，等着我，等着我有权享受他的爱。每次看到我表现不错，他就会从身后突然跑过来，来一个大大的老爸式的拥抱，给我惊喜；还会把我举起来，在空中悠悠地转几圈，像那些讨厌的电影一样。

纵使这段内心独白语调平静而随意，也不能掩饰主人公内心的痛楚。

在詹妮弗・唐纳利（Jennifer Donnelly）的《北方之光》（*A Northern Light*）中，主人公玛蒂同样是一个性格坚强的女孩，带着无助的梦想。她渴望离开贫瘠的农场，前往纽约上大学。她把大学录取通知藏在衣袋里，试图得到她那老实本分的家人们的同意，或许还有一点儿到宾州车站的旅费。虔诚的乔茜婶婶指责玛蒂过于自私，背叛了她的家人。下面是玛蒂对此的反应（尽管她没有勇气大声说出来）：

> 乔茜婶婶，我想你错了。我感到的不是骄傲与自大，而是另一宗罪过，比其他所有罪过都要严重。它不像其他罪过即刻席卷而来，暴烈火热，而是静静地、悄无声息地潜在你体内，从里到外慢慢吞噬你，就像猪感染了旋毛虫病。它是第八宗罪，上帝遗落的——希望。

人物被迫做其极为排斥的事情，或者内心真正的目标遭阻，是儿童和青少年读物中两大永恒的主题性冲突。诚然，真正遭遇阻碍的时刻为外在冲突撞击之时，但是，人际关系或者社会关系受挫，同样会引起内在冲突中大量而深度的焦虑与疑惧。

卡罗尔·林奇·威廉姆斯的《被拣选的人》，发生在一个信奉原教旨的摩门教社区中，这里实行一夫多妻制。凯拉刚刚发现自己已经被挑选嫁给她年迈的叔叔海勒姆。她想着与他共同进餐，以庆祝这个“好”消息这个主意，感到厌恶。

> 我怎么能同他一起吃饭？
> 我恨他。恨他！
> 我怎么能嫁给他呢？
> 这太恶心了。
> 我必须想出办法。

诚然，不是所有的内在冲突都决然如此可怖。总会轮到青春年少时的自我厌恶感登场。科迪·凯普林格的《甜蜜逃避法则》中，在主人公碧安被取了“恐龙妹”这个绰号（“又胖又丑的跟班女”）后，她陷入了逃避中：

> “恐龙妹”—— 当我在第五大道减速行驶时，这个绰号在脑中跳来跳去。我无法把这个无礼的绰号告诉我的朋友们，我从来不知道还有这么个词儿，这下我的词典里又多了一个新词汇。但是，当我瞥了一眼后车镜里的自己，卫斯理的论断似乎被证实了：我是一个毫无吸引力、不招人待见的跟屁虫（更像是一个母夜叉）。杰西卡拥有沙漏型身材、温暖友好的褐色眼睛。凯西拥有无瑕的肤质、一双大长腿。我没法和他们中的任何一个相提并论。

同时，还有纯粹体现出喜剧效果、轻松幽默的内在冲突，在杰克·维茨纳的《打莎士比亚的屁股》中，我们的主人公暗中琢磨如何和一个热辣的女孩儿聊天：

> 我们一起默默地走出房间，谁也不说话。千头万绪在我脑中飞驰：说点儿俏皮话，问问有关她的什么事儿，夸一夸她的文采，讲个有趣的段子，还有，别盯着她的胸部看。

在这个部分中，你看到了内在冲突的各种类型的全阵容，从琐碎的日常生活到惊天动地的大事件。想一想，如何通过不断提醒读者人物心有焦忧，为你的故事增添更为复杂的寓意。所有孩子都有不安和焦虑（包括作家自己!），无一例外。

平衡内在冲突和外在冲突

我总是唠叨个没完，让作者给小说加入更多冲突、更多危机、更多悬念。但是，忧思焦虑背后总有其原因。

冲突背后必须有恰当动机，没有人愿意去读主人公整天哀叹抱怨、感情泛滥的闹剧。本节所列举的冲突，绝无不当或过火之处，因为人物的担心焦虑始终来自他们内心深深挫败的渴望。所以，确保你笔下的每一点冲突都不是毫无来由的，不是为冲突而冲突。

记住，只有内在冲突是不够的。正像我们已经知道的，如果你的整个故事只是关于一个十几岁的孩子坐在屋里，想着生活里所有糟糕透顶的事情，故事就停滞不前了（很多作家做过这种尝试，那么我希望我能帮你们摆脱困境）。

你还需要使作品充满外在冲突。这意味着主人公要与他人以及外部世界发生矛盾与摩擦。即使你不是在写反乌托邦小说或其他表现世界支离破碎的小说，也应该把社会冲突包含进去。因为没有人，我相信没有人会对社会的方方面面感到真正满意。社会层面的冲突常常可以丰富故事内容，但不必在这一点上过于耗费心思。

☆ 阅读书架 ☆

我们已经掌握了小说冲突的要点，接下来我想展示给大家一些人物通过内心独白，对外在冲突做出的反应。在这里，冲突不是来源于内，而是来自外部世界。

《夏日传说》是珍妮·伯索尔的一部儿童小说，讲述了一个家庭故事，一个单身父亲努力抚养四个女孩。或许他们时而争吵个不停，乱作一锅粥，但是无论风雨，他们都相互支撑、不离不弃。当父女五人租住了一间乡村小别墅（目中无人的蒂芙顿夫人的产业），开始新生活时，他们发现这里的人们对他们并不友好。姐妹们无意中听到这样一席谈话，蒂芙顿夫人在谈论儿子乔尼时说：

> “他还太小，不适合交女朋友。”蒂芙顿夫人说。“时间到了，他会挑一个和我们家世相当的女孩子，可不能像那些彭德威克家的女孩子们，俗里俗气的，你不觉得吗？她们可不是我们这个层次的人。”

哎呀！在这样冰冷言论的质疑下，彭德威克一家颜面无存。

在 M. T. 安德森的青少年小说《喂食》中，主人公泰特斯和朋友们脑中充斥着一条条广告信息，不断被这些植入脑中的广告狂轰滥炸。他们的身份是由一个消费驱动、人人混战的世界所定义的。在某一个较为安静的时刻，泰特斯会停下来，想一想这将会怎样影响他的自我意识：

> 就像是我不停地买这些东西，想要扮得酷酷的，但是，酷炫的感觉永远在我前头飞翔，而我永远无法恰恰企及。
>
> 我感觉长久以来，我都在朝着它，不断地追赶，再追赶。

上文是一个非常简单的体现社会冲突的例子。下面的例子来自卡罗尔·林奇·威廉姆斯的《被拣选的人》。一个原教旨主义的摩门教徒的家庭，来到一个世俗的商业街，为凯拉挑选结婚礼服（并非情愿）。他们身穿长裙，遮盖严实，头发编成传统的发辫。对于凯拉来说，二者的冲突碰撞明显：

> 这里的女孩穿着蓝色的牛仔裤、T恤衫，露着肚皮。一个女孩，斜靠着临街布料店的墙砖，抽着烟（抽烟!），眉毛上挂着一只耳环（眉毛上!）。

这是一个极佳的将外在冲突（着装怪异）与内在冲突（这里，凯拉的独白和一连串大大的惊叹号，显示了她对世俗女孩行为允许尺度的深深震惊）混合在一起的例子。

人物目的和动机对每一部小说来说都至关重要，内在冲突和外在冲突亦是如此。切实花些时间在下面的练习上，确保从多个层面，将这些故事中不可或缺的要素，思考透彻，融会贯通。

本节练习

揭示人物目的

你的人物想得到什么？为什么想得到？为此他们又会放弃什么？

他们会为了什么放弃生命？他们渴求着什么不可能拥有的事物？他们最为隐秘的渴望是什么？他们心目中的完美世界是怎样一个版本？另一方面，他们想得到什么，而大概不应当得到？言明这些。针对每个问题，写出一个例子，人物目的如何在事件中显露。譬如："她想有一个家，比什么都想……所以她每个晚上都慢慢爬上床，和养父母在一起。"

揭示人物动机

为每一个动机，尽可能多地想出原因或者细节。你的人物为什么想其所想？

直面变化

在经历了情感过渡、艰难抉择，或者犯了错误后，人物如何与自我和解？她的反应会如何令人惊讶不已，又或意想不到？你在初稿中筹谋的哪些事件，会把人物丢进一个内在冲突的圈环中？

直面失败

什么使得人物裹足不前？他努力直面这一困难的场景是什么？他是如何失败的？他是如何最终击溃拦路虎或与其和解的？在建立冲突时，这些是你可以驾驭的情绪。

我与世界

社会有什么失灵的地方，或者有其他别的什么问题（通过人物的判断）？为什么这对于他来说是个问题？如何将人物带入与其压力之源的接触中？写出此刻他是如何对社会症候做出反应的。努力设想一下，此处，你可以揭示出人物哪些真实的自我？

人物的细节刻画和多维人物

小说中，一些细节比其他更为重要，尤其是在对人物的刻画上。某些信息，被称为**人物的细节刻画**，它们不仅为读者提供事实，还承担双重任务——向读者展示人物特点。

人物的细节刻画

人物的细节刻画传递了一种多层次的信息或者行动——有关人物某些根深蒂固的特点。譬如，主人公有一头红色的头发，这不是对人物的细节刻画。这是布景的一部分，颇为随意。但是，如果是，主人公掉落了一块曲奇饼，等了超过五秒钟才把它捡起来，还是给吃了。这不仅为故事制造了情境幽默，也向读者展现了主人公的其他特征：特别爱吃曲奇饼；可以忍受脏兮兮的东西，等等。巧妙的细节刻画层次丰富，通常通过描述的方法实现。

作家们通常困惑，哪些内容可以看作对人物的细节刻画？不过我不会教你把注意力放在给它们贴标签上。只要你能理解并且使用这个概念，就不必通读文稿，为文中出现的每种描述、每个动作归类（当然，除非这么做能帮你将其厘清）。

下面是人物细节刻画的重要性：该方式可以向读者展现人物信息，帮助读者理解人物。在上文所示的例子中，人物不嫌弃吃掉在地上的食物，也许我们不会马上用到这条信息，但却留在了脑海里。如果出自称职的作家，这段描述将会在接下来的某个时刻充分发挥作用。

对人物进行细节刻画向来需要深思熟虑，大多数通过描述的方法。这种刻画也极尽了小说创作中笔墨之节俭，虽然流诸笔端的仅是一句话、一个想法，却达到了更为丰富更为立体的效果。

细节刻画具体起来，效果最佳。比较“她不在乎细菌”和“她等了足足有七秒钟，才把曲奇饼捡起来，塞进了嘴里”。

通常，细节刻画还能引起读者共鸣。我喜欢在阅读小说时，经历这样的时刻，感觉作者好像可以触及我的思想，把我的个人想法或者行动呈现在纸上。我时常犹豫再三，等了好久，才把掉在地上的食物捡起来吃掉。不过我常会为此感到难为情，尽量让事情赶快过去。假如我读到这样的文字："她等着，确保没有人正在看她，小心翼翼又检查了一遍，然后迅速冲向曲奇饼。"一阵寒意从脊柱冒上来，这说的不就是我吗？

小贴士

关于对创作的思索，我最喜欢的一个想法来自荷莉·布莱克。她是这么说的，"普遍蕴于特殊与具体之中"。意思是，倘若你全然用对了一处关于人物或者世界的微小细节，比你费力将其普及以致每个读者均能理解，其实读来更为真实。忘掉网罗大范围读者的美梦吧，专注于只有你才知道的事情——读到它们的人将会感到仿佛你是唯一一个理解他们的人。

——安德鲁·哈韦尔

所以，努力使细节真正揭示出人物深层次的性格特点（不仅停留在表面），力求做到具体、忠于生活，读者可以领会到这些重要信息，不用担心。

突出人物

我时常感到惊讶，其实用极简的笔墨便可以突出人物，创造具有传奇色彩的人物个性。而作家花大量篇幅勾勒人物房间、储物柜、或者衣橱的每个细节，描绘人物脸上的每个雀斑、每个耳洞什么样，这其实并没有抓住人物刻画的重点。

我不是在计较你提供给读者信息量的多少，我要说的是，这些信息的质量如何，以及你是否履行好了作家的责任。

譬如，你要塑造一个性情古怪的人物，不必将各种怪癖都堆砌到一起，把他装扮得像个疯狂的圣代冰淇淋。你可以用很少的语句，表达出更为丰富的内容。不用这么去打扮一个怪胎，制造令人大跌眼镜的效果：主人公身着条纹紧身衣，脚蹬马丁靴，头戴蒸汽朋克大礼帽，外加一件日本原宿小外套。你只需给我们一个令人记忆深刻的具体细节，暗示出他行径古怪：主人公提着一个印有佩斯利花纹、20 世纪 60 年代的手提箱去上学，而没有像很多人那样背个双肩包。现在，我们感觉到了眼前这个人是个怪怪的“老古董”。所以，你不必绞尽脑汁地把所有奇奇怪怪的东西堆到一起。

给人物画像，我宁愿用一段极具感染力的细节去刻画，而不用三段差强人意的描述来代替。前者只包括读者印象深刻、难以忘却的细节。（提示：这可能是你在塑造人物时，一开始就想到的，一直挥之不去的。）删减作品里的冗余部分，问一问自己，你所描述的细节是否围绕人物更深层的内核展开，还是你只是在做表面功夫，装点门面而已。

小贴士

学会像另外一个人一样思考。把你的个人感受、情绪、偏见放在一边，不要惮于去想去说可能会伤害、惧吓，或者冒犯别人或者你自己的话。一经学会像别人那样去思考，写别人就是小事一桩了。

——巴里·利加

读一读传记，特别是自传。听一听你周边的人在说什么，尤其当你出门在外。不要恐惧尝试各种不同的新方法来创作一个人物，直到你觉得找对了路。找对路的感觉，就像一处脱臼的关节，突然“啪”地一下，归为原位。

——荷莉·布莱克

如果你对如何敲定具体细节迟疑不决，那么，你需要从想象中走出来，去采访生活中的人——那些和故事人物身处相同境地的人。不必去编造故事的每个细节，而且作家也不可能知晓一切。如果你从未有过被收养的经历，可能你会为如何创作有关被收养孩子的故事而痛苦不堪。如果你觉得卡住了，就去采访那些孩子，或许甚至去采访放弃孩子抚养权的父母，丰富你对这种情况的理解。

追踪你能采访到的人，摆脱自己的思维局限。了解一些具体细节，会让作者时常充满活力，因为这些你永远不可能自己发明创造出来。别忘了，具体而明确的细节，可以帮助读者暂时停止怀疑，增加对虚构故事和人物的信任感。

关联性、自我意识、青少年经历

现在，让我们暂时回到“关联性”这个理念上。我们希望人物能够抓住我们，因为在他们身上看到我们自己。这对儿童和青少年文学创作尤为重要，原因是，儿童和青少年在寻找和外界的联系，他们并不是一个人。

这个年龄段的孩子们（包括人物）完全沉浸在他们自己的体验中，他们会夸大事实，从非常自我的角度观察这个世界；他们不知道在某些情况下需要及时刹车，悬崖勒马，他们说话不假思索，之后才意识到还有“后果”这回事，他们也不按套路出牌，会在最不合时宜的时候大笑，情绪完全失控。

在雕琢人物的时候，千万不要让他们毫无瑕疵，那样人物将失去生命力。看看书架上的作品中，都是关于人物的各样缺点，各种怪癖。即使你的主人公一直竭力使自己变得完美，但在追求这个目标的时候，也会有其完全不为人知的软肋，给他光彩照人的外在形象，染上瑕疵。

从关联性的角度来说，你必须做出一个重大决定：主人公需要在多大程度上具有自我意识？一些人可以意识到他的所有行为，并了解它们对外部世界造成了哪些影响；另一些人无力把握自己的行为及其后果。一些人可以牢牢控制自己的情绪，时刻清楚自己的所思所想；而另外一些人则会为自己的情绪变化大吃一惊。

如果你还没决定怎么做，先琢磨琢磨，别忽视了“自我意识”这个概念。这将使人物具有现实感，有血有肉，使年轻的读者能够和人物联系起来。

核心身份

在上文中，我们定义了人物的细节刻画，这种刻画可以使读者触及人物身上更深层的特点，而不仅仅是停留在人物眼睛的颜色或者对咖啡的偏好这些表面特征上。接下来，我们将要探究人物的核心身份以及作者还需要了解人物的哪些方面，来塑造出立体丰满的主人公。

在作品定稿时，不必将以下所有信息一一呈现，而且作者也不应将它们一目了然地展现给读者。作者自己需要对其了然于胸，因为这些构成了人物丰富的内心生活：

内在力量

当世事艰难，主人公有着怎样的内在力量，让他有勇气与决心坚持下去？

核心美德

主人公怀有怎样的最高行为准则，对自己和对他人的？她重视忠诚、爱心、诚实这些品质吗？哪些正面情绪会使主人公有高尚庄严之感？

核心角色

这个概念衍生自核心美德。如果主人公把忠诚看得尤为重要，那他珍视自己作为朋友和知己这样的角色吗？（让问题更进一步：无论出于何种原因，如果他无法扮演这个角色，会发生什么?)

致命缺点

主人公力量中的另一面或阴暗面是什么？她最被人看重的美德的另一面是什么？她的一部分特质如果走向极端，是不是就不再令人钦佩?

核心情感

主人公的爱憎是什么？他的需求或者恐惧是什么？什么会唤起他最强烈、最原始的情感?

不可跨越的底线

在主人公的道德框架中，如何判断对与错？哪些是她绝对不能逾越的界限？更进一步，如果她被迫身处边缘，或者甚至可能越过了它，将会发生什么?

核心人生观和信仰

笼统地说，经济大萧条时期出生的人时常会觉得，生活就是一场为了生存而进行的艰难跋涉，基本生活需求从来得不到保证。生于网络时代的人有可能会认为他们可以成为一名企业家，实现自己的梦想职业，不用像父辈那样为大企业打工。一个经历了一系列失败恋情的人，可能不再相信爱情了。高中校园里的小情侣们则会喜欢一见钟情的爱情故事。这样的例子还有很多很多。那么，在故事人物眼中，世界是什么样的？大体上是美好的还是可怕的？是否有更高层次的力量存在？是否存在上帝、命运、因果报应？或者我们所有人都在世上奔波劳碌，没有其他力量的俯视？简言之，透过主人公的独特视角，风景如何？他的信仰、他对生命的理解是什么？（更进一步讲，如果他发现证据，证明他对这个世界的信念实际上是错误的，将会发生什么?)

复杂性是人物刻画的核心

任何事物都有其阴影和相反的一面。这也是每次思考人物核心身份时，我会尽力让问题“更进一步”的原因。这将帮助你发散思维，构思复杂情节。

我们将在后面看到，最扣人心弦的情节安排，能够引起主要人物和其身份之间的矛盾，迫使其做出艰难的选择，完全颠覆人物的信念。同样，对次要人物以及他们与主人公之间关系的最佳设置也为创造这个矛盾点服务。举个例子，主人公站在反对堕胎的立场上，这属于他的核心行为准则，直到他看到最好的朋友在面对突如其来的怀孕，被迫做出非常艰难的决定。

一波三折的情节点，反面人物对主人公核心身份的攻击，这些都会给予主人公空间，重新审视自己牢固的价值观。人类从来无法做到百分之百，始终如一。主人公的道德困境、两难抉择是加深读者对他们理解的关键。要知道，主人公的行为可能不会一直如我们所期许的那样。

小贴士

问一问你自己：什么使这个人物与众不同、独一无二？人物的缺点是什么？整个故事中，人物是如何演化发展的？正是人物的复杂性与多面性使其有趣。读者希望获得惊喜。

——亚历山德拉·鲍尔泽

对照主人公的每个核心行为准则，试想什么情况会使他完全改变平日态度，哪种压力会使他背弃自己的身份？人物的性格转折与读者原本认知的大相径庭，将为读者加深对主人公的认识带来一场盛宴。而人物的全部假象将会使故事更为错综复杂、引人入胜。

如果你能够创造一个具有强烈核心自我意识的鲜明人物，然后在情节发展过程中，将其猛推向所有身份支柱一一遭到攻击的境地；同时，他的某些选择也令读者为之一惊。此时，主人公将具有令人惊叹的厚重感与层次感，人物形象呼之欲出。

☆ 阅读书架 ☆

现在，我将向大家展示一些儿童及青少年读物中有关如何在行动中展现人物，以及如何呈现核心准则的例子。后面一种可能会很微妙，因为你绝不会想要直截了当地说出人物泾渭分明的价值观是什么，除非你要在作品声音上制造点儿汹涌波涛（我们将会看到）。

在本阅读书架儿童读物的最小年龄端，我们有《阿尔文·霍：对女孩、学校和其他可怖事物过敏》。不仅阿尔文自己告诉我们，他几乎恐惧所有事物，他草木皆兵、神经过敏的行为也表明了他的核心价值观：

> 要是你什么都害怕的话，那么随身携带一套 PDK，非常重要。PDK 和救生装置（PFD）挺像的，只是更沉且零件更多。

阿尔文对他的 PDK（灾难防备套装）头头是道的描述，恰恰印证了他是何等相信——做好防范工作，能够对付恐惧（他的世界观）——以及他是如何靠这套装备，熬过一天又一天的。

下面一个例子来自达内特·霍沃斯的《小紫罗兰几乎被闪电击中》，主人公小紫罗兰是我最喜欢的童书人物之一，复杂而多维。下面这段话中，她以一种机智巧妙的方式，做了一段自我描述：

> 牧师正在讲吃太多的蜂蜜会让人恶心，我知道这千真万确，因为以前我曾在花生黄油三明治上涂上好多蜂蜜，腻得我都要吐了。不过，我觉得他讲的是太过甜腻让人反胃。他用不着担心我

啦，我对谁都不甜，也不腻。

为了立竿见影，作者通过人物行动与展示，表现了小紫罗兰的这一特点。哈沃斯引入了另一个人物梅利莎[①]，她将成为小紫罗兰的死敌。梅利莎刚刚搬到镇上，第一次来到教堂，受到了所有人的热烈欢迎……除了小紫罗兰：

> 人人都给她鼓掌，除了我。我不认识这些人，干嘛要为他们拍手，我怎么知道他们配不配嘛。

首先，我们听到小紫罗兰说她刺头儿似的行事方式，然后看到其这一特点在行动中得到印证——她不为梅利莎的到来鼓掌欢迎。现在，我们更深层地了解了小紫罗兰——拒绝鼓掌——这一绝佳的细节刻画，强化了人物的核心身份。

另一种引入信息的方法是：自然而然地让其他人物提及。在《谁偷了维梅尔》中，主人公柯德左脑发达，正在玩儿五格拼板，这是一个拼图游戏，柯德用来分析谜题和图案。他正努力破解一个谜团：

> 字母 L 是字母表中第 12 个字母，也是一整套 12 个五连块中的一个。今天是 10 月的第 12 天。柯德的祖母曾经对他说：柯德破解拼图，就像其他人呼吸一样自然。

当柯德把零散的东西拼接到一起时，祖母的话得到了印证。现在，来自第三方的见解，确认了读者对柯德身份的认知。

谈到青少年作品中的人物刻画，我要提醒各位作者：让这些十几岁的主人公远离自我讨论。唯一方法——让我为任一自我意识刻画买账，就是：如果你的作品有着无敌的王牌声音。在马修·奎克的《有

---

① 梅利莎（Melissa），来源于希腊语，含义是“蜜蜂”（honeybee）。

点儿像摇滚明星》中，主人公安布尔在我看来是一个混世小魔女，无法无天，无人管教。

> 我有我的生活重点。我每晚做祷告，保持我的灵魂洁净，这是我的头等大事。我是一个蛮好的天主教徒；我还是大块头的圣母玛利亚，我就像“没有问题，状态良好，一切就绪”那个样子。我是上帝圣洁的孩子。安布尔，你这个混球！

不过，比较好的是，对个人信仰的声明，安布尔以各种可能的方式在事件中给予证明。她自愿参加来自穷人区的教堂唱诗班（与她称之为“为主耶稣韩国女声合唱团”的团体一起）；她拜访一个年迈的退伍老兵，与并和他一起写诗；她还把整个社区聚合起来。在其他故事中我从未读到过这样的人物。因此，即使这里多少屈就于讲述，还是有丰富的展示加固相援。

最后，我们可以在主人公对外在冲突的反应中，将人物刻画得精彩纷呈。在克里斯汀·卡索的《杀人恩典》中，凯莎的心上人波武不假思索地告诉凯莎：和他在一起，凯莎会很安全。有的女孩听了，可能会为这甜蜜的承诺神魂颠倒，有的可能对这甜言蜜语自带免疫力。凯莎显然属于后面的阵营，此刻她的反应强有力地言明了她的内在品质：

> 与波武在一起，凯莎会感到安全。
>
> 波武说得很轻巧，好像这对他来说不过小菜一碟。不过，对凯莎来说，依靠别人的保护可不是什么“小菜一碟”——她可还从来没干过这种事儿。

通过对阅读书架中人物的分析，我们认识了人物深层次的特质。他们有着多维的价值观与身份定位，一清二楚。你将让读者了解哪些并且如何了解你作品中的人物？

积极活跃的人物总是奏效的

在起步作家的初稿中，我发现其中一个最大的问题就是：主人公缺少坚定的原则去定义自己的身份。她不知道自己是谁，也不知道自己想要什么（真麻烦!）。即使这种迷茫状态可能看起来和童书读者正相符，我也从未在现实生活中见到一个人（不管他是不是个孩子），全然是一张空白画布，没有前进的激情，没有渴望，没有信念。

消极的人物，游离于情节之外，因缺少强烈的目标和动机而失去向前的动力，同时也不存在对人物进行深层塑造的基础。这些人物就像用来做碰撞试验的假人，毫无生气，他们只是在完成一系列特技表演——大概和读者相关。惊险、恐怖小说，以及一些科幻、奇幻小说尤其易受此影响，因为作家把更多时间花费在动作场面的描写上，而不是带给读者一个印象深刻、让人为之叫好的主人公。

如果没有一个立体、复杂的人物，我不会关心故事里超酷的飞龙大战。如果主人公只是完全被动反应，在情节发展中匆匆而过，没有做出任何艰难的选择，没有面对任何关于自己身份的挑战，那么，我对他的一无所知与我对积极人物所掌握的程度相差无几。

本节练习

定义人物的核心身份

回到上面核心身份部分的问题，花些时间，为你的人物定义每一项。不要敷衍了事。你会了解到以往不曾知晓的主人公，特别是当你让其中几项问题更进一步时。

英雄特质

以何种出其不意的方式，人物可以成为一个英雄？如何？什么时候？为了抗争何人？所帮何人？这份英雄特质于何处融入其身份中？

艰难决定

故事中，人物最艰难的决定是什么？为每一个人物设想一个。人物如何迎来这一抉择？这会引起怎样的情绪反作用？此处可设置什么反转？这个决定最终如何定义了人物？或者为什么失败了？如何设置一系列的抉择，使其随着故事高潮临近，在艰难险阻中逐步升级？

外围层次

人物核心身份的哪一个层次，和他其他所有价值观及信仰相对立？在你的手稿中，情节发展中哪三个时刻，能够使这个层次明朗化，引导你的人物做出选择，采取行动，无论结果好坏？

刻画人物反应

故事中的哪三个时刻，人物遭遇某些情况，触动了她，更为有意义的是，能够撼动其核心身份？她是如何反应的？回到这样的地方，心里装着这些想法，重新刻画人物反应。

过去，现在和未来

通过以人物的视角自由创作意识流的风格，模拟我们的思绪如何真正地流动，你可以了解人物很多，并发现很多有可能进行人物刻画的细节。我们从来不只是停留在当下；我们总是思考着过去、现在以及未来。实际上，停在当下是一件很困难的事。在你的主人公心里，几分钟内都发生了什么？他依恋着什么？又为何忧虑？来自过去的什么，一直不停地把他用力往后拖？如果你在挣扎于这个概念，或者想借鉴一个完成得极为漂亮的例子，请读一读黛西·惠特尼（Daisy Whitney）的《知更鸟》（*The Mocking-birds*）。

怪癖和隐秘时刻

你的人物有哪种怪癖？不止一种也没关系。“作者正从你的肩膀看过去，他知道你的秘密”，旨在从该意义上，将人物刻画和自身联系起来。发掘你自己的隐秘、尴尬时刻，甚至连你死党也不知道的事情。谈到此，在没有任何人注视的时候，人物在做什么？是什么使他心中升腾起别人无法了解的愉悦和满足？如果她有一天的时间，完全在屋里独处，她会用来做什么？

好友、反派及其他所有人物

大部分小说里的次要人物、配角、反面人物，要么过于单薄，没什么特点，不能引起读者足够重视；要么威慑力远远不够（对主人公而言）。我们刚刚了解了如何创作错综复杂、层次丰富的主人公。不过别担心，你不必在塑造每个人物时，均如此殚精竭虑，同样大费周章（不过，努力刻画次要人物，并无坏处）。无论如何，你需要用审慎的眼光，评判小说中的每个人物。

对于每一个次要人物，你要考虑的首要因素是：这个人在其与主人公的关系中发挥着什么作用？

关于次要人物的每个选择，都是为努力搭建一个充满对照、冲突、观点相左的人物阵容而服务。次要人物要么作为对照，强化突出主人公的某个特点；要么和主人公的世界发生正面冲突。如果次要人物无法以某种方式，深化读者对于主要人物核心身份的认识，那么，他们便没有存在的必要。

主人公与其他所有人物的关系，无一相同。你要把人物各自的核心身份、目的、动机、秘密、优势、缺陷、世界观叠加一处，使之针锋相对，最大限度地酝酿矛盾与冲突。

你也可以通过次要人物，呈现主人公身上的多面性。例如，主人公在应当辅导她代数课程的女孩身边时，会感到紧张烦躁；但是和自己的一群朋友在一起时便无拘无束，没心没肺的。当在心上人周围时，会显露出疯狂亢奋不已的一面；而和田径队的对手比赛时，又会变得冷嘲热讽，咄咄逼人。

嚯，要求可真多，但从来没人说过写作是件容易事啊。

积极的核心关系最重要

在我们分析那些真的会有意无意冒犯主人公，并把主人公卷入冲突的人物前，让我先提醒一个简单的事实：人类从本质上，是一个相互联结的物种。

生命之初，因求生的需要，我们开始强烈依赖于父母。随着逐渐长大，我们继续依赖于家庭；后来，依靠我们的朋友以及所爱的人。倘若思考一下自己的生活，你会发现，至少有一个家庭成员、朋友、导师，对你来说是不可或缺的，你可以探访他们，可以时常见面，促膝而谈。我们无一例外。幸运儿们身边有一大群这样的家庭成员、良师益友，构成了他们与家庭、社会的情感联系。

但是，在我看过的大多数作品的初稿中，主人公时却常独来独往。他们的生活仿佛与人类世界完全隔绝。这是一个巨大的错误。伟大作品会着重展现人类之间深刻的关系。甚至像凯莎这样的刺客，像凯尼斯这样孤僻离群的猎手，如萨姆·金斯顿这般的贱女孩，如小紫罗兰这样的怨女，都无比珍视她们与他人的紧密关系，并视之高于一切。实际上，通常正是这种关系，激励着她们去行动。

核心关系的概念在儿童小说中尤为重要。在这类作品中，家庭纽带更为强烈地影响着主人公的生活，而青少年作品则时而会涉及这方面。在儿童小说中，常可以看到与主人公意气相投的家庭成员、家庭挚友或者导师相伴其左右。苏珊娜·拉弗勒的作品《爱无止境》中的祖母，即是该类型人物，可供研究（本书引用了该作品的一些选段）。

所以，在我们深入研究具体细节、创建人物之间的冲突以前，记得：为你的主人公创造一个由至亲挚友组成的坚实后盾、强大后援团，为他提供支持、安慰、爱与精神食粮。

这并不是说，在这种重要且积极的核心关系中，冲突全然不存在。终究，“我们总是让所爱的人受伤”。事实上，主人公最大的情感斗争，往往发生在与他们最亲近的人之间。但是，这种能深深给予主人公支持与帮助的关系，首先需要根植于一方积极向上的沃土之中。

充实人物阵容

随着众多图书的出版，电影、电视节目的制作，一定的人物模式和人物间关系，反复灌输进我们的大脑。作家们希望尽己所能，避免次要人物的模式化。

防止人物模式化，最简便的方法是使人物目的和人物塑造具有层次感。一旦你赋予主人公的最佳拍档自己的目标和驱动，她会变得更加复杂立体。她是不是支持主人公的一切想法，但音乐剧梦想除外……原因是她想自己争取主角地位？她的核心身份是如何为她与主人公的关系投下阴影的？

除了思考引入哪些次要人物，另外需要考虑的因素是，如何引入。每部作品都有一个主角——这毫无疑问。不过，作品还需要包含多少其他人物？多少意味着很少吗？他们应属于何种类型的人物？这些具体的考虑还不明晰。哪些人物出场很重要，但同样重要的是他们如何出场。永远不要在写前几章的时候，把书中所有人物统统介绍一遍。首先，当人物成群结队出现时，读者会感到无所适从，无法对每个人物均一一深入理解。再者，在没有任何情节发生时，将所有人物信息一股脑儿倒给读者，读者会感觉索然失味。

很多作家会占用一两章的篇幅，在学校走廊巡游一番，点出他们所创造的每个人物。这未免太乏味了。反之，在引入人物时，要有选择性地使之充实、具体化。最重要且最丰满的人物应该在情节发展的整个过程中，以重要的方式持续出现。搭建这些联系，以致当次要人物经历重要时刻时，读者已经与其有了情感联系。

绝对不要空降奇兵，让其解决某个问题，或者牵涉进故事高潮。这是一种投机取巧的做法，会彻底疏离了读者，因为这相当于挥舞一个魔法棒。（希腊戏剧概念的拉丁文形式是 *deus ex machina*，意思是“来自于机械的魔力或者神”。试想，在一出戏剧的结尾，天使乘一只仙鹤从天而降，解决了所有人的问题。）

作者、编者语录：最爱的次要人物推荐

利巴·布雷（Libba Bray）《狂牛大暴走》（*Going Bovine*）中的贡佐，我不知道怎样你才能不完完全全爱上这个——疑病症、同性恋，同时还有“母子问题”的侏儒。

——巴里·利加

如果只能打一次《哈利·波特》这张牌，那么我要用在心智早熟，性情平稳，怪诞而毫不掩饰的那个卢娜·洛夫古德上。

——安德鲁·哈韦尔

在人物阵容规模上，儿童小说常不及青少年小说。这取决于初稿的长度和复杂性，以及作品的类型。奇幻小说和科幻小说通常倾向于拥有一个更长的人物表，可能需要电子表格来追踪［乔治·R. R. 马丁（George R. R. Martin），《权力的游戏》（*A Game of Thrones*）的作者，就这么做过。］我的看法是，如果砍掉一些人物不会影响情节发展或者主人公塑造，那就这么做。我是个超级美食控，所以我想借用美食节目名人奥尔顿·布朗（Alton Brown）的观点，他特别讨厌单一功能的东西（Unitaskers），就像厨房里的压蒜器那样的工具，只有一种功能，除了压蒜别无他用。同样的逻辑也适用于次要人物。如果他们在作品中只起到一种作用，可能就没有占据空间的必要了。

你也可以合并人物，而不是直接将他们删减掉。无论合并或者删减，都应考虑这个人物与主人公之间的关系。如果有很多人扮演的是同一种角色（支持主要人物；惹恼她；骗她的家庭作业来抄；发挑逗短信息捉弄人；喊过整个自助餐厅，恶声恶气，大骂特骂；问题倾听者；女孩们逛街时，恰恰知道要买什么；等等），要么砍掉其中一些，要么将这些集于一个更多面的人物。当然，你可能需要若干类似人物（如人气女王，还有她自助餐厅小集团里的两个跟班），不过，真的要仔细看看，牵涉到主人公时，他们每个人能成什么事。

作者、编者语录：他们眼中差劲的次要人物形象

一群失败者，会使主要人物甚至更为失败，比如疏忽大意的家长，施虐的父亲等。

——丹尼尔·纳耶里

皮包骨的男孩，在小学低年级的时候，总是吃个不停。

——黛安娜·兰多尔夫

赫敏情节：一个次要人物，是一部深不可测的大百科全书，充满各种有益知识，源源不断，无穷无尽；抑或，当英雄人物那颇为迷人的固执己见，阻碍其解决难题时，总是会出现在那里，帮助我们的英雄摆脱困境。

——安德鲁·哈韦尔

最好的同性恋朋友（GBF）——一个男孩——通常装模作样，花哨夸张。同样，还有心怀嫉妒的死党（JBF）——一个女孩，无可避免地嫉妒朋友的新近走红或者她的新恋情。

——亚历山德拉·鲍尔泽

毫无吸引力并且/或者绯闻不断的死党，用来作为主人公的陪

> 衬，显得主人公更有人气，更有德行。这些死党应该意识到他们在故事中的从属地位，只是在作者堆积引入其信息，或为主人公的麻烦担忧时露露脸，出个场。浪漫冲突中，恋爱对手最后证明不仅是失败者，还是个恶人；这个陪衬毫无疑问是神秘的。
>
> ——荷莉·布莱克
>
> …………

如果人物太少，也是个问题。一部只有两个或三个人物的作品令人感到闭塞。通常，你无法凭借过少的潜在人物关联点及人物矛盾，明明白白传递出一个好的想法或者主题。如果一个人物过于负重——他既是倾听者、打情骂俏的伙伴、学校餐厅发飙者，以及私人采购——或许你可以把其中一些关系分解成更小部分的次要人格。

由此，我不能给你一个在儿童和青少年作品中人物规模的具体数字，但可以提醒大伙想一想“金凤花姑娘的故事”①：不要太少，不要太多，足够就好。

☆ 阅读书架 ☆

下面，我们来看一些魅力恒久的次要人物，以及作家是如何刻画他们的。关于人物名字的巧思妙想通常是极为重要的手段。想一想人物的名字传递出怎样的信息，或许你甚至可以在其中传递出多层次的信息。请注意路易斯·萨赫在他的儿童著作《别有洞天》中，是如何引入三个次要人物的：

> 斯奈德和其他四个男孩一起回来了。彭丹斯克老师介绍了先进来的三个男孩，约瑟、西奥多和里基。而他们三个人则分别管

① 源自《三只小熊的故事》。

自己叫吸铁石、腋窝和锯齿。

从一开始，我们便知道这些男孩想要在羁留营——故事情节开展的地方，抛弃他们的传统身份，形成新的个性。这些令人讨厌的绰号，是青春期男孩们对自己特有的称谓，同时也显示了他们的幽默感，幽默些总是好的。我们目前了解到的只是男孩们的名字和绰号，但这些业已暗示出人物更大的特点。

在英格丽德·劳的《奇异功能》中，米博思对哥哥的描述带着困惑与不解：

> 我猜，小火箭是那种魅力十足十七八岁的小伙子，成天被一群十六七岁花蝴蝶似的傻丫头围着转。招蜂引蝶。

这里用“我猜”这样的口吻，暗示了米博思其实对“花蝴蝶似的”小女孩到底什么样还不太明白，但她并没有吝惜对小火箭的赞美——瘦高个儿、风度翩翩的样子。

在我们步入青少年读物中，会看到更多以人物关系为中心的人物描述与刻画。下面是在纳塔莉·斯坦迪佛《机器女孩与幽灵男孩》中，主人公比阿特丽斯对父亲的描述：

> 爸爸下了楼，系上领带。“伤到手没有？”他从妈妈那里拿过冰块，眯着眼睛，使劲儿看了下灼伤的地方。“我想会没事的。”他吻了一下伤口，换上冰块，抓起最后一根香蕉，又吻了一下我的额头。“好运哦，小家伙。”然后，上班去了，像只嗡嗡的苍蝇搅了我们一个早晨。

这幅家庭画面的描述，体现了比阿特丽斯和父亲的相处如何，他对家庭来说是多么的重要（或者无足轻重）。

在艾琳·鲍《没有影子的凯特》中，主人公凯特描述了和挚友德里娜第一次相遇时的情景，怀着几分渴望：

> ［德里娜］的声音也跟麻雀似的：清晰而明亮，一点儿温吞吞的感觉也没有。她的鼻子窄窄的，嘴又宽又大，一双大大的眼睛，眼角像猫咪似的向上提着。尽管德里娜的年龄比凯特小，但个子却比她高，体态也更轻盈：德里娜可是个从来不知道饿的姑娘。

凯特注意到德里娜的开朗率直、轻盈柔和——因为这些是凯特不曾有的，而这种相互作用会继续定义他们之间的许多互动。

尼姆是贾克林·多拉莫尔（Jaclyn Dolamore）维多利亚传奇故事《玻璃罩下的魔法》（*Magic Under Glass*）中的主人公，被一个富有的绅士雇来表演节目，在不知不觉中，她发现自己正设法搞明白她的新老板到底是个怎样的人：

> 我的表演让派瑞先生真真正正地笑了。不需要任何人来告诉我，他不常笑。

此时，我们对这两个人物均形成一定了解：尼姆急切地想取悦派瑞先生，而派瑞先生也已经有些日子没这么满意、这么开心了。随着情节的推进，这将转变成有趣的相互作用。

下面的例子刻画了三个母亲。家长形象向来难以呈现，因为他们通常在小说中占据重要位置，而又极易落入窠臼：

第一位母亲高尚无私，来自盖尔·福曼的《如果我留下》。下面不会剧透太多，因为这在故事开端便已发生。主人公米娅的家人在一场车祸中身亡，米娅受了重伤，她要做出决定：是否一个人继续活下去。在车祸现场的混乱中，米娅发现她漂浮在车祸现场之外。她看到被抛出车外的妈妈，躺在地上，永远地离她而去。

> 我不能回想这一幕，去想妈妈鲜血直流。所以，我在想，怎么就那么巧妈妈最先受到撞击，为我们缓冲了接下来的重击。无

疑，她不是刻意选择这么做的，但她就是这么做了。

米娅和母亲关系如何？我想说，充满爱与尊重。而在马修·奎克的《有点儿像摇滚明星》中，安布尔·阿普尔顿与母亲间的关系却并非如此：

老妈对男人的品位跟吸毒的疯子对可卡因的口味没什么两样。什么破烂都可以。当老妈再次碰她那个烟斗时，她身边每个爱她的人都被笼罩在里面（就是我），因为她有那么点儿该死的失控了——说白了。

哇！这样的描述，不仅让我们看到一个顽固到底、死不悔改的母亲肖像，而且还加深了我们对安布尔的尊重。这个女孩一辈子都得面对这样的母亲。了不起的是，不管怎样，安布尔都努力地爱着母亲。

下面是第三位母亲（勉强可以称之为母亲）。在马克斯·苏萨克（Markus Zusak）的青少年小说《偷书贼》（*The Book Thief*）中，作者以死神的视角叙述了第二次世界大战期间，一个孩子被领养后在德国生活所发生的故事。下面展示了作者如何将莉斯尔的新监护人介绍给读者的（下面这种形式，正展现了作品风格）：

关于罗莎·胡伯曼，莉斯尔的养母：

她就是具有那么一种奇特的本领，能够惹火几乎她见到过的所有人。

不过，她爱莉斯尔，千真万确。

而她表达爱的方式却是那么古怪。包括：拿把木勺子，时不时地敲打她，呵斥她。

请注意，我们是通过怎样的方式获取罗莎“不时敲几下木勺子、断续的话语和动作”这样特别的细节的。尽管描述看似贬义，但是，我们更倾向于相信叙述者所坚称的：“罗莎爱莉斯尔，千真万确。”只是用其特有的方式。罗莎是一个塑造得相当精彩的次要人物，如果你还没有看过这本书，不要错过这个人物。

你也可以聚焦于人物关系，以及通过展示的叙述方式，充实与丰满次要人物之间的关系，正如朱迪·布伦德尔在《不能说的秘密》中所展示的。在下面的引文中，布伦德尔描述了作为主要人物的母亲与其继祖母之间的谈话：

> 看到烟蒂被狠狠地捻在烟灰缸里，我就猜到了妈妈刚才的反应。走进屋，如果你看到烟灰缸里磨成一截截的烟蒂，你便知道妈妈和格拉德祖母刚刚聊了一会儿。

在妈妈和格拉德祖母两个人物的直接交锋之外，作者对二者关系极少描述，这是其中一例。但是，通过此，我们能够完全理解二者之间发生了什么。这段信息囊括了我们理解二者之间发生情况的全部信息。

声音对于次要人物的刻画至关重要。当我们读到约翰·格林的《纸上城市》中死党型人物本的对话片段后，能够对其有哪些了解？

> 你最好打电话给我，告诉我你那儿有十一个没穿衣服甜甜的兔女郎，她们喜欢我本老大，只有我本老大才对她们有特殊的魅力。

依我看，本对女孩子很感兴趣……不过，我敢打赌这个青春期的男孩子，只是说大话，实际上并没有多少女孩爱慕他。毕竟，大富翁向来不需要把财富挂在嘴边，不断炫耀。

无论你的次要人物只是寥寥几人，抑或阵容庞大，你都需要打好基础，善加刻画，以使他们轮廓清晰，跃然纸上。

反派来了……当当当！

反派或者反面人物，是次要人物中一个特殊的子集，其作用是将主人公推向他们崩溃的临界点。在考虑次要人物的核心身份时，毫无疑问，你会发现有一个人的气场和主人公的正好相对。这个角色值得予以特别重视。

你可以创造一个更为传统的坏蛋形象，他阴险邪恶，看起来唯一目的就是让主人公屈服于他的脚下；你也可以重点突出反派人物的性格在深刻、阴暗地影响着主人公，但并不需要决斗、恶龙或者地下兽穴的出现。虽然如此，我认为，每部小说还需要这样的人物或者力量：他们的作用是把主人公卷入矛盾冲突中（不论是身体上还是精神上的，或者二者兼有），质疑其价值观，迫使其陷入道德两难。

后一种类型的反面人物可以是虐待子女的父母、背信弃义的朋友、不忠的女友、聪明的小混混、行为不当的老师、政府傀儡，等等。可以查阅艾琳·库克的当代现实故事《报复劳伦·伍德》（*Getting Revenge on Lauren Wood*），书中尖酸刻薄的反面人物，即是一个很好的例子。这本书也是在阅读书架里被推荐的一本书。

创造一个出色的反面人物，要诀是：使其如同主人公那般复杂，而不只是一个主人公的对立面。令人难忘的反派，实际上也许和主人公有着更多的相似点，而这恐怕双方都不愿意承认。

反派——他们就像我们一样！

最糟糕的反面人物是单向度的，他们一概以捻着两撇小胡子、为恶而恶的坏蛋形象示人。这样读者将永远不会关注他们。读者会倾注很多精力在主角身上，所以自然而然地会厌恶反派，但这并不意味着后者便塑造得令人难忘。如果读者对反派评价得最多的是：“哦，我们知道了，坏蛋坏，英雄好。”那你麻烦了，故事收场。

对于反派，有一件事你必须懂得：他们就像我们一样。或许我们永远不会去引爆宇宙飞船，去劫持满载孩子的校车，听孩子们哇哇的尖叫声。但是，在每个人的表面下，都会有令人意象不到的地方。每个人都愿意相信自己的生活经历（还记得核心世界观吗?），还有他们自身从根本上是正确而善良的。

最令人胆战心惊、难以忘怀的反面人物，在被问及他们的目的时，是不会说："哎呀，我就是特别喜欢做混账的坏事啊。这就是为什么我做坏事的原因。"这个理由不会让读者着迷于他们的故事。最成功的反派，会有一个非常具体的理由来解释其所作所为，一个让他们充分相信并且可以合理化的理由。相反，他们可能会说："我把一整车孩子解救了出来，让他们摆脱了父母的罪恶专制，我是个英雄！"即使这种行为造成了混乱，反面人物也有着非常清晰的目的和动机。

确保使反面人物的目的和动机贯穿故事始终，不要等到最后才展现给读者。如果我们不清楚反面人物为什么如此坚决地追逐他所想要的（致使主人公焦虑沮丧），就不会在乎他。这样的人物也会给人单一维度感。

你应该极力建立反面人物与读者间的情感联系，读者虽感烦扰，但又情不自禁地与之发生联系。也可以营造主人公和反面人物看法一致的时刻，即使在刹那间。这两个元素，无论是否发生于同一场景，都至关重要。

我们不愿意透视一个"坏"家伙的思想，然后发现些许似曾相识之处。当作家迫使我们这么做时，我们和反面人物间的关系发生了改变，并且投入更多精力在主角与反派的关系上。

请允许我引用哈利·波特——经典中最为滥用的例子，不好意思——就一会儿。如果你读过哈利·波特系列小说，可能还会记得自己真正对伏地魔产生同情的那一刻——在你意识到他不知道什么是爱的力量，因为他从未感受过。这时，你为伏地魔，还有他空虚的生命感到悲哀。他孤注一掷，拼命寻找使他更具满足感的事物（他认为是永生），而无法看到哈利和他父母身上所代表的伟大品格。

通过使读者有违自己的意志，和当今图书市场最为复杂的反派人物之一建立起情感联系，J. K. 罗琳使伏地魔具有真正强大的感染力，带我们进入了哈利·波特系列作品的核心冲突（哈利对抗伏地魔）。这是一个了不起的成就，使得读者更接近故事，走进它的方方面面。

毕竟，缺少强大的反对力量，主人公将不会如此坚不可摧，他前方的征程将不会如此山高路远，危机四伏，阻碍重重，读者也不会对故事如此投入，欲罢不能。

恶霸充当反面人物

全国的媒体在铺天盖地报导有关校园恶霸的新闻故事，因此我收到了大量涉及该类人物的书稿。作者们会用这样的句子询问："如今，因为恃强凌弱的问题如此严重……"真是没辙，如今？仅仅因为事件出现在新闻里，不代表这是一个新问题。遗憾的是，以大欺小的校园恶霸向来是童年生活的组成部分。这就是为什么他们成了这么差劲的反派的缘故。如果故事的开始以学校为场景，那么我知道肯定会在第一章遇到主人公的死党和校园霸王。对于后者的介绍很少具有新意，他们向来不是了然无趣的人气女孩，就是一身洋葱味的大块头。所以，如果你以校园恶霸作为反面人物，要小心了。我已经全见识过了。抛掉对他们的整个素描，重新开始。你需要创造复杂、新鲜的恶霸形象。否则，他们将无法从一堆作品中，同其他同类人物区别出来。可以使用这些人物刻画原则来帮助你。

作者、编者语录：供稿作家、编辑眼中很棒的反面人物

我真心认为你需要被反派激发，程度不逊于英雄人物。我所创作出的人物，最爱中的一些是反英雄人物，如果不是完完全全的反派或者彻头彻尾的邪恶势力的话。

——巴里·利加

我最喜欢的反面人物是菲利普·普尔曼《黑暗物质三部曲》(*His Dark Materials Trilogy*)里的库尔特夫人。就像C.S.刘易斯(C.S.Lewis)的白女巫[①]，考尔特夫人实在令人胆寒，因为她可以随心所欲地施展魔力，但是，不同于白女巫的是，考尔特夫人的阴谋诡计更为复杂，其动机更不明了。她的个性中，有太多矛盾对立，从而使得我们不断猜测，持续恐惧。她不是片面的邪恶，她之所愿和吕拉的直接对立，使其成为一个完美的反面人物。

——安德鲁·哈韦尔

☆ 阅读书架 ☆

在经典文学作品中，有很多对于反面人物的描述。但是在我的脑海中，几乎没有能够与伏地魔相提并论的反派。在这里，我将详细分析，一探究竟。首先，让我们看一些完全在可接受范畴内的反面人物。第一个例子来自斯科特·威斯特费德的《丑人儿》(*Uglies*)，在这里，我们看到一队离奇完美的政府特工人员在执行任务。他们代表了“老大哥”型的政府权威，下面的引文描述了他们正在袭击逃犯的大本营：

> 残忍的美人儿们身形移动，穿越一切障碍。一团混乱中，灰色的制服如影子般一闪而过。美人儿们不慌不忙，优雅得体，似对身边的混乱丝毫未觉，他们前来制服一群战战兢兢的烟城(Smokies)人。他们在一团晦暗模糊中移动，塔利看不到任何有形的武器，但其所过之处，人人皆躺在地上，神志不清，动弹不得。

① 英国作家C.S.刘易斯所著《纳尼亚传奇》系列《狮子·女巫·魔衣橱》《魔法师的外甥》中的主要反面人物。

这是对反派不错的基本描述。字里行间，寒意袭人，让人心生畏惧，我定然不希望在黑漆漆的小胡同里遭遇文中所描述的任何一个特工。在克里斯汀·卡索的《杀人恩典》中，头号大反派兰德也会带给你同样不寒而栗的感觉。当他得知凯莎违抗他的命令：

> 更多时候，兰德愿意按他自己的方式发号施令，如果情况进展得出乎意料，他可能会认为自己受到了不公平对待。如果恰恰是你搞砸的，哼哼，这下好了，你就等着盯着兰德的眼睛战栗吧。

我们再次打了个寒战。不过，这里有大量讲述，而展示却不足。我不会去排斥这些描述——毕竟，它们业已出版——但是，这些反派无法从更深入、更内在的层面触动我。

成功塑造反面人物的诀窍是：不失时机地让他们人性化，使其更加复杂，甚至可能使读者心生同情。从小范围来说，珍妮·伯索尔的《夏日传说》在塑造蒂芙顿夫人这个人物时，即达到此效果。蒂芙顿是一个喜怒无常的老女人，出身名门。她想方设法地贬损打击这几个女孩。无论她对女孩何以恶言相向，女孩的父亲都会带给孩子们以及读者些许有趣的视角。在罗莎琳德痛斥蒂芙顿夫人的残酷行径后，彭德威克先生意图让孩子们知道真相所在：

> “有时候，人们在孤独的时候，会做出让人意想不到的选择。”彭德威克先生说。
>
> “蒂芙顿夫人很孤独！”罗莎琳德从来没往这方面想过。

我们不愿意喜欢蒂芙顿夫人。事实上，她的行为极其令人发指。但是，我们也看到她脆弱的时刻，这登时让读者意识到：她也是一个人（虽然满是缺点）。正像罗莎琳德意识到什么，读者也心有所感，并内心柔软起来。这样的时刻，在任何作品中，都会因反面人物而熠熠生辉，非常珍贵。

当然，反派越是十恶不赦、罪恶滔天，使其人性化的可能性便越大。在艾琳·鲍的《没有影子的凯特》中，凯特遭遇了一个奸诈狡猾、充满法力的坏蛋。他妄图以满足凯特心底最深处的愿望来换取她的影子。从一开始，我们便知道林奈将为凯特带来大麻烦：

> 这个陌生人长得很白，他的头发灰白灰白的，好像漂白的木头；银白色的眼睛像金属锡，肤白如昼，一片死灰。

他得了白斑病！但是，凯特孤注一掷——在一个危险的世界中有人相伴，因此，她同意了与林奈的魔鬼交易。之后，影子能够打开通往冥界的大门，林奈准备用凯特的影子使人起死回生。此外，作为一个没有影子的女人，村民们将对凯特避之不及，何况他们已经认为她是个女巫了。因为一时之软弱，凯特把自己置于危险的境地，对于此，林奈的引诱、哄骗，负有不可推卸的责任。

直到后来，我们才获知林奈想要得到影子的目的是，让冤死的姐姐复活，并为她报仇。卑鄙小人，鼠辈之徒。显然，他在做暗黑魔法的交易，但其动机多少却是高尚的。我们从对林奈的愤恨，转变到猜想倘若我们身处其境，拥有如他那般法力，会不会也做出同样的选择。

在塑造对反派人物同情心方面，我最喜欢的例子，其一来自克里斯汀·卡索的《杀人恩典》，这部作品在塑造二号大反派——一个名叫莱克的危险国王，触发读者同情心上，要远胜于一号大反派兰德。克里斯汀·卡索在该部小说中塑造的大部分强势的人物，均具有某种恩典，或者特别的天赋。这里不会剧透太多，莱克的恩典恰好是摆布他人的老练手腕。

无疑，在他首次登场时，这一点便展露了出来。下面这段中，由于妻子刚刚去世，他显得很狂躁：

那个戴了独眼罩的男人尖叫着、哭喊着。凯莎僵住了。

“噢，怎么会有意外!”他哭喊着。

声音中带着哽咽、抽泣。这满溢的绝望痛楚，使得凯莎倒吸了一口气，眼泪涌入眼眶。

“多么可怕的意外！多么可怕!”男人叫喊着。

“我的妻子！我的爱人!”

我们情不自禁地同情起这个男人，他是如此不幸。

直到我们得知，莱克实际上就是杀害妻子的那个人。早先种下的那颗饱含同情的种子，现在引起了读者认知上巨大的失调。我们想要对莱克深恶痛绝（就像我们对任何一个缺乏真实、少有深度的纸板恶棍一样），但是，我们还是不断地怀疑，在上面的场景中，莱克的痛苦到底有没有一丝丝真意。我们同反派在这个灰色地带走得越远，越会更加投入到故事中去。

让反面人物具有触动读者情感的力量，哪怕只有那么一刹那。作家掌握着将反派塑造成一个典型的令人毛骨悚然的恶魔形象，还是一个令读者无法抗拒的人物。

本节练习

次要人物工作簿

这个问题列表来源于上一节中的问题，请你为每一个重要的次要人物填写问题答案：

- 人物的首要目的是什么，两个次要的、更小一些的目的又是什么？
- 对上面目的，主人公/人物的动机分别是什么？
- 人物所秉持的于己、于人高于一切的价值标准是什么？

● 基于以上品德，人物的核心身份是什么？

● 这个角色的阴暗面是什么，或者当人物不能扮演此角色时，会发生什么？

● 她最强大的个人力量是什么？

● 他最大的缺点是（应该和力量相联系）？

● 什么唤起了诸如爱、需要、恐惧，以及憎恨这样强烈的情感？答案可能是一个人、生活的真相、当前时刻的部分境遇……

● 人物对于判断是非黑白的道德标准是什么？他不可逾越的底线是？

● 人物的世界观是什么？对人物来说，这个世界是什么“样子”的？人物一成不变的信仰是什么？

● 他和主人公的关系是什么？

● 手稿中，哪五处地方，由于这种关系，造成紧张氛围，或引起主人公变化？

反派人物工作簿

这个列表来自上一节中的问题，请为你的反面人物填写以下问题答案：

● 人物的首要目的是什么？两个次要的、更小一些的目的又是什么？

● 对上面目的，主人公/人物的动机分别是什么？

● 人物所秉持的于己、于人高于一切的价值标准是什么？

● 基于以上品德，人物的核心身份是什么？

● 这个角色的阴暗面是什么？或者当人物不能扮演此角色时，会发生什么？

● 她最强大的个人力量是什么？

● 他最大的缺点是什么（应该和力量相联系）？

● 是什么唤起了诸如爱、需要、恐惧，以及憎恨这样强烈的情感？答案可能是一个人、生活的真相，当前时刻的部分境遇……

● 人物对于是非黑白的道德观是什么？他不可逾越的底线是什么？

● 人物的世界观是什么？对人物来说，这个世界是什么“样子”的？人物一成不变的信仰是什么？

● 反面人物的善良或高尚动机是什么？如何扭曲地表达出来？她如何证明自己行为的正当性？

● 在何种时刻，主人公和反派看法一致？

● 在何种时刻，读者能够理解与认同反派？

小说的章节、场景、节拍

一部小说可以被分解成情节的各种动态作用——正如我们会在本书的些许章节中看到的那样。同时，在章节、场景、节拍（从最大到最小）中，也会发生人物间进行互动的特定运动。

章节

一种测量单位，从一个节拍持续到若干场景。完整的一套东西，包括起始和结束，推动情节前进。各章长度的选择因人而异，但是大多数的范围是五到四十页，儿童作品的各章长度会更短些。各章数字或者文本标题，从新一页上起始。

场景

场景是一个完整的情节点或者情节转换。它可以基于一个事件或者人物关系。如果一个事件发生，场景覆盖事件发生的持续时间。如果一个场景以人物为聚焦，它会覆盖人物间的对峙、交锋，以及事件结束时所涉及的各方发生的变化。正如章节的组成，场景也包括开端、中间和结局。理想情况下，场景将改变行动的基调（从消极到积极，反之亦然），引入有关情节和人物的信息，攻克或者加剧主人公的障碍。

节拍

节拍是场景中最小的测量单位。在两个人物间的交锋中，节拍即是一个行动。譬如，如果一个人物想要在咖啡馆点一杯免费的咖啡，首先，他会礼貌询问侍者。当这种方式不奏效时，他可能会恳求。如果失败了，他会恐吓。一个更大场景中的每个行动驱动该场景的目标向前推进，这就是节拍。

分析一章、一个场景，或者节拍是否成功，我总是问自己：

“我们知道了什么？”

“什么发生了改变？”

“外部世界发生了什么？”（不能全部是内在冲突）

每一章、每一个场景和节拍后，必须有某些东西发生改变，无论是人物、情节或者行动，我们至少需要一些向前的动力。如果我们无法获知任何有关人物或者故事的情况，你的希望将落空。如果没有人物或者事件发生改变，没有目的转移，没有新的行动，那么这一章、这一场景、这一节拍可能太过单薄。同理，如果情节不能向前推进，你需要重新评估其质量。

太多作家让人物依次坐在那儿，一章接着一章地滔滔不绝。我们可能会获知各种人物的大量信息（通过被动的叙述），但是如果没有任何事情真的发生，那么这就不是一个成功的章节、场景、节拍。

关照整章

章节是小说中最大的测量单位（除非你还另外将故事分为几部分，像一些奇幻小说、科幻小说那样——这种做法通常将小说分成三幕或者五幕）。更为实验性的章节类型可能包含一个时刻（如马修·奎克的《有点儿像摇滚明星》里部分章节的设置）或者很长的一章，由很多场景所组成（萨拉·迪森克就倾向于把一章写得很长）。

在构建一章时，你不仅需要关注章节里边的场景。还有其他相关内容需要注意。每章的开头部分是地产界所说的“黄金地段”，我是这么称呼它的。小说的首页是整部小说的重中之重，但每章的开头也很重要。

翻开每一章，读者都应该有被牢牢抓住的感觉，深深着迷，欲罢不能。记住：读者可能在章节转换间，放弃阅读。以人物的行动和令人信服的理由，让读者意识到：她需要继续潜心阅读下一章节。每一章都要以人物行动和冲突作为起始。

另一个“黄金位置”是场景间隔之间的过渡。如果在某章中，存在时间和空间上的跳跃，可以使用场景间隔作为工具来分隔。但是要注意：如果在故事进行间，有任何空白内容或者停顿，读者都可能放弃阅读。因此，为了保持读者高涨的兴趣，需要确保场景转换间惊险不断、悬念重重。

场景间隔

场景间隔是一章内部的划分，由符号诸如＃＃＃表示，而不仅仅是一条间隔线（暗示读者，你的意图是长时停顿，以免间隔符出现在版面的最下或者最上方）。场景间隔通常出现于时间或者空间发生变化（或者二者兼有）时。作者需确保在从一个场景转换到另一个场景后，迅速给读者提供信息，让他们知道在场景转换前，情节发生的时间和地点。

同样的原则也适用于一章的结尾（并且非常适用!）。并不是每章结束时都能够留下悬念，但是如果章章结尾都平淡无奇，那你就麻烦了。小说在一章结束时，需要引导读者继续阅读下去。作者绝不能在一章结束时，给读者留下这样的想法：“太好了，问题终于解决了！看来总算可以喘口气了。”那她则会扔下这本书。

章节结束时应该：

- 引入悬念。
- 给读者留下挥之不去的紧张感。
- 引入一个新的人物……
- ……或者使情节复杂化。

在使读者进入松弛情况前，用心想一想他的情绪状态。他需要什么才能保持阅读兴趣？

七零八落的头绪，崭新的进展，令人不安的想法……所有这些将帮助你保持章节结尾的高度紧张感。绝不能在平静如水中结束一章，另外，如果在结尾处，人物不得不沉思她的处境，要确使她在思考事情是如何悬而未决的。

如果你使用的是多重叙述视角，记住：你真的可以把各章安排得很有意思。不要以其中一个人物的视角，接连叙述几章，而要战略性地规划故事的节奏，始终保持读者大脑在急速运转。读者想要看到第一个视角人物的问题解决，不得不继续翻动书页。在切换至原故事情节前，让第二个视角人物身陷困境。以此类推。

逐场景搭建故事

场景是搭建小说的一个较小的组成部分。大多数场景发生在一个事件的持续时间（苏珊·柯林斯作品《饥饿游戏》中的抽签仪式中），或者两个人的对抗。（在萨拉·迪森的《再见，旧的麦克琳》中，麦克琳与母亲的巅峰争吵。）

众所周知，场景和对话具有严格、缜密的特点，作者必须为此付出很多心力。通常，我所了解的是，一个有效的场景，会将之前的故事发展方向或者故事基调反转。比如，某个人物兴高采烈地出场，却闷闷不乐地离开；一项计划一路高歌前行，直到不幸夭折。最有效的场景会将动作、情节或者人物出其不意地抛出来。这样的场景会转换故事基调，掀起阵阵波澜，影响其后所发生的一切。另外，我们也需要在每个场景中了解新鲜的内容，否则作品便不值得继续阅读。

每一个场景都应被看作是其中人物意志间的角逐，每个人物必须渴望一些不大可能会实现的事情。如果所有人物都渴望得到同一件东西，将其实现，然后一起缓缓隐去在薄暮中，这并不是一个场景。小说中的场景因冲突的发生而生机盎然、充满活力（仅仅是人物间互相高声叫喊，并非冲突，本书后面将讨论更多）。

因此，若干心怀抵触目标与需求的人物逐次登场。他们围在一起跳舞，可能言语间相互攻击，在场景结束时，只有一个目的得到满足，只有一个人物得以胜出。除非这是故事的高潮，否则胜出的人物可能并不是主人公。

场景的基本构成：

(1) 人物入场，想要得到什么，和另一个存有抵触目标的人物相遇。

(2) 人物采取行动，试图克服障碍。

(3) 人物要么失败，要么短暂胜利……结果遭遇另一个更难以逾越的障碍。

(4) 以人物面临更为艰巨的问题而结束。

这里，不必非得让人物经历滔天骇浪般的巨大挫折，但一定要足以使他灰心丧气，使故事保持高度紧张感。人物不可能在每个场景中都经历灾难性事件，这样会使读者感到精疲力竭。在有些场景中，作者只需要为主人公制造些许麻烦与不便，但其中多数会成为他们前进路上十足的拦路虎。

此外，还要考虑场景的长度与节奏。作者可以通过一定模式的长场景与短场景的结合，变换故事的节奏。如果长场景接连出现，无论它们安排得多么紧凑，读者都将会感到拖沓。而太多短场景的快速连续出现，会让读者如被鞭笞般不适。

总而言之，场景必须展现出什么，使事情更好或者更糟。对每个场景，作者应自问："其中的冲突是什么？在这里起什么作用？主人公在经历这番冲突后，有何变化？"

"说什么？"——创作复杂的对话

正如场景一样，对话必须展现给读者什么。人物不能为谈话而谈话。上佳的对话总是层次丰富，蕴含弦外之音的。实际上，对话中最重要的组成部分并非话语本身，而是每个人物出场时，他们背后的目的。如果读者知道（且应该知道）彼时每个人物想得到什么，对话将会变得复杂许多。

在即将谋杀国王前，我对他说"你好"，这个单词的意义将完全不同于它本身。对老态龙钟的祖父母道一声"你好"，它的意义将再次转换。对话需展现人物的特点，阐释人物的目的和动机，并且总是包含一定的话题。倘若想一想日常沟通，你将觉察到人们常常不会直言不讳，直抒胸臆。他们迂回婉转，规避误导听众。对话的艺术就在于捕捉生活，并形成文字。

就像你不想去描绘人们东拉西扯、闲话家常的场景（这里没有实质的话题或者冲突），同样，你也不想逐字逐句地记录人们实际生活中如何说话。如果你打算这么做，你将发现其中到处是"嗯""呃"还有其他各种填充词汇。对话需要生动传神，意思真实可信，但并不是现实生活的翻版。作家的任务是把现实生活中人们的对话升华。

请允许我提出一个恼人的问题：在写对话时，请你只使用话语动词。你无法想象有多少作家让人物"微笑"出或者"大笑"出一句对白。微笑可是一个非言语动作！你如何大笑出一整句话？你会卡住的！而且，既然我们说到了这个，请只尝试使用"说"或者"问"这样的动词作为话语标签。也许你认为这严重缺乏独创性，但这些动词在读者阅读中并不醒目，因为读者太习惯它们了。

正是“说”这个词的那些花里胡哨的同义词才成问题，诸如“咯咯地笑”“兴高采烈地”。这些词语使读者的注意力极大地偏离了说话内容。过度使用这种同义词语，说明你是个业余作家。这些动词能够传达情感，但我视他们为作家偷懒的方式，因为表达情感是对话内容的任务，而不是标签应该做的。这些炫目的标签会令编辑与经纪人感到刺眼无比。

在创作对话标签时，少即是多。不要使用花哨的动词。拜托，停止使用副词吧，诸如“她歇斯底里地大叫”。这是业余选手会犯的另一个错误。场景的亮点应是人物间的对话，就这么简单。副词在对话标签里，就像花哨的动词，是作家的拐杖。人物对话时，不要有过分的动作和伴随手势。你不可能精心编排场景中的每时每刻，所以试也不要试。留给观众空间去想象人物在对话时有着怎样的手势。记住：并不是每句对白都需要标签，特别是假使场景中只有两个人物。

你将看到我们的阅读书架中提到的有些作家，打破了这些规则，但是，这是因为他们刻意为之，并且有节制地使用副词和绚丽斑斓的动词。如果你写出的对话是一盘各种“说”的代名词的大杂烩，就把它们统统砍掉，依己之意，审慎选择，将这些精挑细选的语汇，按不同层次，重新放入文中。

对话标签

对话标签是对话中非语言的文本部分。基本用于指示伴随讲话的动作，或者识别讲话者。在一个场景中，有两个人物，你几乎总是可以削减对话标签，因为读者应该很清楚是谁在说话。如果你想提示标签，形式如下：

“多么美妙的世界覆灭的一天，”她说。（“What a Wonderful day for an apocalypse,” she said.）注意双引号内的逗号，以及小

写的主语。即使你使用的是感叹号或者问号，主语也是小写的（除非是一个专有名词）。记住，在言语标签中，只使用话语动词。如果你想指示伴随话语的动作，形式可以如下：

"多么美妙的世界覆灭的一天。"她拍手说道。（"What a Wonderful day for an apocalypse。" She clapped her hands.）

注意双引号内的句号（可以是任何标点符号，但不可以是一个逗号伴随一个动作标签）。标签中的主语需要大写。

最后，记得在创作对话的过程中，寻找乐趣。人物对话是作者施展声音的好机会。别着急，耐心研磨人物对白，并在此中展现作品高于生活的一面。曾经，有没有这样的时刻，你在脑中重播着某次吵架的画面，结果过了好半天，才浮现出一针见血、有力反击的巧言妙语？在小说中，你有机会比在真实生活的互动中，展现更为机智幽默、妙语连珠，更"刁钻尖刻"、光彩熠熠，更为深刻幽邃的思想。

☆ 阅读书架 ☆

对话是对人物个性及其之间关系的极佳展示。即使当下没有明显的冲突发生，人物间的每一段关系中，至少应蕴藏些许摩擦。在《阿尔文·霍：对学校、女孩和其他可怖事情过敏》中，阿尔文讨厌他的女同桌弗莉，尤其是当弗莉替他说出他的想法时。阿尔文的问题是：他太腼腆了，不敢表达自己的想法。在下面的例子中，班上来了一个代课老师：

代课老师看了看弗莉，又看了看我。"他自己可以说。"她说。

"他说不出。"弗莉说。

"为什么说不出？"

"说不出就是说不出，"弗莉说，"因为他是阿尔文·霍。"

这段对话透着幽默，展现了人物个性。尽管我们知道阿尔文并没有对弗莉敏捷的反应感到激动不已，但看到她这么了解自己，还是会感到那么点儿怪怪的乐趣。

在路易斯·萨赫的《别有洞天》中，故事开始时，少年羁留营的典狱长 Sir 先生和主人公斯坦利之间，有一段短暂的交锋。这是一个极为简单的、展现了一个人物想得到某物但另一个人物想要的却是他物的例子：

> “你渴了？”Sir 先生问道。
>
> “对对，Sir 先生。”斯坦利回答，充满感激。
>
> “嗯，你最好习惯，在接下来的十八个月里，你都得这么渴着。”

显然，斯坦利有冤无处申，有苦无处诉，因为 Sir 先生掌握着羁留营的大权。斯坦利休想在那儿喝到水，就是这样。场景愈复杂，其层次便愈丰富——在某个场景中，人物会施展各种行为，或不奏效，需要多次过招，上演几个来回的对手戏。正是这种交锋使得一个较为冗长、且精细复杂的场景更为生动有趣、引人入胜，不过，这是一个非常基本的人物处于矛盾对立中的例子。

同时，人物间关系也透过微小时刻被明确出来，就像下面例子中，艾琳·库克的《报复劳伦·伍德》中的人物海伦（首先说话的人），和她的“闺蜜”劳伦：

> “你凭什么认为我就乐意做你的朋友呢？”
>
> “你觉得除此之外，你还有得挑？”

劳伦在海伦面前盛气凌人，把海伦的自尊撕得粉碎。他们的“友谊”并不是建立在尊重或者情感的基础上。正如读者可以从这部小说的名字中猜到一二，这种关系会反咬到劳伦，让她付出代价。下面是二人间另一场绝妙的交锋，妙趣横生，极尽尖酸挖苦：

"我是毕业班学生，我得超级努力才能去我应该去的地方啊。"劳伦说道，好像还挺在理。

"我也在毕业班。如此说来，贝利、凯拉也三年级了，噢，我们学校至多也就几百个学生快毕业了呢。"

海伦夹枪带棒的一阵猛击真是让我叫绝。不仅两人之间的交锋尖锐凌厉，而且主人公海伦勇气十足，恰恰道出了所有人对劳伦这个自大狂的看法。这正是小说创作的另一裨益——你可以随心所欲、妙语连珠，给对手以难堪，而不必忧惧随之而来的激烈交火。

对话中也体现大量幽默，尤其在情势紧张抑或情感强烈的场景中。通常，这是人物（以及读者）在戏剧冲突强烈的瞬间，释放其情感的唯一而迫切方式。下面，在达内特·霍沃斯作品《小紫罗兰几乎被闪电击中》里，小紫罗兰和死党洛蒂之间发生了争执：

这会儿，洛蒂疯狂了。"我只不过想和你说点儿什么，而你永远要和我争个输赢对错。要知道，你并不总是对的。"

洛蒂的话让我意外又气愤。我想对她说：我不是总和你争辩个不停，但这话本身就是在和她争辩喽。

这个场景讨论的主题是严肃的，但是，小紫罗兰仍旧让读者感到其俏皮的一面。

在盖尔·福曼的《如果我留下》中，凌厉而幽默的对话，使妈妈、爸爸、弟弟小泰迪，以及主人公米娅之间一场普通的家庭早饭场景，睿智有趣，值得玩味：

"呦吼！"泰迪高声尖叫着，两只胳膊在空中乱摆。

"你精力过于充沛啦，这才早晨几点哪，"我揶揄道，又转向妈妈。"或许您不该让泰迪喝这么多咖啡。"

"我已经让他改喝无咖啡因的了。"老妈回击道，"他天生不就这么闹腾嘛。”

“只要您不让我也改喝无咖啡因的就成。”我说。

“那可是虐待儿童。”老爸说。

在这里，透过友善的玩笑与温和的打趣，我们对这个家庭里成员之间活跃的互动，窥得一二。并且，上面的对话也制造出情绪张力，因为，我们业已从故事前面的叙述中了解到，这些人物将不久于人世。但最为重要的是，例子中展示出的对话是如此精彩，以至于让我心生羡慕——在我的生活中，人们在咖啡时间前的对话，远没有这般诙谐机智。这番对话真真正正地高于生活，提炼升华。

倘若你发现自己正在为对话挣扎苦恼，特别是在读过这些范例以后。我想留给你罗伯特·麦基提出的观点：暂时把它们抛到一边吧。人物对话往往随场景而动，移步易景，这使得修改起来十分困难——因为作家身陷其中。麦基的经验之谈是：编剧们最容易遇到这种困境，因为他们几乎整日泡在对话中。但是我认为，在小说创作中，同样也存在这种状况。

小贴士

“杀掉你的心肝宝贝”抑或“杀死汝爱”是一条很难遵循的创作准则，但是，请让你的创作伙伴帮助你一以贯之。无论何时，当你对某个意象抑或笑料、双关语自得不已，又或呵护甚佳时（我就常常处于后种情况，在创作这本书时也不例外），你很可能正在固守与坚持着某些不属于这部书稿的东西。你的一字一句都需要服务于故事本身，而非用来炫耀你个人是多么风趣幽默、天资聪颖、又或思想深邃。在创作中，往往那些深得作家之心的警言妙语最难舍弃，但是，倘若一经大刀阔斧删减，故事将会更为流畅紧凑。

如果你发现自己在修正对话时遇到困难，一个迅速上手的变通方法是：暂推迟写这部分。如果你需要更加深入地了解，在一个场景中，人物每时每刻的行为动作，请使用节拍。

节拍

节拍是小说中最小的单位，是两个人物间交手时的一次转换。节拍可以在对话中持续一行或者若干行。迄今为止，我已经在本书中提到一些关于节拍的范例（在《欲望号街车》中，布兰奇和斯坦利的搏斗；某个人试图喝一杯免费的咖啡）。不去考虑对话内容本身，把节拍看成场景发展中的一张感情地图。一个人物想得到些什么？如何获得？集中一个障碍物，改变方向？反面人物有所攻击，主人公如何反击？

每一次转换，无论长短，都是一个节拍。

我知道大多数作家不会考虑小说中的节拍。如果不是受过戏剧专业训练，我也不会想到此（演员在每个场景中，利用节拍寻找情绪和动作）。但实际上，节拍对小说创作裨益良多。它们可以使你清楚地集中于人物的目的。通过一个节拍一个节拍概述一个场景，你会发觉小说中哪些部分没有明确的人物目的，或者人物间目的不处于对立状态。很可能这些场景中的死角毫无冲突，删掉它们或者放大摩擦与冲突。

同时，节拍还帮助增加场景的丰富性。两个人物为了达到各自的目的，在一件事上争吵了长达五分钟，读来无趣。把这样一个场景断为数个节拍，为达到各自的目的，每个人物各显神通，各出奇招，这就增加了场景的复杂性。

☆ 阅读书架 ☆

下面，我将为大家展示两个有关小说节拍的例子。第一个例子包含一个节拍——人物为得其想要，采取了一个行动。此例取自杰克林·达拉莫尔的《玻璃罩下的魔法》。主要人物尼姆是一个下层舞女，在一个肮脏不堪的戏院跳舞。她得到为有钱绅士派瑞先生工作的机会，得以离开戏院。戏院老板格兰登希望尼姆能够继续表演，为使其留下，格兰登采取了一个行动（恐吓）：

> “[派瑞先生的] 老婆婚后还不到一年就死了……让人浮想联翩，是吧？”格兰登侧身凑近，热乎乎的气息落在我的耳朵上。我试着挪开一点儿，他“啪”地把手打在墙上，将我拦住。“你不会是在考虑接受他的工作吧？”

仿佛语言还不够有威慑力，格兰登还动了粗，来威胁尼姆。根据尼姆的反应，无论她是否害怕，也无论她做出反抗还是不动声色，他可能会采取另一个行动（或许是乞求），这将成为故事的另一个节拍。

下面，我将为大家展示洛里·豪斯·安德森《纸片少女》中的一个节拍转换的例子。主人公丽亚愈加沉陷于厌食症中，她的父母试图劝她多到治疗师那里做做治疗。面对丽亚的无动于衷，母亲改变了策略。非同于传统的对话模式，其实是作者刻意为之，服务于作品风格：

> 妈妈：“我想让你多去帕克医生那里看看。每周至少去一次，或许再多几次。”
>
> 丽亚无动于衷：“不。你们这是在浪费时间，浪费钱。”
>
> 爸爸：“你说什么？”
>
> 丽亚：“帕克医生故意拖长治疗时间，要么她怎么不停地在我身上赚钱。”
>
> 妈妈从小圆面包里捏出几颗玉米粒：“你现在还能活着，多亏了帕克医生。”
>
> 丽亚，在他们未曾看到的地方，已鲜血淋淋，痛楚非常：“得了吧，没那么夸张。”

妈妈平静地要求丽亚去帕克医生那里接受治疗。在此场景中，丽亚要采取行动，削弱母亲的提议。她对此不屑一顾，满不在乎。妈妈发现丽亚冷漠的态度，遂改变策略，设法唬她一唬，将危机升级（“你现在还能活着，多亏了帕克医生”）。即使丽亚依旧反应冷淡，语气中透着漠不关心，作者通过人物的内心独白显示出：实际上并不是这么一回事。随着母亲将危机升温，丽亚把自我描述成：“在他们未曾看到的地方，已鲜血淋淋，痛楚非常。”或许，妈妈的话最终还是渗透进丽亚的内心。这个简单的对手戏，承载着不小的分量。

现在，是时候停止讲课，拿出一些草稿纸，描摹出你作品中的关键转折点，以及章节、场景，甚至节拍的轮廓了。如果你还未准备妥当，使用下一页中的练习，作为指导：

本节练习

场景说明	人物目的： 场景的最佳效果： 场景的最差效果： 场景最初的气氛/基调： 场景结尾的气氛/基调：

然后，

该场景的驱动者（谁让这个场景发生，谁起主要作用）：

人物的赌注*	转折点： 场景结尾处的驱动者： 场景中的胜利者： 胜利果实： 人物的新处境： 人物的新障碍：

* 在场景中，对每个人物均做出分析。

人物成长与变化

一些作家常问我："随着故事的展开，人物是否真的需要成长与变化?"通常，这些人有某种后现代心理，诸如生活绝望无助，人性空虚无益，等等。对于这个问题，我的答案再清晰不过："当然需要!"我认识很多著作经纪人和编辑，他们和我想法一致。

因为，当我拿起一本书，会被其中的情感所打动，和书中人物心心相系，体验一场奇妙旅程、了解人类甚至我自己的内心深处……生命有限，我绝不会投入四五个小时的时间，阅读一个自始至终不能让我的情感发生任何变化的故事。如果出于某种原因，你的故事想证明没有什么可以激发一个人做出改变，那我们刚好不太对路。

如果故事写到350余页，人物还没有成长，这意味着你没有给其设置足够的情节和道德困境。这时，我会怀疑，你的情节是否充分得当，你是否在努力构思能够促使人物成长的爆发性瞬间，以及能够带给读者深深满足感的故事转折点。

重复一下：读者需要在阅读中有所关心和在乎。一旦在乎，人们便会去改变。按照这个逻辑，作者没有投入足够的精力，才有了一成不变的角色。有些作品可能会成功塑造后现代反英雄式人物，但这更可能出现在成人虚构文学中。儿童文学要让读者有所关注、改变，并带上他们一起旅行。就是这样。

基调转换

故事中每个人物、场景以及每个章节，应始终贯穿某种基调或者情绪。无论主人公感到心情极佳，抑或处境万分艰难，你需要随时随刻为故事点染情绪，营造氛围。

罗伯特·麦基在剧本创作圣经《故事》一书中建议，随着情节发展，作者始终需要追踪每个场景中的基调，并确保其最后的反转。也就是说，在一个场景中，基调若以积极昂扬起始，便应以悲伤落寞结束，反之亦然。这个建议在创作中非常有效，但我不会像麦基那样甚为严格，勒令作者将这种效果贯穿于每一个场景之中。

反之，你应该将基调和主人公的情感密切联结。绘制主人公的情绪地图，观察其情绪脉络如何与场景及章节的基调相联系。要确保人物情绪反转起伏，变化更迭。不要使人物情绪在一个相对的高点耽溺过久，也不要让他连续数章麻烦不断，恼人事情一箩筐。

在情节发展中，把人物的情感历程想象成曲线图中的线条，这很有帮助。每当主人公的情绪发生变化时，相应的线条便上升或者下降。如果人物的价值观或身份感增强，线图呈向上走向；如果人物遇到挑战，线图向下倾斜。在故事发展过程中，情感历程的线条绝不可是一条直线。基调不能一平如镜，静止不动。想一想故事走向和主人公的经历，精心设计出情感过山车。

随着情节的发展，人物一路前行，她的内在身份会被强化、瓦解，甚至可能是重建。理想情况下，这个过程会一再重演。青少年在成长的过程中，会面对核心身份的挑战。故事中其他人物也需历经如此，无论他们是主人公，是跟班，还是反面人物。

长大成人

正如前文所述，儿童和成人唯一且真正的区别是：儿童所处的环境以及他们生活经历的不足。正如你的读者一样，书中人物正在长大成人、开阔视野，所以，你也必须得考虑他们走向成熟的轨迹。

书中任何人物都不可能在故事发展的过程中完全成长起来。但是，如何让情节促使人物变得聪明理智、脚踏实地些？而且让作品自然而然地做到这一点？这是儿童文学创作需要考虑的独特问题之一。

不过，要小心训诫说教。孩子们在学校、教堂、家庭教师、野营地那儿，到处听大人们告诉他们该做什么，他们整天从父母师长、兄弟姐妹、保姆看护那儿听大道理，最烦的就是故事书里也有严厉的教训等着讲给他们。

当然，故事里有核心主题，你在里面探索孩子成长的重要问题。而且，构思一个有意义的主题也是创作中很自然的事情。但是，你绝不能厚着脸皮指挥孩子该做什么、怎么做、又为什么要这么做。你只能对孩子们循循善诱，将书中人物所经历的改变与成长细腻巧妙、真实可信地展示给他们。

将活跃的人物变化贯穿始终

尽管人物的成长与变化在接近小说结尾处，才会开花结果，但是这种变化也发生在人物每每历经艰难的道德困境或者情节转折点时，以及每次人物需要被迫审视自己的身份、抑或面对生活中新的一面时。

构思一个人物转折点，在那一时刻，主人公环视四周，发现自此，物是人非，无法回头。“过往”与“此后”，两重天地，这一分水岭使得主人公永远改变。

在马修·奎克的《有点儿像摇滚明星》这部精彩的作品中，安布尔·阿普尔顿在一起令人震惊的谋杀中，失去了母亲。尽管她的母亲是一个极度麻烦的人物，但是她的离开还是给安布尔留下了难以平复的伤痛。谋杀总是令人心头一紧，况且还是主人公至亲的死去，这样的打击将安布尔撕得粉碎。在某一时刻，书中某一页，其他地方满是空白，除了——她想：

> 我不再是一个孩子了。

这起事件为安布尔制造了一个情绪转折点，彻彻底底撼动了她的身份。从此，安布尔离开了令她精神世界满足的各种热忱与激情，逐渐陷入深深的忧郁中——迄今，书页间，那种我见到过的最深的忧郁。一切都要回到那个令人心碎的时刻——那个带来永久改变的时刻。

让我们前往阅读书架，遍及示例小说，从故事开端的转折点，到临近高潮时的成长时刻，寻找更多关于人物成长的例子。

☆ 阅读书架 ☆

故事转折点常常来自情节的发展与变化。在儿童读物《阿尔文·霍：对学校、女孩和其他可怖事情过敏》中，阿尔文落入一群校园小霸王手中，他们允诺小阿尔文，如果对他们言听计从，他将得到友谊和地位。当阿尔文反抗小粉——这群小霸王中的头号人物时，读者终于看到他变得勇敢起来，即使这么做会毁掉他赢得被人们欢迎的机会。

> "我不喜欢做你们做的事儿。"我说。
>
> "你确信？"小粉问道。
>
> 我点点头，非常肯定。
>
> "如果我不和你玩儿，谁会和你玩儿啊？"
>
> 我耸了耸肩，这我真不知道，但我知道的是，我不想和他们一起玩儿。

对于阿尔文来说，这是一个重大时刻，也是他第一次坚持自己的想法（自始至终，他仍旧没有说太多话，着实为阿尔文风格）。

在卡罗·林奇·威廉姆斯的《被拣选的人》中，凯拉违背原教旨主义的摩门教大院规定，到社区之外办了一张借书卡。但这不是她唯一的秘密。她还和一个年龄相仿的男孩陷入了恋爱，并且积极反抗与自己的叔叔结婚。所有这些反抗积聚，最后，她被先知召见：

> 走向教区，在我眼中，一切都是新的。我从来没有真正害怕过这里，而今天，我却在颤抖。我在想，谁会知道我曾到过这里呢。

在这个转折点，她一直坚持的信仰受到了攻击，使得她以一种全新的方式看待生活。

马克斯·苏萨克的《偷书贼》发生在第二次世界大战时期，德国公民如若对犹太人表现出任何同情，都会把自己卷入大麻烦中。在小说的前半部分，莉斯尔和家人曾将一个名叫麦克斯的犹太人收留，庇护在地下室中。几个月以后，当莉斯尔在街上再度看到麦克斯后，她将警告抛之脑后，决定向他伸出援助之手：

> 这个偷书贼向大路走去。
>
> 从来未有任何一个举动给她带来如此重负。在她年轻的胸膛中，这颗心也从未感到如此坚定，如此宽阔。

这个决定可能给她带来毁灭性的灾难，但她终究还是想通了。她意识到自己是不会在乎这些的。真正的友谊给人以宽慰，胜过由此可能引起的纳粹的激怒。

诚然，并不是所有情节转折点、人物的抉择时刻都事关生死存亡。有时，情节转折点源自人物的情感流露，这恰如有形世界中的任何肢体动作般，具有强大的力量。

在苏珊娜·拉弗勒这部令人心碎的儿童作品《爱无止境》中，主人公奥布里不仅要接受爸爸和妹妹在车祸中丧生这个事实，还要面对随后妈妈的精神崩溃，并且妈妈还消失不见了。面对这一切，她将自己深深地埋藏起来。在妈妈突然消失后，她一个人玩起了过家家，希望没有人注意到家里只剩她一个人了。当奥布里搬去与外祖母一起住，她仍坚称一切都很好。

最后，新结识的朋友布丽奇特[①]打开了奥布里的心房，问出到底发生了什么：

> 这几个月来，我都不去回想那可怕的时刻。虽然只有一分钟，却仿佛一个小时那么长，怎么也过不完。现在，当布丽奇特问到这些，我没有哭泣，也没有发慌，因为她让我变得勇敢。

很久以来，奥布里第一次收拾好心情，诉说她经历的这一切、失去的这一切。此刻，她意识到，无疑——他人会给我们带来伤害，让我们感到脆弱。但是，他们的鼓励也会带来力量。

在汉娜·莫斯科维茨的《断骨重生》中，面对两个生命垂危的弟弟，乔纳一步步、有计划地砸碎自己的骨头，欲以这种方式排解心中痛楚。在其接受心理治疗，治疗师向其做出暗示时，他的心扉一点一点，无声无息，默默打开（一语双关）：

> “乔纳，你感到愧疚吗？”
>
> 我狠狠地点了点头。
>
> “因为你很健康？”
>
> 我停住了。

在乔纳最后那一下的犹豫中，你几乎可以听到他顿悟的一刹那。尽管这个转折点是经由他人传递给乔纳的，这份冲击还是令他凝固住，读者可以感到他开始转向这个新事实。

有时，转折点会影响其他人物，这恰引得主人公的情感有所转向。在斯科特·韦斯特费德的《丑人儿》中，塔利被“特别人儿”的邪恶政府派遣，前去侦查一营地人马，他们在一处名为烟城的地方，过着与世隔绝、无迹可寻的“脱网生活”。她到达烟城，并获取

① 布丽奇特（Bridget），源自凯尔特语，意为“力量”（strength）。

他们的信任后，理应一举将其铲除。当然，她意识到要背叛谢伊——她被派前去追踪的朋友，这会非常困难，还有大卫，她新的恋爱对象：

> 烟城不仅仅是一处各类逃亡者的藏匿处，她意识到。这是一个实实在在的城镇，一个拥有自我权利的城市。如若塔利触发追踪器，这不仅仅意味着谢伊的大冒险将终结，这也意味着大卫的家会被夺走，他的全部生活将被剥离。

其他时候，成长的时刻很难被人物接受，抑或被包裹在否认拒绝中。在艾琳·库克的《报复劳伦·伍德》中，海伦发誓要让她的前任死党在一场毁灭性的学校恶作剧中以牙还牙。她化了精致的妆容，嗫嚅回劳伦的内部圈子。她的计划是如此成功，不过她却感觉空洞、失落地离开了，尽管结果比她预想的要严重得多。下面，她要面对一个在实行报复计划过程中伤害到的朋友：

> 一滴泪珠滚落我的脸颊，滚烫滚烫。第一次，我发现，夜已经那么冷。“对不起，我这么做了。对不起，这最终伤害了劳伦，对不起，我对你还有布伦达说了谎。我总是想，是劳伦毁了我的一切，可事实是，我再没有别的真朋友，因为我不知道怎么去交。”

清算的时刻一定不好过，不过她已经推倒自我筑起的高墙，到达这里，这显示出海伦巨大的成长。

在有些情况中，一个较早时刻的情绪发展，会转变成引发事件。在这个美丽的例子——珍妮·唐纳姆的《十六岁的最后心愿》中，白血病晚期病人泰莎听到她的病情恶化，内心冲突的这一刻——与新的时间日程争分夺秒——以成长结束，并触发了本书的轨迹，激发她书写了一份遗愿清单，而后推动情节的发展：

> 这真的会发生。他们说会这样，可这比任何人想得都要快。我真的不会再回学校了。永远不会。我永远不会出名，或者留下任何有价值的东西；我永远不会上大学或者有一份工作；我不会看到我弟弟长大；不会去旅行；永远不会赚钱、开车；永远不会恋爱、离家，有自己的房子……我不想就这样死去，我甚至还没有真正地活过。这对我来说再清楚不过。我几乎都充满了希望——这很疯狂。在死去之前，我想活一次。这是唯一解释得通的事情。

又及他例，人物成长与变化发生在最后，历经艰苦卓绝的战斗，临近故事结尾处。下面这个例子来自洛里·豪斯·安德森《纸片少女》，丽亚缓慢而小心翼翼，重获对生活的希冀：

> 一个恶心的声音总是响起，极力要把我拉下去：蠢货、丑八怪、蠢货、泼妇、蠢货、肥猪、蠢货、婴儿、蠢货、废物、蠢货、失败者。但是，我不让它们得逞。我一口全吞了下去，努力不去数有多少。

我们知道这是一场愈战愈艰的战斗，但是，有史以来第一次，我们相信丽亚已经发生了足够的改变，来赢得这场战斗。这便是成长瞬间所带来的力量。记住，这个瞬间将你的叙述一分为二——“成长前”与“成长后”。让人物——永远改变，你希望如此，读者亦然。

创作以人物为中心的故事结尾

在大部分儿童和青少年作品中，结尾反映了苦乐交织的现实生活本质。在你引导人物走向情节的高潮时（我们将在下一章中，更为详细地探讨情节），除了核心主题之外，你还应该思考一下人物发生改变的时刻。

在戏剧领域，我学到很多关于核心情感体验这一概念的有关内容。当剧场大幕落下，这些观剧人跌跌撞撞回到现实中时，剧作家希望他们有着怎样的思考与感触？他们会对生活有何种不同以往的认识？他们又会如何做出改变？

现在，请思考你笔下的故事和人物，你赋予了他们何种核心情感体验？延伸开来，你又留给读者怎样的情感体验？

核心情感体验

核心情感体验是指在故事结尾，人物的整体情感触动和情绪状态。这也是读者在合上书页时，作者想带给他们的情感影响。

所有这些概念，可以绕回到故事中匠心独具的人物情感转折点和人物成长。

本节练习

情感过山车

为了让你为聚焦情节事先做好准备，并且暂时松松脑筋，抛却创作片刻，我想提议一个“曲线图计划”。这和我在本节中讨论到的让你想象绘制人物的情感基调转换地图时的内容相呼应。不过，对于刚起步者，我们简化如下。在曲线图中，人物的起始情绪平稳不惊，和x轴平行。然后，想一想故事中发生了什么？是如何影响人物的情感的？倘若好事发生，线条上行；如若坏事发生，线条下行。你的曲线图应当看起来就像一座连绵的山脉，其每一次转向，均为一个转折点。分离出这些转折点，因为它们通常和情节相对应。在这些转折点处发生了什么？你能否将个人影响注入？每个事件的核心情感体验是什么？其如何在主题中发挥作用？

主人公与其他人物的关系旅程

倘若你感到还有精力，复制一份曲线图，在主人公的情感过山车上，叠加进次要人物及反派的情感弧线。他们的情感高峰和低谷有任何交点吗？真的要挖掘其中联系。在故事的开头、中间，以及结尾，主人公和其他每一个人物于情感层面是如何相联系的？这些关系旅程是如何和你已辨识过的情感弧线相关联的？

第六章　情　节

让我们面对现实：读者的注意力停留尤为短暂，随时会被电视、网络、音乐及短信息所瓜分。你的挑战，便是创作出令人迷恋而不可自拔的故事情节，将孩子们牢牢吸引在书页间，而非臣服于电子游戏中。尽管设计出一个爆炸性的故事主旨（详见第三章），以及血肉丰满的故事人物（详见第五章）将会对此有所助益，但你依然需要一个扣人心弦、紧张刺激的情节架构，才能保持住读者的兴趣。

在此章中，我们将探索并比较情节架构的不同方法，然后，跟随主人公的轨迹，踏入一场旅程，一程一程，途经故事的引发事件、上升、下降、高潮，以及淡出。沿途，我们将讨论将故事张力罗织进情节关键点的重要性，此外，还有对名声在外的“中间泥沼”的救援方案。

情节架构

今天的孩子啊……

冒着听起来活像个坐在摇椅里、脾气暴躁的老太婆这样的风险，我只想提醒你一下，孩子们已不同以往，他们的注意力持续时间已大不如从前。在如今的市场上，书籍正在和所有其他所有可以提供给你的核心读者的娱乐方式和刺激一拼高下：其他书籍、电脑、电子游戏、电视节目、电影、音乐、手机，等等。

本书内容不是关于神经学的，我也不是一名医生（这令我母亲大为懊恼）。我可以告诉你，我们的大脑并不是为快速检索大量信息而设计的。我们也不是与生俱来的多任务执行者，而现在具备多重任务处理的技能，属科技所迫。所以，在应对如今的信息涌入时，我们会注意力分散，难以持续。

如果你曾经观察过有人在书店里浏览新书，你将发现一本新书只有那么一点儿时间来吊起读者的胃口。读者通常飞快地扫一眼封面，快速将书翻过来，扫一遍书的背面，也许还会继续扫一下护封，然后就翻到了正文第一章的第一页。有时，潜在读者甚至不会再往里边看内容了。整个过程用了大概一分钟，如果读者对此不感兴趣，他们便会转向下一本书了。

长话短说，你需要吊起读者的胃口并且持续吊着。读者才会耐心鼓捣你的“老爷车”，就因为这是城里唯一可玩儿的，像昔日娱乐项目（可供阅读的材料）十分稀缺时人们习惯的那样。那个时代已经一去不复返了，现在，你必须使出十八般武艺，把有希望吸引到的读者的眼球牢牢锁住。

在你为小说设定了振聋发聩的主旨、立体生动的人物，这时，你还需要一个动人的故事，把童书读者牢牢吸引住。从我个人的角度来看，小说人物更为重要，但是，只有人物没有情节的小说根本无法称其为小说。

要吸引住读者，首先要构思一个有力的主题思想，然后是扣人心弦、紧张刺激的情节架构。战略性的章节安排、章节结尾是必不可少的（任何时候，你的小说出现漫不经心的结局、松松垮垮的章节结尾，都会成为读者去玩电子游戏的借口），小说的每一页都必须危机重重、剑拔弩张。

作者、编者语录：老生常谈的情节

这里有许多需要避免的老生常谈情节，或者需要曲折变换后装进新故事中的情节，供你参考。我个人最不喜欢的桥段是："明天我就要16岁了，我疯狂的老外婆说我将会获得某种能量？还有，最炙手可热的男孩转学到我们学校……"

下面的情节，我们编辑和作者每时每刻都会看到：

- 女孩决定同那个"白开水男孩"约会。
- 孩子们发现他们在一场"最危险的游戏"中。
- 孩子们进入电子游戏，闯入虚拟现实或者奇幻世界中。
- 孩子被送到奶奶家。
- 全家搬到新城。
- 突然被一个人的死党所吸引。
- 貌似没有资质的人物被选中去拯救世界。
- 每个人都被一个毫无必要遮掩的预言耍得团团转。
- 新入学的神秘男孩是人鱼或妖精或疯狂科学家。
- 长生不老的千年神奇生物，行为举止就像青少年。

反乌托邦政府看起来只为搅乱人们美好的生活而建立，因为这个体系貌似无益于任何人。乌托邦结果变成反乌托邦，完全使故事人物震惊了，但读者并非如此。

——荷莉·布莱克

做一名艺术策展人，而非一台记录一切的摄像机

情节架构首先需要考虑的是：我在情节中应放入哪些内容？

信不信由你，大多数初级写作者好比是一台摄像机，在他们的小说中只记录人物一整天的活动，从早到晚，流水账一般。他们会从人物早上洗澡开始，然后搭乘巴士去上学，课间走动，午餐后在盥洗室剔牙齿，第七个生理期的情绪低落……一样不落。

另一个严重错误是把焦点放在过渡场景上，你认为需要向读者展示人物如何从一地转换到另一地。结果通常怎样呢？作者用了半本书的篇幅描写人物在汽车上听本·福尔兹（Ben Folds）的音乐（噢，等等……是我常在听）。

成长为一个能对情节进行有效控制的作家，最好的方法就是要删减内容。没错，学会删减内容。我知道你可能已经写好了，我也知道人物在等巴士的时候，那里的确发生了很有意思的事情。但是，还是要删掉这部分。在两个场景间加入章节分隔符号，代替过渡场景，然后，把读者带入新的时间和地点，展示其他更有实质内容的情节。

实际上，这对作者来说是一种如释重负的解脱。见多识广的作者，现在更有了选择余地。你既可以用夸张的戏剧化手法把一个场景中发生的所有事件全部描述出来，也可以把乏味无聊或读者已经了解的事件在叙述中精简压缩，加快情节的推进。整体考虑一下，决定你是否有必要把每时每刻发生的每个动作全部展现给读者。我敢打赌，你会发现作品里很多枝枝节节的东西需要修剪。每当你把注意力放在最震撼人心的场景，少花些时间担心怎么把那么多场景串联起来，这时，情节发展将变得更迅速有力。

叙述

用描述和对话介绍某场景中发生的事件。

精简叙述

如果你的故事必须包括过渡场景或者后勤组织方面的信息，

你可以随时将它们概括一下。例如，不用去描述人物如何驾车到达购物中心的痛苦细节，这样会打乱情节发展的节奏。你完全可以写："路上塞车了，我们到达商店那会儿已经累了"，或者其他什么。快进一下磁带完全行得通。精简叙述还可以有效地用在：当你需要人物向其他若干人物解释某个事件，而读者已经知道这个信息时。他们不想一遍遍阅读重复的内容。解决方法是，压缩信息，写成诸如："所以，我告诉他发生了什么，等待他的反应"。

你是名作家，不是监控摄像头，没必要分毫不差地记录人物一天的生活事件（也别让人物或者叙述者再把这些叙述给读者听，**内心独白**必须始终情感充沛，我们在后面将讨论更多这方面的内容）。相反地，你需要塑造打磨这些事件，从中优选出最激动人心、最重要的。

把自己想作一名艺术策展人，从各种有无限可能性的藏品中，选取那些真正值得排列在一起、经世不朽的内容，置于一本书中。只有特定的事件和场景值此殊荣。更多了解情节与张力，更多练笔，你将更好地培养如同艺术策展人一般的敏锐嗅觉。

告诉你一个秘密

实际上这就是经纪人们痛恨在一堆书稿中看到"清晨醒来"这类开场的原因。这会使我们想到你也是那种监控探头式的作家，对如何将各种有趣事件放在一起，组成情节，没有概念。会让我们想到，又要读到人物的一天，从头到尾，没什么精心塑造的故事情节。我理解，我理解，你可能有最充分的理由解释为什么故事必须从人物清晨醒来开始。但是，别费心了，太多别的作家已经毁了这样的故事开场。去试试别的吧。

情节的情感曲线

自从亚里士多德首次在《诗学》（*Poetics*）中，将戏剧结构加以整理（完整的戏剧结构包括开头、中间、结尾）开始，人们努力尝试提出一种体系，来解释故事的上升和下降。亚里士多德的三幕式戏剧结构催生了贺拉斯（Horace）的《诗艺》（*Ars Poetica*）和五幕式理论。将五幕式理论运用得炉火纯青的是剧作家汉瑞克·易卜生（Henrik Ibsen）和威廉·莎士比亚（William Shakespeare）。而今天最受欢迎的电影创作信条，再一次是三幕式结构。

关键之处在于戏剧动作不是一条水平的直线。它有着显而易见的划分，有史以来一直被区别、被分析。不管是三部分还是五部分，这些部分都是连贯一致的。为了更易于阐释，我会从人物经历方面来探讨故事情节。

让我们称这种理论为“情节的情感曲线”。这个理论的灵感来源于我的写作老师路易斯·布兹比（Lewis Buzbee），他是一个和蔼可亲的导师，凭借自己的努力成为一名出类拔萃的儿童作家。我在大学期间一直学习的是三幕式结构，情节的情感曲线这个理论，第一次在我脑中把人物和情节结合在一起，掀起了“啊哈”一声的爆炸性时刻，所以，我想把我对情节的感悟和大家一起分享。

大多数写作老师会教授三幕式结构，会给学生展示下面这样的情节曲线图：

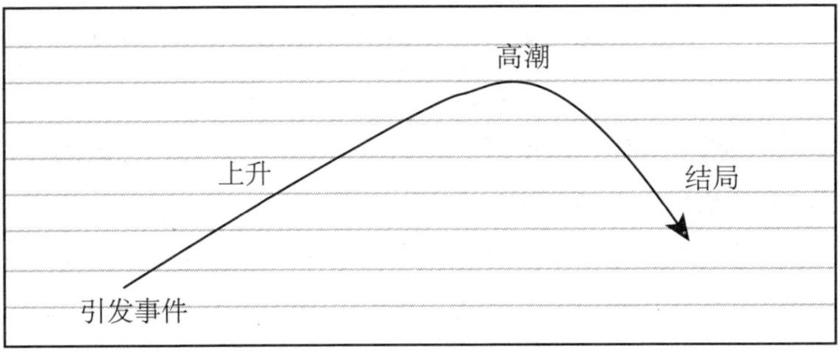

这是一个常见的情节曲线图。

情节的情感曲线看起来像这样：

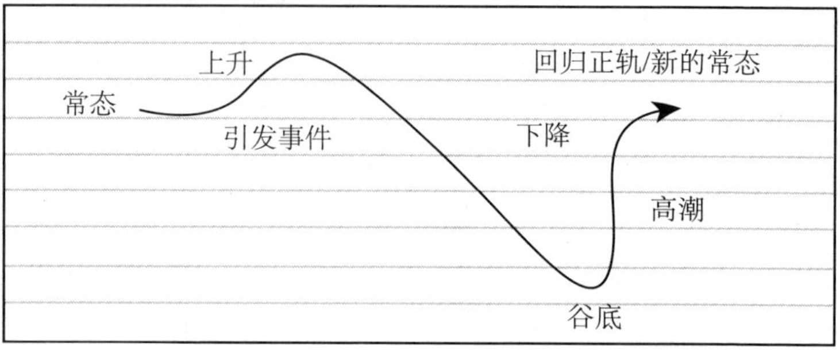

此即情节的情感曲线图。

你将注意到情节的情感曲线图差不多像是倒着放的三幕式结构。第一张图沿着情节发展的踪迹，从相当静止的开端，到高潮，然后到结局。

情节的情感曲线让我们可以读到主人公的危机和心情，当主人公沉到最低点时刻的时候，刚好在高潮之前，然后读者会看到结局和趋于平坦。我喜欢以这种方式思考情节，因为这会一直提醒作者需要去考虑主人公的经历和情感。

常态

日常状态是人物的基本生存状态。主人公一直过着习以为常的生活，直到你把他从单调无聊、循规蹈矩中救起，决定带他踏上旅程。这种日常状态不能持续太久，虽然令人遗憾，但只有这样，读者才能看到主人公无所挂碍、适得其所的状态。之后，你将把他放到蚀刻素描中，天翻地覆地去撼动他。

尽管普通人的日常生活可能会单调乏味，但要注意，你笔下人物的日常一定是有波澜的。在主人公的常态中，已经有某种麻烦存在，吸引了读者的兴趣。只是尚不必达到如史诗般宏大的规模。实际上，应享受这段小小的假期，因为这是全书中唯一一段你可以轻松设置矛盾的阶段，而且通常要和主要情节相关。

在这一阶段，关键是在字里行间制造一些张力与摩擦，不管是单相思，还是性情乖戾的主人公，或者是迟交的作业。一个小小的冲突就可以将我们缓缓带入，继续阅读。唐纳德·马斯（Donald Maass）在他的优秀著作、由作家文摘出版社出版的《突围小说写作》（*Writing the Breakout Novel*）中，称其为“衔接性冲突”（bridging conflict）。

日常状态不应持续超过前几个场景，因为在此之后，你将引入一些众所周知的部分，在小说理论中，称之为引发事件。理想情况下，引发事件应该出现在第一章或者第二章的开始部分。引发事件至关重要，换言之，一旦引发事件（通常来源于外部）发生，便没有回头路。

在情节这一章，我将会多多谈及《饥饿游戏》这部小说。这部小说绝对为我们带来一堂写作大师课，囊括了所有包括情节架构、节奏、危机设置、张力安排、场景和章节构建等要素。当然，该书读来也很有趣。

引发事件

此刻，对于主人公来说，一切都发生了改变，即使她还尚未觉察。从引发事件起，才是故事的真正开始。自此以后，一切再也回不到从前。故事中的引发事件，可以是发现一个护身符，主人公指尖上第一次迸射出不明电流术，一个阴森神秘男孩的到来（拜托，不会又是一个吸血鬼吧），等等。在英格丽德·劳的《奇异功能》中，父亲的车祸，使米博思的生活再也不会回到从前；路易斯·萨赫的《别有洞天》中，斯坦利来到青少年羁留营，一切就此改变；苏珊·柯林斯的《饥饿游戏》中，抽签日后，凯尼斯的人生轨迹再不同从前。这些都是出现在小说情节前部中的引发事件，它们把故事截然分成“从前”与“此后”，两重天地，正如情感转折点一般。

作者、编者语录：写作者经典作品中引发事件之最爱

欧因·科弗所著的《阿特米斯奇幻历险》之开头是有史以来，最佳的开头之一。阿特米斯和他的保镖不得不在越南设计骗一个酗酒的精灵，使得她拿出了自己的精灵之书。即刻，你了解到：(1) 就目前为止，这些是你不曾读到过的童话故事内容。(2) 阿特米斯·法尔不是一个普通的12岁男孩。他是一名犯罪首脑。当然，你想读到更多！

——亚历山德拉·鲍尔泽

上升

需要注意的一点是，引发事件并没有立刻把主人公抛入阴霾密布、深不可测的深渊。这样也太令读者心灰意冷。在很多情况下，引发事件起初看起来可能积极向上。即使是一件可怕的事，如《饥饿游戏》中凯尼斯被抽中去赴一场几乎必死无疑的比赛，也会刺激人们的神经。因为接下来的情节会更加紧张刺激：凯尼斯必须与众多男贡品算尽机关，小心周旋！她必须前往光怪陆离的首府，浓妆艳抹；也必须为比赛进行训练！

在情节的情感曲线理论中，我称其为上升部分。在这个阶段，我们会了解更多人物的情况以及他们与外界的关系。并且，在这个过程中，我们还会发现“娱乐和游戏”的情节点。（欲了解更多的此类内容，可参考布莱克·斯奈德的出色的《救猫咪》一书。）

哈利·波特并没有马上投入与伏地魔的殊死之战。实际上，哈利·波特系列中的前五本，有100页左右的内容是关于哈利与麻瓜家族中互相看不顺眼、互相激怒，在霍格沃兹和朋友重聚的一些时光，之后又来一两场魁地奇竞赛。即将到来的危险的预兆幽幽盘旋，更小的冲突持续出现，既保持了小说张力，为人物制造各种问题来解决，但又通常并不是即刻生死攸关的。

作品的上升部分必须包含冲突。冲突是小说各个部分所不可或缺的。但是，在一步步建立随后爆发的严峻冲突的道路上，这只是一个开端。把这个部分看作是深入刻画人物、界定他与外界关系的机会；同时，制造一些尖峰时刻，预示情节线索。

小说中，日常状态应迅速结束，如曲线图中展示出的。上升部分会更长些，但不应超过整个情节的四分之一。因为曲线图还将人物的情感考虑在内（沿y坐标轴），所以，与上升部分对应的情感线索应该是：人物内心的平静被打破，之后重获稳定，人物甚至可能比以往感到更有力量。此时，新的规则产生，人物正在对其进行了解。主人公在大部分情况下，能够迎上前去，应对自如。（明白了吗？上升？我并没有开玩笑……）

如果你真的很想抓住读者，那么，把作品中的人物带上九重云霄，使他感到飘飘然，甚至可能感觉像找到了新的常态，有种涅槃重生的感觉。然后，再用现实给他重重的一击。要知道，在小说中，主人公这种志高意满的时刻不能持续太久。当心，因为接下来……

下降

主人公认为他在上升阶段的问题已经够受的了。

当然，在拉拉队长还在派对狂欢的时候，城郊可能已经出现几具尸体，但连环杀人犯还未把目光投放到主人公身上。正如经历了引发事件和上升阶段后，主人公可能会怀念她那乏味无聊，但又四平八稳的旧时光——从前的日常状态；而在经历下降过程后，她也会怀念前面的上升阶段，因为相形之下，那时更显无忧无虑，简简单单。

从上升到下降的转折点，不论是对于情节还是人物发展而言，都应是故事中一个意义重大的时刻，不能草率了事。

就整个情节架构而言，下降是其中最长的一部分，主人公历尽煎熬，缓缓地通过了最低点。在向下的走势中［或者用我最喜欢的成人作品作者库尔特·冯内古特（Kurt Vonnegut）的话来讲“排泄物击中了空调机”（the excrement hits the air conditioning）①］，主人公的情况越来越糟，每况愈下，危机四伏，障碍升级，愈加难以克服，主人公的情感和身份感将变得愈加复杂。

通常，根据经验来看，在下降阶段，主人公至少需要面对三次冲突，且会持续升级，直至进入故事高潮。故事矛盾日渐白热化，把人物推入艰难的处境，每一个矛盾都在撼动主人公核心身份的要素。只有在经历三次失败的尝试后，人物才可能进入最后一役。

难道，只有在故事的高潮部分，才能让人物完胜？

当然，主人公可以不时小有斩获，但是，要记住情感过山车的曲线图。每当曲线展现向上趋势时，你需要将其压倒。每当曲线有冲破底线的危险时，你需要燃起些许希望，救主人公于水火。尽管保持平衡很重要，但是，下降阶段的整体轨迹是要走向人物的情感最低点，如曲线图上第三个拐点展现的。

触底时刻

在人物克服艰难险阻，抵达最终目标的征途上，这是其最为黑暗的情感时刻。此时，他会决然冒失去一切的风险——必要时，甚至会失去其核心身份和生命。这项决定一定意义非凡。通

① 此语出自美国后现代主义作家库尔特·冯内古特 1990 年出版的长篇小说《咒语》（*Hocus Pocus*）。冯内古特代表作为《五号屠场》《猫的摇篮》。

常发生为内在冲突，并且迅速走向高潮，此时为外在冲突。

故事高潮

记住：一定是一系列事件把情节一步步推向高潮。换言之，这些事件只能按一定顺序推进。如果你发现在小说的任意点，均可以轻易变换各种事件的位置（特别是在上升或者下降阶段），那么各个情节点之间并无相互依赖的关系。这时，读者很可能会感到情节支离破碎或者杂乱无章，没有任何情感的分量。

以这种方式，将事件一件堆叠在另一件之上，直至触及主人公情感的最低点，即谷底时刻。在这一瞬间，读者看到人物决定冒着失去一切的危险，卷入故事高潮。然后，高潮部分的战斗即刻打响，通常极富戏剧性，人物遭遇其迄今为止最为艰巨可怕的阻碍（可能是反面人物）。

只有当人物最终攻克最大的敌人后，实现了最终的个人转折，你才能让她终于舒一口气。

新的常态

如布兹比教授打趣的那样，曲线图中的“平稳”部分，并不意味着你可以和约会对象在城里共度一个美妙的夜晚。在经历一系列事件之后，此时，人物缓缓进入新的常态，渐渐步入新的正轨。

正如我们所知，人物在经历了水深火热之后，必须成长和改变。米博思学会如何过身具异能的生活；凯尼斯回归到十二区；凯莎赢得新的荣耀，挑战也随之而来。生活永远不再是之前那般模样，不再是被扰动前那一波静水。相反，主人公必须脱胎换骨。这个阶段，出现了焕然一新的图景使主人公去探索，重新站稳。主人公必须彻底重新认识自己。

所幸，我们不必把所有这一切展示给读者，很大程度上，可以暗示出主人公重步正轨后的新的生活常态。如果你注意一下曲线图，在整个情节发展的过程中，这部分只占很小的比例。

最为关键的是，你应该考虑结尾的平衡性。不要在故事高潮后旋即停止——这样会显得过于突兀，让读者有烦躁不安、悬而未决的感觉。读者经久沉浸在故事中，分分秒秒，不能自拔，终到结尾处时，一切戛然而止。这是对他们的侮辱。你也不应把主人公重归正轨这部分拖得太久，因为我不必去了解在经历了一系列事件后，主人公逛杂货店的日常习惯如何变化，或者在战争结束后，他如何到处串邻访友，叙旧小聚。

在故事结尾处，提供给读者足够的情绪补给，使他们感到情满意足。留下少许可以憧憬与期待的情节。这样，在人物重获新的平静后，主人公可以在读者的想象中，继续生根发芽。最后，故事在悠然舒缓、从容不迫的节奏中，剧终落幕。

抛出情节曲线

如果你想给情节升级加码，可以考虑编织进次要情节（将在后面讨论），或者使情节曲折辗转。尽管情节的峰回路转不会改变情感曲线图的整体轨迹，但是会让读者陷入迷魂阵，不停地兜圈子，这样读者才会对故事更为投入。

情节的转折是，你抛给读者的是真正出其不意的事件。出乎意料来自有所期待。例如，我们猜想某个人物是一个隐匿的坏蛋，最后却发现主人公的死党才是坏蛋时，我们会震惊不已，也看到了什么是背信弃义。每当我们情感上受到震颤与触动时，我们与故事情感联系也更为密切。

让事件反转，读者受到突袭，让人物的期待与其一切行为结果均产生碰撞，无法调和。设置类似的读者期待。让主人公尽其所能，但还是事与愿违。这将使事情发生怎样的变化？又将对主人公的情感带来怎样的影响？期望与现实之间的脱节，可以有效制造出其不意的效果。

你会在故事中投入哪些事件，令读者着实惊诧不已？这些出其不意的事件又应出现在情节发展的什么阶段？（提示：靠近曲线图任意拐点的位置，都是很好的尝试。）你又将如何通过控制读者的期望，精心布设震撼瞬间？

此外，作者还应考虑人物转折点和情节点的交会时刻，将人物关系、情感变化及道德困境交织在一起。人物的情感转折点，会造成冲击。此时，令情节峰回路转，制造另一个冲击点。当两个人物在磨合、定义他们之间的关系，最终在全新的动态中结束时，这是第三股冲击。当你把此类事件同时叠加，各个事件将会放大彼此的效果，建立此场景牢不可破的重要性，坚实有力。

在情节中的什么地方发掘此类“多事之地”？

提纲

在访谈中，很多作家在被问及创作源泉来自哪里时，他们几乎都有些迷糊发蒙。他们说：“就这么着，有一天人物开始对我说话，然后，就有了这部小说。”说罢，轻轻一笑，温和地耸耸肩。尽管我很为他们的成就高兴，但我也认为，这些作家萌发出的创作神话，正在对有抱负的小说家们造成伤害。

完成一部小说，尤其是具有杀伤力、能够接连再版的小说，是一项劳心费力的工作。小说创作是一门艺术、一项技艺，每部成功的小说都有无数令人感动的部分。尽管有些作家的创作过程更为自然，为了让情节更为有序，我还是愿意提出一些实用建议：

- 列出情节提纲。
- 充实提纲。
- 与其依赖灵感女神的出现（至少她从来不在你需要的时候造访），不如放心地去勾勒无聊但可靠的提……纲。

换句话说：如果不列出提纲，你不会知道它能否带来裨益。提纲列出后，倘若你断定不想用它，至少尝试过。去了解，去尝试，总是胜过筋骨慵懒，闲坐家中，等待着灵感来敲门。

在通读情节架构相关篇章的同时，你需要从结构到张力，细致检查一下小说中每一页的内容。我极力主张这项练习，并且确实把你对小说的设计与构想付诸笔端。这不会对你造成任何损害。在等待着理想中架构完备的小说从天而降时，总不至无所事事，可能还会转而探寻到通往灵感的途径。

最后我想提到的是：除了“情节的情感曲线”，世界上还有各种小说理论，选择那个能引起你共鸣的。对于传统的情节架构，我想补充的是，这里自然不是主张作家限制自己与生俱来的创造力。但是，我确实认为，你有必要学习这些指导原则，想一想它为什么能够派上用场，稍稍用其指导一下自己的创作，看看这些情节理论能否真的为你开阔思维、发掘创造力。千百年来，类似的情节曲线流动起伏，不断支撑着故事人物和情节的发展。试试看，把经典的小说理论融入你的创作想法中去。

本节练习

情节曲线图

在你的小说中利用“情节的情感曲线”。分隔出常态、引发事件、上升、下降、谷底、高潮，以及回归正轨/新的常态这几个阶段。

找到“多事之地”

确定在每个情节转折点将发生什么事件。弄清哪些人物会包括其中？其他哪些因素会在那些场景中发挥作用。找到各个情节转折点之间的联系。在发掘情节中的“多事之地”时，开始发散思维，构思如何在情节转折点上编入主题，增加层次感。

如何制造险象环生的情节和充满紧张感的氛围

如果情节是推动故事发展的引擎，那么危机和紧张感就是保持引擎不断运转的双燃料，也是融合人物和情节、吸引读者的终极法宝。

危机

危机将会对人物产生何种程度的影响？他们会为此付出哪些公共的或个人的代价？对此，人物目的与核心身份将起至关重要的作用。每当危机出现，作者把人物的渴望和信念置于危险之中时，人物将不得不做出愈加艰难的决定，读者也会更加沉浸其中，不能自拔。危机有两种类型：个人危机和公共危机。

个人危机

个人危机深刻影响着主人公的核心身份。例如，作为一个忠诚的男友，当主人公未能制止心爱的姑娘遭受伤害时，这个身份将陷入危机，他也面临道德失控。

公共危机

公共危机对主人公身份造成的影响，与更广阔的外部世界相联系。举例来说，当主人公决定在考试中作弊，并且被抓，她不仅需要一个人好好反省一下她的行为，她可能会失去上大学的体育奖学金，她会在同龄人面前羞愧难当，她正直的兄弟姐妹有意避开她。最精彩的故事是公共危机和个人危机的混合，能同时引发这两种危机的事件更为理想。

如何制造危机

通过逐步建立那些对人物有影响的人、事、物的重要性，为制造险境丛生的故事情节打下基础。想一想，为什么主人公不能忍受失去它们。想一想，为什么事件必须朝着人物的方向发展。当你开始发散思维，这些因素在脑中盘旋时，别忘了将问题更进一步："否则，将会怎样……"

- 主人公根本无法忍受男朋友的离去……否则在学年末舞会上，她就会孤单单一个人……而她正在角逐舞会皇后。
- 这是大学申请截止前的最后一次 SAT 考试，他不能掉链子……要不然他就得看着所有朋友走进梦想的大学，就剩他一个了。
- 她必须对抗外星球霸主，否则整个宇宙将会毁灭。

你需要理解上文例子的要领。这里举什么样的事件、人物或者情况对于你的主人公来说无关紧要，在他的故事里，他有自己特有的环境与性格特点。一个孩子在汽车剐伤后，可能并不会大发雷霆。但是，如果这个孩子是个汽车发烧友，对 1969 年樱桃红的福特野马特别着迷，此前他刚刚和祖父一起把这辆车翻修好，而且在这之后不久祖父离开了人世。此时，面对这辆被剐伤的车，他的反应会大不相同。

如何建立读者对人物感情投资的基础取决于作者自己，然后在最无法想象、无法接受的时刻，为人物制造危机。基本上，要达到："这是目前为止，可能发生在人物身上的最糟糕的事情。"然后进一步提出问题：这个事件将如何挑战你的主人公？使他丧失勇气？让他惊讶万分？还是重新塑造他？

理想情况下，情感转折点也是情节转折点。在情节中加入危急时刻至关重要，这样的事件将让读者难以忘却。还要记住，各种危急时刻应当逐步把小说推向高潮，读者可以感到人物历经的每个危急关头都将对后文的发展带来影响（不管是作者在情节上的精心安排，还是人物情感的推动，或者二者兼而有之）。

当主人公在积极主动追求自己的目标时，危机对其最有影响。如果危机发生在主人公刚好接近目标之时，其影响力将更加强大深刻。提醒自己：始终保持主人公的积极活跃，对目标的不断追寻。

主人公有同盟时，把这个人带走；主人公需要做出决定时，放一个“嘀嗒”作响的时钟在他面前；有一件他绝对需要的东西，毁掉它；主人公梦寐以求一个安全去处，那就让他无法靠近。永远要考虑如何才能让已有的事件更具压迫性。永远要升级矛盾，百转千回，令读者意想不到；永远要千方百计，突如其来，将主人公的情况变得更糟。

但是，要注意，危急时刻的制造不应该陷入矫揉造作中。情景剧的出现，来自主人公强烈的情感和其过于单薄的深层次目的间的相互抵触。实际上，一个技法娴熟的作家不会让人物在危急关头歇斯底里般地爆发出来，而是让人物保持头脑冷静或者将情绪内化。千钧一发之际，人物会受到重创，所以要平衡人物情感外露到什么程度，以及需要在多大程度上从内部破坏他们的精神世界。千万不要让人物在这个时候像一只要被砍掉头的鸡一样跑来跑去，情绪失控，否则，读者会对他未来即将出现的激烈情绪感到麻木。

作家们还倾向于将所有危机都设计得生死攸关。根据收益递减规律，这之后的一段时间，危机将失去它们的影响力，此外，不是每个故事都需要有人阵亡，有外星人入侵，或者世界毁灭。实际上，让这些不同寻常的事件，真正做到和读者情感相通、心心相连，着实不易。

举个例子，慈善广告中有关世界饥饿人口的统计数字太过庞大，常让人摸不着头脑。但是，广告展示一个孩子正在忍受着饥饿的折磨，通过这个孩子的具体故事，广告设法使一个巨大而无望的问题看起来具体化、个体化，最重要的是，使这个问题看起来并非不可救药。结果，达到了慈善的目的，促使你有所行动。

所以，如果你的情节如世界末日般庞大而无可救药，那么你真的需要把一个个的危机建立在人物基础之上，使它们微小可信，明确具体，这样才能带动与影响读者的情绪。否则，无边无际的大概念可能无法扎根在读者的内心。

只要读者清楚危机为什么会发生，以及危机会在多大程度上影响人物，作者可以依其想法，自由构思引发危机的事件，事件可以平静无声，也可以引人注目。危机本身可大可小，其规模未必意义重大，真正重要的是它们对人物所产生的作用。

☆ 阅读书架 ☆

小说中的危机在持续升级，有时是对重大事件的回应，有时发生在人物内心痛楚的时刻。在《阿尔文·霍：对女孩、学校和其他可怖事物过敏》中，神经敏感的阿尔文·霍向读者展示了危机可以在人物的头脑中发酵升级。实际上，在创作中，这非常难以炮制。下面这段引文中，阿尔文面临即将与一个女孩做同桌的可怕景象。他不想和女孩同桌、不想成为笑柄的强烈愿望，与在全班面前表达想法的恐惧感，在阿尔文脑中扭打成一团。在此处，作者将人物的内在冲突描写得炉火纯青，而阿尔文一年的座位安排尚无定论：

> 我想说："绝对不行。"没人想和女孩做同桌，可能除了女孩们自己。女孩们让人感到恐怖的就是：她们不是男孩子。大部分女孩不会敲竹杠，也不会惹是生非。她们不会打拳，但能踢你一脚，这也挺疼的。她们跳绳特别快。她们可真没意思。我张了张嘴，想告诉［Flea，一个女孩］所有这些，但是……
>
> 我舌头打结。
>
> 什么也没说出来。

你可以感受到此时紧张的空气急剧升温，因为你清楚主人的内心挣扎，一方面他有自己的主意（不想和女孩做同桌），另一方面又有胆怵不敢做的事儿（为自己说话）。此时，作者巧妙地使危机攀升，为让主人公在临近故事结束，终于敢于说出自己的想法，埋下伏笔。（我们将在“人物成长与改变”一章，提及阿尔文遭遇班级小霸王时，感受到这一时刻。）

在苏珊娜·拉弗勒的《爱无止境》里，奥布里的母亲无法面对车祸中失去丈夫和儿子的伤痛，几近崩溃，逃离了她的家。奥布里把所有的希望都寄托在圣诞节那天，妈妈能够回来。这是她最大的心愿，她相信这是对妈妈是否还爱她的一个考验。如果妈妈出现了，奥布里就不会绝望；如若在这一天看不到妈妈，一切就真的散了。下面是奥布里在平安夜里的思绪流淌：

> 上楼的路是那么漫长，怎么走也走不完。还有明天，她明天会回来，只能如此。

当结果证明，妈妈没有在圣诞节回到奥布里的身边，此时此刻，危机空前加剧。外婆提醒奥布里，再等等看，再试一下，理解妈妈的苦衷，但是奥布里已经不再对妈妈抱任何希望了：

> 但我不想再试了，不想了。
>
> 她是妈妈，她应该做一切努力，做一切尝试，想要见到我。
>
> “我恨她。”说完，我走出了厨房。
>
> 圣诞节就这么过去了。

现在，奥布里的母亲要加倍地补偿，才能弥合奥布里那颗破碎的心。

在路易斯·萨赫的《别有洞天》中，斯坦利嗅到在绿湖羁留营里，某种罪恶的气息在蔓延。斯坦利终于开始怀疑，这些接受改造的少年为什么得天天挖洞（这和他的家族历史有着千丝万缕的联系，尽管他现在还不知道）。在斯坦利怀疑这个羁留营到底用心何在时，危机登时升级：

> 有一件事可以确定：他们可不只是让我们到这里挖洞，来塑造什么人格的。他们一定是在找些什么。

注意，读者的注意力一下集中到这里。之后，斯坦利做出了一个历史性的决定——逃离绿湖羁留营。他偷了一辆卡车……结果却径直开进了大洞里。哈，真是令人哭笑不得！这个时刻，不仅危机升级，而且也是故事的转折点。自此以后，开弓没有回头箭：

> 他躺在土堆中，盯着歪在土里的卡车，叹了口气。这一回，他不能责怪他一无是处、又脏又臭的偷猪贼曾曾祖父了。这回可是他自己的错，百分之一万。他刚刚做的，可能是他这短暂而不幸的一生中，最最愚蠢的事了。

嗯，这个例子里清晰地界定了“过去”与“此后”，主人公斯坦利还真是挖掘得够深的。（哈哈哈，把自己都埋进去了。）

在青少年作品中，情节转折点为危机酝酿提供了丰富的养料。整套《饥饿游戏》系列小说可以被当作危机制造的教科书来学习，下面仅举一例。在参加饥饿游戏的训练阶段，凯尼斯对组织者感到非常恼火，便向她应该尽力取悦的人，放了一箭：

> 箭射出去了！这下全给搞砸了！如果本来还仅存着一线希望，在箭飞向组织者的一刹那，也全消失殆尽了。

我们再次看到，危险系数剧增。

在杰伊·艾夏的《汉娜的遗言》中，自杀的汉娜·贝克尔警告录音带接收者，倘若他们不按照她的指令进行传递，她对他们每个人的控诉都将被公之于众。当克雷——故事叙述者，最终听到了给他的那盒录音带，一盒承诺详细道出克雷为什么对汉娜的选择负有责任的录音带时，危机升级。

在 M. T. 安德森的《喂食》中，维奥莱特是一个与社会格格不入的角色，在一次被黑客攻击后，她的大脑喂食系统出现了故障。我们得知，植入人们大脑的食物，不仅仅直接向人们的大脑植入广告，实际上还会控制人们的生理功能，比如呼吸。危险系数再度升高，由于食物供应遭到破坏，维奥莱特的身体开始垮掉。本书作者 M. T. 安德森在每章的标题上，设计十分出彩，随着人物身体机能的每况愈下，标题也在变化：每章均以维奥莱特食物仅存功能的百分比为标题……随着一个个章节的开展，这个数字在不断减少。

在斯科特·威斯特费德的《丑人儿》中，罪恶的政府武装，“特别人儿”们，告诉主人公塔利，她将永远得不到她拼命渴求的手术——每个听话的少年都会得到的手术，可以使他们完美无缺、美丽无瑕——除非塔利出卖自己最好的朋友，一个特立独行的反叛女孩，但她已经逃进荒野之中。

《北方之光》里，詹尼佛·唐纳利为我们呈现了，当主人公玛蒂的农民爸爸终究还是同意她去纽约城上大学……但是，却告诉她再也不用想着回这个家了，危机攀升。

尼姆是杰克林·达拉莫尔《玻璃罩下的魔法》中的主人公，在这个幻想中的维多利亚世界里，出身卑微的尼姆接受了一个富商的工作。自此，她陷入了危险之中：

> 我把命运交托给了一个会给我带来危险的绅士。如果一个交际花不见了，没有人会在意。如果一个交际花在一个绅士的牢笼里哭喊求助，也没有人愿意听。

更糟糕的是，她来到了绅士的宅邸，结果却爱上了一个童话中的王子。这个王子名叫厄里斯，身陷发条机械钟内——绅士与一个秘密组织的黑幕交易。当尼姆陷入对王子的迷恋，她要对抗一切，誓要帮助他逃离魔咒。

> 我不知道为什么，我的心好像被什么人占据了，颤动起来。透过玻璃，我看到一双眼睛，纤巧的假睫毛。这双受困的眼睛也望向我，充满了无奈与哀求。我几乎可以感受到他的想法：你是我获救的唯一机会。

看一看这些丰厚的危机设置！这里，一个女人是某个人获救的“唯一机会”。这便是作家的情感投资。你的主要人物将会为什么人做任何事？你如何把这种强烈的情感推向极致？

故事似乎平静无澜——一个女孩被困于摩门教原教旨主义的宗教信仰中，这便是《被拣选的人》，但随后险象环生，危机持续升级。当凯拉被勒令嫁给她的叔叔——一个老头，并且，还和她有着血缘关系，这对于凯拉来说，事情很糟。在意识到这些教徒会杀害不服从者时，事态更糟了。而在她爱上一个同龄的男孩时，危机持续升级。两个年轻人因为秘密的恋情被责打，事态再次恶化。之后，先知告诉凯拉心爱的父亲，如果他不能使女儿就范，那么整个家庭的人都要被带走。我甚至还没回过神来，就要跟上这些“上帝使团”的信徒们对凯拉的步步紧逼。

在朱迪·布伦德尔的历史惊悚小说《不能说的秘密》中，艾薇的一次同家人一起的度假以悲剧收场。一艘小船，一场风暴，彼得溺水了。之后，艾薇得知彼得并不是他所声称的那个人（或者她所倾心的那个人）。危机再次升级，当事实证明她的母亲和继父与彼得的“意外”溺水有关——危机持续上升，他们被指控谋杀。艾薇在对家庭的忠诚和良心的呼唤下，陷入两难境地。

在艾琳·鲍的《没有影子的凯特》中，凯特把自己的影子卖给了一个暗黑的巫师，以换得一个容身之处。之后，她发现自己的影子被用来起死回生。她看到她那孤零零的影子，感到毛骨悚然：

这本应是她的影子，但现在不再是了。她看到自己的影子灵活柔软，像条水蛇般，蜿蜒扭动着。她这不简简单单是条影子，而是一个冰冷潮湿、如同死灰般的东西，它应在某处停留安歇。

当凯特意识到一旦人们发现她没有影子，她将性命不保或者被流放他处，危机猛增：

不论谁看到她没有影子，都会把她看作是恶魔的化身。她不能再生活在人群中，人们会杀掉她。她不能靠自己一个人生存下去，她将会死去。

凯特试图在死党的帮助下把影子夺回，却释放了黑暗的招魂术，德里娜说：

我们召唤了黑暗世界，却不知会招来什么。

哎呀！某个事件不仅引发危机升级，而且使更可怕、更糟糕的事情接二连三地发生，一浪高过一浪。这些转折点互相联结，在小说发展的整个过程中，灾难连锁出现，环环相扣，步步紧逼；危机持续加热、不断升温，直至达到白热化，主要人物彻底不堪重负，全面崩溃。

正如我在这本指南中为大家解构童书创作一样，你需要能够指出：在你的故事中，哪些地方危机急剧上升，让人物喘不过气。如果这些引发危机的事件尚不清晰可现，就要再做些功课。

作者、编者语录：故事情节编排之最爱

保罗·格里芬（Paul Griffin）的《和我在一起》（*Stay with me*），一个甜蜜而又酸楚的青春爱情故事，当作品中人物盛怒之下

> 失去理智，把一个人打死后，故事发生了极度痛苦而迅猛的转折，完全变为另一重天地（千万不要怕，温柔的读者们——被打死的那个家伙完全是咎由自取）。太出人意料，故事情节编排太精巧，以至于看到结尾，相当肯定——实际上我使劲倒抽了一口气，余下的故事彻底改变了作品基调和色彩，但又和前面的内容完全和谐一致。
>
> ——巴里·利加

时刻记得制造小说张力

小说张力是个不容易对付的怪兽。通常，张力比危机更为细致微妙。但是，即使是在描述性的段落中，小说的每一页也必须出现张力，否则读者的思绪很可能会游离于小说之外。危机会使故事惊险刺激，激动人心。驱使人物更投入在故事中也很有必要（也会促使读者将精力投入其中）。但是，如果作者在小说中处处设置危机，则会令读者疲惫不已。你需要酝酿一些小麻烦，悄然无声，慢慢发酵。

这时，便需要引入小说张力这个概念。作者只需赋予人物一个目标，即张力形成。人物内心的渴望是引起读者兴趣的一大法宝。把两个目标对立的人物置于一个场景中，可尽显其中的冲突较量。小说张力的效果也许没有危机那么惊天动地、来势汹汹，但是，它所释放的力量却不容丝毫小视。

张力

人物的目的以及核心身份和外部世界发生冲突，无论冲突是源于两个人物的渴求相异，或者主人公的目标看起来完全遥不可及。张力可以是需求感、不公、茫然感。当事情不按既定轨道运行时，会有爆炸性的轰动效应。如果你的书中不再出现张力，你将失去读者的注意力。你应该致力于在每一页中均酝酿某种小小的张力，制造小小的紧张感，特别是在情感转折点、引起情节发生转折的重大事件，抑或高度危机之间。句与句、段与段之间的张力，将让读者心心念念，一路读来，不忍释卷。

如何制造张力

如果你精心打造人物，赋予他们强大的身份和强烈的目的，故事的张力便已然建立。对于作品中乏味无聊的地方，可将你自身与已建立起的人物价值观联系起来，想一想："如何才能使主人公的其中某个道德准则陷入冲突或者危险之中?"

人物进行选择时，是气氛尤为紧张的时刻。别让小说人物轻而易举地做出决定。任何事情向来不应非黑即白、泾渭分明，那么容易便能做出判别。为人物提供同一问题的两面，由于人物自身已有的身份和价值观，会导致麻烦不止。

在人物缺少行动的时候，可以借助内在冲突制造小说张力。让一些事情烦扰、影响着主人公，无论是此时此刻发生的事件，还是主人公对未来的忧心忡忡，或者是过去悬而未决的事情。挖掘主人公的内心世界，看看你可以找到哪些冲突与摩擦。你可能会在这些地方发现编织进次要主题或者核心主题，人物此时的心境是如何与小说的远大图景相联系的?

更多制造张力的技巧

你可以通过内心独白、行动，或者道德困境制造张力，但这并没有穷尽所有方法。还有其他技艺和技巧可以为小说注入必需的张力与摩擦。

在描述中凸显张力

在创意写作课程中有一个技巧被称作客观对应物，由诗人 T. S. 艾略特首先提出。这个概念是指用外在因素投射内在冲突。最为显著的例子为：黑云压城，暴风骤雨将至，所有人都惴惴不安。如果你感到叙述中的张力不够，或许可以加入三三两两、阴晴不定的天气描述，让人物心绪更加搅扰不堪。

但是，要当心：用天气作为客观投影，已经成为陈词滥调。在行文中，要谨慎地使用天气描写来烘托气氛，绝对绝对不要以其作为小说开场。“这是一个月黑风高的夜晚”已经成为文学领域最糟糕的开场白（布尔沃-利顿小说奖①讽刺性地命名）。

预留信息，制造张力

在打造故事情节时，记住不是所有信息都要随时随地全部提供给读者。你可以抛出一些信息，吊一下读者胃口，让他们想知道更多。我们将在下一部分中探索更多关于“预留信息”这个概念。

用节奏控制张力

记住，还有一个简单并且有效的技巧，称为“拟态写作”。它的基本含义是小说的风格及句法应与当前的故事情节相一致。你绝不能用流动而悠长的句子描述一场枪战交火；你也不能以一阵短促、断续的语句去描述一对恋人之间的场景（当然，除非你是在刻意用这种铿锵的节奏，制造某种效果或者显示反讽意味）。

小说中的节奏应该反映其所描述内容的感情色彩。譬如，倘若人物在初见一个连环杀手时，误以为他是一个朋友，将会怎样？此时，使用急促不安、断续汹涌的短句，给读者一种不祥的预感。读者可能不会立刻领会到你的预警信号，但是你已经暗暗向他们举起了红旗。

在你想将小说张力升级时，不要仅仅考虑你创作的内容是什么，

---

① 布尔沃-利顿小说奖是美国一个恶搞的文学奖，由加州圣荷西州立大学英文系教授史考特·莱斯于 1982 年创立。以 19 世纪英国剧作家、小说家爱德华·布尔沃-利顿的名字命名。这个文学奖每年颁发给最烂的小说开场白，胜出者可以获得 250 美元的奖金。

还要考虑一下如何说出。

锤炼情节，制造最强烈的情感冲击力，记住，轰动的大事件只是起步。无以计数的细微瞬间，不断推进行动和人物身份演进。

接下来我们将探讨如何通过故事背景和保留信息，来深入刻画情节与人物，以及如何使用次要情节来充实故事的中间部分。同时，尝试下面的联系，看看是否可以为自己的作品逐页增加更多的张力与摩擦。

本节练习

将危机个人化

宽恕，牺牲与丧失，成功与失败，英雄主义，悲哀落寞，艰难选择，等等，充斥着涌动的情感。在经历每一个道德的两难选择、情感转折点时，想一想如何将危机内化。

小事件，大冲击

不是每个危机四伏的时刻都需要产生绝对的井喷效果。想一想你的作品中那些细小但是重要的时刻，是否能产生蝴蝶效应？去发现那些甚至最细微的选择或者行动，在故事发展的过程中，如何产生重要影响？在小说的前半部分，安排六个小事件，它们将在小说的后半部分给人物带来极其严重的后果或者惊人的回馈。[在杰伊·艾夏和卡罗琳·麦克勒（Carolyn Mackler）合作的《我们的未来》（*The Future of Us*）中，可以看到产生这种效果的例子，夸张而不失精彩。]

通读作品，制造张力

打印出你的初稿，坐下来认真读一读。每当你思绪游离时，即使就那么一刹那，（别撒谎！）也在旁边的空白处标记一个星号。你需要严肃认真，老老实实地坐下来做这件事，不要只让想法停留在脑中。

通读初稿，尝试运用本节中提到的技巧，为那些松散的时刻增添张力。

故事背景和预留信息

前文中我们探讨了小说中行动和信息的平衡关系，这是所有小说的脊柱。这里，我们将更为深入地探索这种平衡性如何与情节直接相关。

故事背景

故事中的人物并不与世隔绝——他生活在当下（跨越了小说的时间框架），他拥有未来（这完全取决于他对目标的实现），他亦怀揣着过往。

故事背景

故事背景是指小说战略性地包含对当前事件产生影响的人物生平或者社会历史的相关信息。

故事背景本身很重要，其在故事发展中的作用更为重要。此类信息用来加深当前事件对人物的影响。在需要的地方引入故事背景，会使情节、人物关系更具冲击力。

但是，大多数作家把人物发展这项他们必须亲自完成的工作，同读者将会关心的故事背景混为一谈，只因为你为主人公构思了一个全能超人的人生故事，并不表示你想到的所有细节都要悉数出现在小说里。实际上，大部分内容应只存在于你的头脑中或者笔记本上。

把某个人的人生故事，由生到死，完完全全浓缩进一本小说的时代已经结束了（谢天谢地）。其中的细节也许引人入胜，你的想象力或许也深刻而丰富，但这些却是情节发展和小说节奏的敌人了，特别是当所有细节混为一谈，不加筛选时。记住：加入过多信息会使小说疲沓无力，一切秘诀尽在如何取二者之平衡。

故事背景应置于何处，多少为宜

在介绍人物时，要特别注意对其家庭环境、至亲至近关系的描述。因为，不必要的故事背景，似乎总是潜伏在这些地方。比如，我确实想从细节中知道主人公与发小之间为什么这么情深义厚，但目前我只要通过一两个有力的细节，了解他们的感情程度即可。作者不必在二人首次同时登场时，便细数他们从幼儿园开始的每一点儿趣闻轶事。

故事背景也时常会置于序幕中。作家努力尝试于序幕中同时投下大量有关人物、其先祖的信息，以及谈及他们的预言，或者故事发生的世界。在奇幻小说和科幻故事的手稿中，尤为如此。在此类故事中，永远有个干瘪的老太婆，怀抱一个无辜的婴儿，口中喃喃，念念有词，咒语一出，而后——轰隆一下——16 年后，婴孩长成少年，莫名其妙地惊觉自己是可以拯救世界的唯一人选。

这种设置再常见不过，已经够得上陈词滥调了。当然，并不是说读者必然会拒绝这样的故事设置，但是，简单地说，它不能让我印象深刻，兴味盎然。正如本书所示，还有很多其他引入背景故事的方法。我希望作者们能够受到启发，在构思序幕的时候（如果你决定包含这部分），打破类型惯例，跳出窠臼，创造性地思考。

在考虑应引入多少故事背景时，请记住，少始终为多。不要在第一章中用倒叙的手法，回顾人物的童年生活，撷取 3～4 组关键的记忆片段，作为整部小说的试金石，将他们分散在前十五页中。这些回忆必须对读者理解小说情节与人物至关重要，否则，它们便不会像你想象得那么有影响力。此外，如果你提供给读者的信息绝不会再度出现，删掉它。就像永远不会再次现身的人物、没有后续影响的故事背景，可以走开了。

最有效的故事背景：

● 在合适的时间，提供人物细节（不要把所有细节一同抛出，只在读者对理解当下谈及的人物有帮助时提供）。

● 为小说世界的构建或者情节发展提供上下文（帮助读者弄清楚故事的外部组成，因为我们可能无法通过其他方式对此获得全面认识）。

● 使当下发生的事件对人物愈加具有特殊意义。

● 分解动作——因为和不断向前推进的情节相比，故事背景更加静态，你可能想在高火力的场景间溜入一个闪回，以便控制节奏。

故事背景是小说创作中的一项利器，合理使用，将会加深故事的冲击力。

如何提供故事背景

故事背景可以是主人公在内心独白中急速爆发的记忆片段，或者是某个场景中一段长长的倒叙。一段回忆可以负载重大的意义。譬如，“自从去年夏天，蕾西的葬礼后，她便不再听《月光奏鸣曲》了。”这般描述告诉我们，可怜的蕾西发生了什么，且同时夹杂着人物对事件的感触。

不要惮于用各种感官（在小说中并未被充分利用）来唤起种种回忆：

● 壁炉中飘出的香气，使主人公想起林间小屋外那团篝火，而今那里已是一片废墟。

● 残旧的蕾丝花边擦过脸颊，老奶奶的思绪回到了彼时的茶点小垫布上。

● 肉桂的味道使主人公脑海中浮现出童年时保姆做的肉桂曲奇饼。

意象的突然闪过，也可以为小说增加张力。倘若主人公儿时家中曾遭劫，在深夜独处时，他是否会惊疑每个眼前闪过的黑影，并反复查看？汽车尾灯红光刺目，这是否会令年轻的司机想起她未能及时刹车的那个时刻？如果某段回忆真的能够为整部小说提升马力，增加分量，那么，请用含蓄而巧妙的方式不断追溯与提及它。

对于大段信息，你可以使用闪回来呈现，给出更多细节，而不至于使故事停滞不前。目前为止，这似乎同我之前的大部分建议背道而驰？感谢用心的读者！当然，我的话还未说完，其后还附带注意事项：你能安然逃脱故事背景停滞不前这个泥沼，在这样一个时刻——当且仅当它对推动之后的情节至关重要时。

在情节发展的过程中，每当你稍加暂停，意欲在故事背景中传递信息，同时也意味着你为读者许下诺言：

此刻播撒下的种子，留下的信息，终将于未来的某一刻开花结果。

无论何时，每当我们看到一长段闪回，或者即使只是一个小小的回忆片段，都会格外注意，在脑中将其存储归档，因为我们知道它将会在后面故事中重现。如果未能再现，那就浪费了读者的时间。所以，要十分留意故事背景将提供怎样的信息以及它们在何时出现。在情节发展的整个过程中，只有当你承诺于读者，才会视故事背景为小说中心思想般来对待。

即便如此，万万不可在背景信息恰被提及的前后，即刻道出它的影响。这样直接的因果关系，太过直白无趣。不要在倒叙主人公小时候被一只熊给袭击了这样的画面……结果仅仅在一页纸之后，在主人公最近参加野营旅行时，偏巧放一只大狗熊出来；也不要走另一个极端，在狗熊袭击事件后，紧随着一句“哎呀，这正像早些年发生的另一起动物袭人事件！”

选择性使用故事背景，给现有的情节设置再添一把火，推波助澜，上升一个级别。一经确信，读者能够了解你抛下这段信息的重要性时，使之在当前的行动中发挥作用。

一旦读者对人物和故事的上下文有了足够的了解，能够真正投入到情节发展与人物情感之中时，回溯关键的背景信息，加深其共鸣。

☆ 阅读书架 ☆

故事背景部分的阅读书架示例不多，这是有原因的。唉，故事背景在上下文中效果最佳嘛。你在回忆中所揭示的内容，只是故事背景真正技艺的一部分。何时将故事背景放下，然后，在情节的发展中又如何撬动它，建立起其重要性，这才是等式的后半部分。此类技艺，无法利用节选形式传达，因此，故事背景几乎无法进行练习及解析。

不过，小打小闹一下，我将把我最喜欢的一段家族历史概括——路易斯·萨赫的《别有洞天》。这段背景故事出现得非常之早，在故事的第九页便出现了，篇幅不长：

> 每个斯坦利家族的人无论走到哪里，都受到同样的家族诅咒。所以，他们始终把家族中出生的男孩子起名为斯坦利。斯坦利是棵独苗，就像所有其他长辈一样，一脉单传。
>
> 所有这些斯坦利男孩还有另一个共同点，那就是：尽管他们受到诅咒，但他们一直充满希望。就像斯坦利的父亲喜欢说的那样："我从失败中学到东西。"
>
> 不过，这或许也是这个诅咒中的一部分。如果斯坦利和他老爸不总那么乐天派，那么每当他们希望破灭的时候，也不会受到那么大的伤害。
>
> "也不是每个斯坦利·叶纳慈都那么失败啦。"斯坦利的老妈常隔三岔五地提一提：第一代斯坦利·叶纳慈，也就是斯坦利的

曾祖父，买股票不是还大赚了一笔嘛……

这个时候，她一般都不会提降临到老斯坦利身上的倒霉事。在他从纽约去加州的途中，全部财产被洗劫一空；他搭乘的邮车被江洋大盗“亲亲凯特巴罗”抢劫。

如果不是这码事的话，斯坦利一家现在就住在加州海边的一幢别墅里了。而现在，他们挤在一间狭小的公寓里，里面充斥着烧焦的橡胶还有脚臭味儿。

看看这段背景故事，从中我们能够获取多少信息。作者引出了一段家族诅咒。斯坦利的老爸成天想着时来运转，老妈太过乐天派傻大姐，一笔靠股票积累起的财富，一次邮车抢劫案，还有一个满是脚臭味儿的小公寓！

不过，此处值得注意的是，这段背景信息虽然是静止不动的，但却精心巧妙地包括了随着小说情节的逐渐展开至关重要的信息。叶纳慈老爹，诅咒，甚至“亲亲凯特巴罗”都成了小说举足轻重的组成部分。我想，没有比这更为巧妙的设置了，就像小公寓里依稀能闻到的洋葱味（读一读小说，找出原因）。

总而言之，这里没有冗余的信息。事实上，我觉得在整部小说中，我们并没有获知太多关于斯坦利老爸和老妈的其他信息……因为他们对于故事发展来说并不太重要。如果他们在小说中真的影响重大，那我们将获知更多其他信息，看到他们更多戏份。但他们只是外围人物，无关紧要，所以萨赫没再浪费纸墨。只是在故事背景中稍有提及，只点出和故事发展相关的部分，其余的多一分亦嫌多。

隐藏信息

和“少即是多”的写作主旨相呼应，有时你会希望通过信息的缺失，来达到某种效果。**隐藏信息**属于故事背景的一部分，但是，它是对于故事前史的隐藏。我们每个人都有秘密，在你的故事拼图中，当隐藏的那一小块得以巧妙利用时，便能释放出巨大的能量，无论它是故事开始时笼罩的一小团迷雾；还是故事临近结尾处，令人震慑不已的真相大白。

> **隐藏信息**
>
> 向读者隐藏一些信息，直到某个战略时刻，才将其释放。这个技巧最常用来制造张力，或者用于作者精心安排故事的陡转或揭示某些情况。某些信息隐藏得越久，真相大白的时刻便要越具有爆炸性，越能产生轰动效应。否则，读者将对你的故弄玄虚愤恨不已。通过隐藏信息，给读者带来一个出其不意的转折，让他们始料未及，这是对他们的奖励。

如果你的故事真的隐藏着某个秘密，请确定它没那么容易在预料之中。没有什么比一个“骇人听闻”的惊天秘密，在揭晓时，却完全达不到预期效果更为糟糕的了。你肯定不想同读者逗闷子。紧张的空气或者未解之题很容易引起读者的好奇心，促使其继续阅读下去——尽管有时他们会对你的设置越来越恼火——但是，你万万不可随随便便消遣读者的这份好奇心，只因为你可以这么做。

当你全速向故事高潮进发时，故事背景，尤其是其中的隐藏信息，始终应该用于使故事氛围日趋紧张。在你精心布置你的故事转折点时，始终记得把揭示故事背景或者隐藏信息，与人物的情感波动时刻相匹配。使隐匿的秘密愈加扑朔迷离，迷雾重重，之后，在它们被公之于众、见诸天日之时，让人物能够感受到由此带来的全力冲击。

☆ 阅读书架 ☆

在不剧透的前提下，找到隐藏信息的例子真是太难了。在此部分，我意欲聚焦在小范围的隐藏信息上，它们通常会引出故事。正如我们从对情节结构以及引发事件前的日常状态中的讨论所知，从一开始，即抛下谜团，迷住读者，此不失为良策。

在苏珊娜·拉弗勒的《爱无止境》中，我们看到一个小女孩在她的房子里忙忙碌碌，和她的小宠物鱼说话，随意吃东西，用各种方式享受时间。但是，自始至终，这里暗藏着一个没有被明晰化的紧张感，最后，给我们一击：她的父母去哪儿了？为什么她独自一人？当看到她对来自外部世界的搅扰，神神秘秘的反应时，我们对她愈发担心：

> 我摔上了电话。不能再接电话：这太危险了。我从乱糟糟的厨房抽屉里，摸出一支红色的史派马克笔，在一张纸上写上：度假中。我找到一卷胶带，把纸粘在前门外侧，然后把门也给摔上。

这个女孩怎么了？她的看护人哪儿去了？在至少又一章以后，女孩的外婆来看望她，事情的真相才开始浮出水面。至此，我们已被故事抓住（我打赌，你也即刻好奇起来）。

在英格丽德·劳的《奇异功能》中，我们看到，一个家中的兄弟姐妹，在他们十三岁的生日时，特异功能会显现出来。你猜怎么着？主人公米博思就要到十三岁啦，她的特异功能将会是什么？这是第一波隐藏信息。然后，米博思的生日来了又过去了，且事情变得有些怪异，但我们仍旧不知道她的奇异功能是什么。同样，她自己也一头雾水。直到小说进行到100页左右，或者差不多一半时，关于她的奇异功能的真相与法则才显露出来。

在珍妮·唐纳姆的《十六岁的最后心愿》中，我们知道某种事物会夺去主人公的生命，这已然现于书题中。但是，我们不知道那会是什么，又或者这一击何时到来。当第三页，主人公的弟弟卡尔提到他会“想念”她时，我们（呃哼）迫切想要知道是哪里出了问题。

在克里斯汀·卡索《杀人恩典》开始，凯莎身处狱中。这已足以吸引并抓住我们的注意力了：她为什么身陷囹圄？之后，又出我们意料：在这深暗的迷宫中，她对周遭路径一清二楚。很显然，她曾来过这里。为什么？很快，我们发现，凯莎是国王最为精锐的杀手之一。至此，我们已深深投入，因为故事伊始，作者便编织进一层神秘的薄雾浓云。

杰伊·艾夏的《汉娜的遗言》同样隐藏着一个令人颤动的谜团。汉娜承诺指出为她的死亡负有责任的13个人。接着，克雷收到汉娜制作的录音带，很明显，他是其中之一。在已经听过录音带后，克雷叙述着故事。现在，克雷正在将读者带入事态的最新进展，不过还在不停和读者玩儿捉迷藏：

> 我再也不想听到那些录音带了，尽管她的声音永不会离开我的脑海。这些房子、树，还有这所高中，会永远在那儿，提醒我。

我们渴望知道，首先，这些录音带是什么（很快我们便发现）？然后谜团变成：为什么克雷会出现在这里？当然，他并不是名单中的第一个名字。那就太容易了。他的名字出现在名单中的后面。在克雷听录音带时，汉娜不断提到一个聚会。显然，那一晚对汉娜的决定至关重要。克雷清楚汉娜在讲什么，但他没有为读者作一解释。直至全书最后，我们才发现，那个晚上到底发生了什么。在杰伊·艾夏将我们从一个问题带至另一个问题时迷雾升起，愈积愈重。

不过，你不必巧尽心思，在故事背景和预留信息上玩耍过度，我们只是又添两种工具，以助升级故事紧张感，加剧人物危机。用下面练习，做一实验，看看你是否能够挖掘出冲突与谜团的某些新层次。

本节练习

埋设冲突

想一想你的中心冲突，并与情节建立联系。想象四个同此冲突相关联的故事背景片段（闪回或者回忆），巧妙地将其编织进故事中，聚焦于书稿的前三分之一。然后，在整个书稿后三分之二的部分，以其意义渐显的方式，回溯暗指这些回忆。如此，故事冲突会根基稳固，扎扎实实，贯穿始终，并且随着每次故事背景的新信息展露出来，张力均会骤增。

布设谜团

在小说的最开始部分，哪条信息你可以保留起来？如何延续这种紧张氛围？如果这条信息设置得当，你可以保留什么重要转折或者隐秘，直至结尾时分？什么时候向主人公揭示这个隐秘意义最为重大，或将给主人公带来重创？在人物或者情节转折点布设谜团，使这些时刻成为情绪燃点。

次要情节及中间泥沼

现在，你对如何有力地导入故事，如何发展人物，如何推进情节，制造危机，并于字里行间渗透张力，应已略有想法。同时，你也在考虑如何将这些线索串联起来，在高潮和结局中，令读者恍然大悟。

你能这么想，真是太好了。

但是，这只是你要考虑的问题之一。

对大多数作家，从“很久以前”到“故事结束”之间，还有250页的艰难困阻，这一路看起来磕磕绊绊，让人绞尽脑汁。在他的故事中，事件接连发生，但只有凑出这些事件，填补中间的空白，才能抵达他们脑中的精彩大结局。或许这个作家在修改作品时，甚至开始会对中间部分一掠而过。互评伙伴无法触及这部分，但是他们知道什么东西哪里有点不对头。

朋友们，欢迎蹚入小说的中间泥沼。

小说中间那可怕的流沙，足以沉陷最勇敢无畏的小说斗士。尽管不同小说的中间泥沼各有其凶猛，我无法针对每一位作者的问题，提出恰切的解决方案。但是，我们可以分析令中间这一幕问题重重的共性特点。

小说中间部分隐藏着哪些洪水猛兽

我发现，中间部分的最大问题是：没有足够的事件发生。这往往是由于作者对于小说没有一个宏观构图，还不知如何从一个情节点移动到下一个。他没有考虑到情节的起承转合，故事的一波三折，变数不断，或者主人公为达目标，努力不断升级。通常，所有作家都清楚自己故事的结局，但并不是每个人都明了如何从故事的开端走到这个结局。因此，他们采取了最直截了当的路线——一条直线走到底。

从起始到结尾，把故事直接剪为几段，只在中间加入少许高速颠簸碰撞，如此，你会错失很多让故事和人物变得更加深刻的机会。永远不要满足于“还好”。如果你查阅字数指南，发现已侥幸达到了字数下限而长舒一口气，那么问题就来了。

此部分另一个问题是：内容太过臃肿，但实际上并未有任何实质性事件发生，也就是说，没有任何至关重要或者千钧一发的情节，能够对人物性格的发展造成深刻影响。此问题往往发生在这类作家身上：完稿后，他们紧张兮兮地查看字数统计，结果发现已超过我们建议的字数上限。

这些作家倾向于将中间部分填塞得盆满钵满，但是并没有太多内容可以使读者心跳加速、神经兴奋。绝大多数都是垃圾信息，同一个矛盾的重复循环。比如，在奇幻小说中，不要对三场几乎一模一样的战斗逐一描述，你只需要集中笔墨在一场巅峰对决上，仅此一役，至关重要。

记住：如果将情节的先后顺序重置后，小说意思变化甚微，那么，在你的小说中，这些事件重要性不足，且情节转折点无法牢牢地抓住读者，没有后劲。小说的情节应设置为：牵一发辄大乱，对任一事件的删减变换，都会天翻地覆，撼动所有。

如何处理中间部分

不管你相信与否，无论身形清瘦抑或臃肿不堪的中间部分，修剪原则无异，你均需要辨识出故事的真正转折点。在内容较为精简的中间部分，可能已存有某些转折点，但是它们可能尚未深刻触及主人公的核心身份，或者故事的主题思想。构思次要情节，使其与部分或者所有故事转折点紧密相连，带来地动山摇般的影响（作为旧金山人，这个形象正是我谙熟的[①]）。

对于大块头的修剪，方法同上。找到故事转折点后，结合次要情节做出修缮（在杂乱冗长的小说中，各种事件肆意蔓延，被无序堆砌，但并不是每件都能在货真价实的情节转折点上带来无比震撼的情感效果）。只有那些与故事转折点紧紧相连的事件，才是重头戏。而作者很容易堆砌更多事件。如果次要情节同主人公发展变化的转折点之间毫无关联，删掉它们。

放心，尽管删掉它们。在硬盘其他地方备份一份手稿，然后尽情使用“删除”键，看一看结果是不是大不一样。如果你不满意修改结果，就把这本书扔出房间。打开之前保存过的文件，你的那些大部头情节，一个不少，全在那里。但是，删减后的结果可能只是：你发现众多孱弱无力的次要情节，不如精炼有力的几个小插曲。

小贴士

中间泥沼通常由两种最为常见的静止情节事件组成。这时常会在鸿篇巨制的传奇小说或者科幻小说中出现，其中，年轻的主人公

① 旧金山在环太平洋地震带上，地震多发。

毫无经验，须得学习关于自己的新角色或者新世界。尝试避免将此作为情节的一部分：

主人公受训中

这个孩子所要做的所有事，就是无所事事地闲坐着，然后学习……没有什么外力，没有哪个部分来推动情节前进。接下来，总是有那么一个智慧老者型的人物来教导他——类似一个大人来告诉主人公该做什么。

搁置信息

这同样也是静止的，主人公悠然自得着，直到有人向她揭露了一个谜团。这里也没有太多潜在的向前推进的力量，因为揭示信息的决定可以肆意无章，并不在主人公的手中掌握。倘若唯一的障碍便是智慧师长不去讲，那此种设置都不可取。无论这个隐秘是什么，这种张力都不足以持续地吸引读者，因为主人公闲坐无事。

次要情节

大多数作家笔下的次要情节，要么过于单薄，毫无力度；要么了无新意，完全没有存在的必要。为小说编织旁支暗线，其目的是形成与主线的对照与反差。在小说中，作者意欲表达一定的主题思想，创造了内心怀有憧憬、对自我有所定位的主人公，还在其周围设置了其他人物，包括大反派，让主人公与各色人物关联、对峙，形成张力与冲突。并且，为主人公开启了一段崭新的旅程，使其如坐情感过山车般，在情节的千回百转中，一路跌宕，驶向故事高潮。

如此，作品已渐为充实丰富。

此时，在次要情节中，不需要出现直截了当地反映主人公在主线中的内容。倘若主人公正经历一场浪漫而美好的恋爱，你不必把她的妹妹也置于同样一段诗情画意的罗曼蒂克中。这样的内容只供花边娱乐，没有任何实质意义，也不会与主要情节形成鲜明对照。

另外，如果次要人物与主人公毫无关联，没必要对其大写特写。没错，生龙活虎似的死党，我挺愿意多读读关于他的欢乐故事，但是，如果关于他的小插曲偏离了主人公的故事，陷入毫无关联的尴尬境地，那就不要写。不要试图在一系列毫无关联的探险中，去追踪两个死党的一点点关联。除非两者之间有共同的主题相连，否则读者会感到故事发生了断层。

最精彩的插曲是那些独立于主线之外，但与你所探索的主旨思想又紧密相连的故事情节。最重要的是，次要情节作为一种工具，为主人公的经历赋予更为特殊的意义与重要性。

假使主人公是一个爱情至上的人，她在与男友痛苦而艰难地分手后，不再相信爱情了。此时，次要情节可以设置成：其闺蜜经历了虽充满艰辛但其永不放弃，终成正果的爱情故事。由此，现实中闺蜜的爱情故事会促使主人公去思考爱情的意义。又或者，主人公的另一个死党只是在游戏爱情，从不懂爱情的付出与给予。这两个死党的故事均从另一侧面展现出主人公的两难之处：相信爱情还是视这个世界为爱情的荒漠。如果我们只从主人公的角度探索一个侧面，那么故事主题将显得过于单薄无力，而这两个插曲则使故事中“爱情”这一简单主题更为丰满，增加层次。

请作者朋友们去思考故事中每一个主旨思想或者情节转折点：想一想，如何使主题不断复现？如何设置转折点？又如何使主线与支线摩擦交织，迸溅出缤纷的思想火花？让读者感受到故事主题的多重色调与各个棱面？

何时加入次要情节

理想状态下，在情节转折点或者主人公情感变化的时刻，小插曲与重头戏将会发生冲突与碰撞。倘若小说多线交织，那么围绕人物的重要事件，想想看是否有某个插曲会令这些事件更为剑拔弩张，一触即发。让一个次要人物的命运，随着主人公命运转变，而最终发生转机。让经久沉默的人物在最不合时宜的时候，突来一声惊雷；又或者让一个坚实的盟友因为并发症而形容枯萎。

次要情节源于人物间的关系，就是如此。每当人物间摩擦不断，便是作者构筑次要情节、构思情节转折点的时机。主人公面临挫折抑或道德困境时，想一想你是否能够将此与相关次要情节结合起来，又或者发展出与之相关的伴随专线情节？

只要与核心主题紧紧相扣，主人公可以时不时偏离情节主干。关于这类例子，可以读一读纳塔莉·斯坦迪佛的《机器女孩与幽灵男孩》，看一看比阿特丽斯与“深夜微光”的纠结，一群收听午夜广播节目的孤独灵魂，是如何滋养其与乔纳更大图景上的关系的，以及她在新镇上对人际联结的追寻。

次要情节同时也可以调节重大事件的节奏。在故事主线上研磨时间过久，没有变换，可能会使读者感到故事过于平铺直叙。你可以精心选择在适宜的时刻，添入一些小插曲，以便调控读者的阅读体验，或让他们的视线能够转移主人公片刻（特别是在第三人称叙事中）。

次要情节之合为一体

次要情节应将故事高潮及淡出部分考虑在内，但只在这些与其相关时。你应聚焦在故事高潮时人物的情感转折点——他的最终胜利、他的力量勇气、克服缺陷的过程。如果你能以某种方式，将次要情节加入此经历，很好。不过，要小心：如果书中多条线索错综交织，不要忙不迭地妄想把它们统统囊括在结局中，否则这样的故事结局会给读者太过密集、虚假做作的感觉。

倘若你计划出版长篇系列作品（你理解定位为系列小说的风险，

前面已讨论过)，你可能愿意在结尾部分留下一两个插曲，悬而未解。但这并不适合中心情节，不要在扣人心弦的悬念中终结你的主线故事。不过，留下少数几个某种程度上悬而未决的次要情节尚好，以便在后续作品中，再度掀起波澜，制造冲突与张力。只是，务必使故事在整体上给人以尘埃落定，一切复归平静之感。

☆ 阅读书架 ☆

正如故事背景部分的阅读书架，无法节选分析过多，同样，基本没有可能从任何一部小说中提举出中间泥沼或者次要情节之范例，因为这些通常延绵万千文字。

倘若我能够向您推荐完整的书目来阅读那些中间部分始终充满力量的小说，我会从凯伦·库什曼（Karen Cushman）的《炼金术与麦吉·斯旺》(*Alchemy and Meggy Swann*)。在这部声音推动的历史小说中，麦吉表面上是个孤儿，她被一无所用的母亲抛弃，住在还要更糟的父亲家里。麦吉的双腿不能正常行走，因此在故事的部分章节中，她真的是蹒跚而行，努力在维多利亚时代的伦敦这个疏离（并且陌生）的世界中，求得生存之基本所需。

这听起来像是一个缓慢且乏味的中间部分设置，对吗?

库什曼可是要聪明于此，过不多时，他便给我们些许机关设计。事实证明，麦吉的现任父亲，并不是个可有可无的角色。他还是个庸医，装作已经发现炼金术师的秘密：一种把普通金属（如铁，铝等）变成金子的方法。

为了提供进行试验的资金，并且讨金主的欢心，他采用旁门左道，炼制毒药。麦吉，一个善良的人，虽然自己也多少是个麻烦鬼，却承担起责任，制止这场闹剧。她将那忧伤的故事开始与激动刺激的中间部分，在结尾处，汇至一处。

作者、编者语录：那些精彩的次要情节

有一列书单，次要情节写得很棒，这些小说在中间部分引吭高歌，而非疲沓、萎靡、懈怠。

在凯特·迪卡米罗（Kate Dicamillo）的《魔法师的大象》（*The Magician's Elephant*）中，几乎每条线都是一个次要情节，从孤儿院的小女孩，到名义上的魔法师，所有次要情节均被巧妙地编织在一起，引向故事高潮，彼时，一切明朗，互关互联。

在查理·汉格森（Charlie Higson）的僵尸系列，人物均有其各自的目的，几乎就像是一个各玩各的冒险故事，一些次要情节骇人结尾，而另一些还在继续。如此，你永远不会知道哪个次要情节才是最可怖的，这使得所有的支线都很吓人。

至于小说的中间部分，在格雷厄姆·麦克纳米（Graham McNamee）的《犯罪升级》（*Acceleration*）中，这里的“犯罪升级”是指一名连环杀手从微小犯罪升级成谋杀的演进过程。当我们的主人公在追踪杀手过程中，杀手速率突变，情节节奏也骤然转变，作品从一部引人入胜的心理惊悚小说，变为书页疯狂翻动的不停追逐，一路奔向令人心脏咚咚直跳的故事结尾。

——安德鲁·哈韦尔

从青少年作品的阅读书架中，我推荐詹妮弗·唐纳利的《北方之光》来读。表面上，这是一个关于玛蒂的故事，她极度渴望到大城市读大学，学习自己钟爱的英语文学。

这个概要听起来还真是没什么意思。这是一部历史小说。女孩生活在一个荒僻落后的小镇上，她做了一份工以帮助家庭摆脱穷困。故事就是在讲她给牛羊挤奶，读一本又一本的书。现在听起来是不是已经有些无聊了？

恰恰相反。在能为我带来阅读快感的故事中，这本书是最为令人着迷之一。首先，在玛蒂工作的旅馆中，发生了一起谋杀案。在她和死者之间，有着诸多相似之处，尽管境遇截然不同，但他们均受困其中，这是只有在一个历史时期，女性才有的境遇。在玛蒂努力存钱上学时，她受到了来自整个家庭的阻力。母亲去世，哥哥失踪，因此她成了整个家庭唯一的经济支柱。她无时无刻不在做自己心之所向和去做对其他每个人都好之事的选项中，摇摆徘徊。

倘若这还不够糟，玛蒂的诗歌导师，也是她唯一的鼓励之所在，也另寻他处，离开小镇。并且，她被一个粗野之人追求，这个人丝毫不懂书籍或者学习的价值。之后，她的死党卷进一场种族争端燃起的斗争中，这使得玛蒂自己的大学梦岌岌可危。之后不久，玛蒂发现了旅馆谋杀案的真相。她的追求者也展露了其求婚背后不可告人的真正动机。此外，那个英语老师也不是她所自称的那样。假使这还不够，玛蒂全家又同时染上了一种可怕且危及生命的流感，而她是唯一能够救家人的人。

呼！现在听来还像是一部无聊的历史小说吗？或许你听来太过状况频出。而事实上，这里的支线事件正适量。詹妮弗·唐纳利娴熟地将所有这些以及更多线索衔接到了一起。

就我所知，在次要情节范例中，《北方之光》当属架构最为严密之列，无疑应出现在你的阅读书单上。

在敲定人物与指出全书走向的基本情节后，你的任务是找到并深入所有这些脉络关联。就像一名侦探勘察犯罪现场一般，你必须勾连起各点，细细查看故事的每一部分，找到其中热点，把情节更多地看作一张网而非一条直线。

在修改过程中，这种基础工作通常大多数作家都会遇到。不管你进展至何处，或者你已读过故事千百遍，请让这些练习对你有所启发，开始看到你作品中的星座图而非孤立的星辰。

本节练习

从次要情节开始

怎样的次要人物大冲突，才能入侵主人公的生活？每一个次要人物或反面人物均应有其自己的情节的情感曲线，尽管你不必将其定义得如同主要人物那样清晰明了。你的外围人物经历了哪些艰难？他们生命的高潮和低谷是什么？在怎样的转折点或情绪爆发时刻，次要人物的种种会和主人公的经历相关联？

中间部分的人物变化

在人物全速冲向故事高潮时，她的心态会变化。什么样的内在冲突、想法转变、灵光一现之时刻、人物目的变化，你能够叠加到中间部分的关键事件中去？通过重新定义人物的核心身份，使得读者从始至终，思绪飞转。

不可抗力

引入外部灾难，若是没别的招了，那把人物敲上一条新道路，此路与主要情节切合。譬如，他发现最好的朋友生病，或者最喜欢的书店倒闭了，所以，现在，除了稳稳地推进主要情节，他还不得不应付新问题。（只是，要确信任何情节上的复杂化，都要和核心主题相契合，不要来得怪异莫名。）

故事高潮与结尾

故事虽临近尾声，但辛劳远未结束。此时，需要让人物经历核心情感体验，融入故事主旨思想，并有力地传达出来，使故事完美落幕。

故事结尾应完成以下内容：

● 主人公面临最为艰巨的挑战，并获得终极胜利。

● 展示主人公的核心力量，让其致命弱点受到考验——尽可能多地让主人公的核心身份、核心价值观悬于一线，岌岌可危。

● 把主人公抛入道德两难中，备受煎熬。

● 为其设置一个情感转折点，与情节主干以及/或者一两个次要情节同步。

● 将危机升级至白热化，把主人公推至其不可逾越的底线。

● 如果故事需要大坏蛋搞破坏或殊死挣扎的场景，那就来点儿货真价实的。

你已经完成了所有关于人物、主要情节与次要情节的建设工作。地基已经搭建好，现在你唯一要做的便是聚合所有这些内容，让它们体现价值。

我们已经知道，人物情感只有在上下文中才可显其意义。作者不能就那么孤零零地，把一个痛哭流涕的人物摆在读者面前，期待读者心生怜悯。如果作者能够把人物置于恰当的情境中，使得情势紧迫，千钧一发，后果不堪设想，并且还能向读者展示主人公如何深陷其中，无法抽脱。如此，你将成为炙手可热的作家。

在故事高潮部分，可没有让主人公“放轻松，慢慢来”的时间。你可能还心存此幻想，最后，让主人公再休息片刻。但是，在主人公直面最为恐怖的恶魔，并甘愿牺牲所有，接受意志力的大考验，几近耗尽最后一丝气力前，抑制住这种让主人公“稍事休息”的冲动。

出人意表，情理之中

在《诗学》中，亚里士多德曾思忖道：文学作品的结尾“出人意表，但又在情理之中，所有结果都在前文有所预示。”在我看来，亚士所言意味着：作家应围绕着稳固且处于核心地位的核心主题，来发展人物与情节。通过这种方式，读者凭直觉便能获知你做这种种安排的用意何在（而且，这种构思方式也会帮助作家在创作中不致迷失……）。

你需要从建立小说的中心思想开始，这是你同读者，也是同自己之间，最基本的约定：

> 这个故事是关于……

小说开头，你便要在读者脑海中形成某种对结局的印象。你在开头几页播下的种子，传递出的主旨，应当随着场景的推移，不断生根发芽，愈为错综交织。但不论怎样，你的主题应始终朝着结尾，一路向前，牵引着小说中所有枝蔓与头绪，伸向故事高潮，就像太阳似乎从土壤中力拔起一株植物一样。在高潮部分，所有纷繁错综的线索与脉络，聚合到一起，带给人物及读者对小说核心主题“情理之中”的核心情感体验，而这个核心主题早已在第一章中有所暗示。

但是，千万别把“情理之中”理解成“意料之中”！

如何使故事结局在乎“情理之中”，小说主题这颗种子将会茁壮成怎样的参天巨植，在其向阳生长、吐露枝丫的过程中，又会藤生多少枝蔓，盛开多少花朵，结出多少果蔬，丛生多少荆棘，这完全由你做主。正是那些沿途中的陡转与惊喜让读者满怀激动，一探究竟。这也正是结局的另一面“出人意表”之所在。

作者、编者语录：一名编辑最喜欢的故事结尾

乔纳森·史特劳（Jonathan Stroud）的“巨灵三部曲”（*Bartimeaus*）的结尾太好看了！像这样终结自己投入那么多感情的三

部曲，这太难了，好家伙，他做得真棒。布罗迪·艾什顿（Brodi Ashton）的《冥府永世》（*Everneath*）是三部曲中的第一部，这本书以令人难以置信的主人公的牺牲作为结束，使得读者有强烈欲求去看第二部。

——亚历山德拉·鲍尔泽

☆ 阅读书架 ☆

故事高潮和结局精彩与否，取决于主人公的情感体验。不过，要注意：在故事临近高潮之时，几乎总面临着一个无路可返的临界点，这很重要。这个临界点通常发生在触底时刻。

此时，你必须在头脑中对决定和行动作一区分。通常，高潮会依赖于一个异常艰难的抉择或者道德困境。有时，人物所做出的某个选择本身，如与反派一决胜负，实际上要比实施这个决定艰难得多。不要只是让我们看到人物一跃而至高潮，始终要展现人物为故事高潮做准备的时刻。毕竟，扣动扳机的动作，实际上开始于子弹上膛。

本部分的例子中，有些展现的是主人公的抉择时刻，发生于故事高潮之前。我选择细查一番，看作者们如何引导人物一步步走向最终的转折点，而不是细细分析高潮时分的故事内容。此外，这种方式也不会剧透出阅读书架中任何作品的高潮与结局，免使读者扫兴。

在儿童读物的前沿阵地，英格丽德·劳在《奇异功能》中，为读者投下了一颗重磅炸弹。米博思和她的兄弟姐妹们决定去探望在医院昏迷的父亲。但是，他们并非请一位好心的邻居载他们去——难道因为这就是戏剧效果之所在？——他们偷偷爬上一个圣经推销员的送货车。

真是个馊主意。

当失踪儿童警报通过电视在全州响起，他们的谎言全线崩塌。从他们对圣经推销员撒谎的那一刻起，他们的寻父之途便无论如何已不可回头了。此举是引爆点。在此之后，便是千万里奔至医院病房的动情家庭重聚……而警官紧随其后。

在约翰·格林的青少年文学读物《纸上城市》中，主要刻画了一个名叫昆汀的男孩，多年迷恋青梅竹马的邻居女孩玛歌·罗斯·史皮格曼。在玛歌失踪后，昆汀固执地认为玛歌留下了种种线索——只为他一个人。昆汀偷偷溜进玛歌的家，他追随着许多疯狂的想法，但只得出了令人失望的结论。就在高中生活临近尾声之时，昆汀串联起所有这些蛛丝马迹。

玛歌没有在佛罗里达，而在纽约北部。昆汀担心玛歌会做伤害自己的事情，因为玛歌提到了营救她的最后期限。当昆汀倾听自己内心的声音，做出决定，和高中毕业典礼相比，玛歌对他来说更重要——从此刻起，箭在弦上，一触即发。

昆汀奔赴纽约——奔赴这个纸上城市，故事也急速驶向故事高潮，分秒必争，再无回头路。

在杰克林·达拉莫尔的《玻璃罩下的魔法》里，尼姆爱上了童话中的王子厄里斯，他被困在一个时钟里。可能存有一种方法可能会让王子复活，再度拥有血肉之躯，但这要卷入进黑暗魔法。唯一试验过这个魔法的人——阿纳利，现在被恶魔缠身。

尼姆面临选择：要么将厄里斯留在发条时钟里继续忍受监禁，要么打开通向冥界的黑暗之门，它将永不可关闭。

尼姆思考着如何做决定：

> 我会落得和阿纳利一样的下场吗？被囚禁在黑暗中，与亡者对话？

“告诉我，我该怎么做。”我说。

就在刹那间，尼姆做出了决定，读者清楚地知道高潮将会如何——恶魔降临！

泰莎，是珍妮·唐纳姆《十六岁的最后心愿》中罹患白血病的悲情女主角。在她逐一完成所列的“遗愿清单”时，病情突然恶化。太不凑巧的时机。泰莎刚刚初尝爱情的美好，而且，她最好的朋友也怀孕了——此刻，泰莎希望生命能够长一些，再长一些，她期盼看到自己的爱情开花结果，等到朋友的孩子降生。

她对这一沉重打击的反应，令人心碎：

> 事情本不该是这样的。这不是突如其来的死亡，像被车撞到。不是这奇怪的高热，痛苦在内心深处郁积。白血病是一种渐渐在侵蚀你的病，我应该会变得越来越虚弱，直到我对它再也不在乎了。
>
> 但我还是在乎的啊。什么时候我会停止在乎呢？

作为一名读者，我真希望能够让这必然的一切停下来。我快速翻动书页，想看一看故事还有多少便至尾声——当然是为了看到最后时刻的医疗奇迹！但是并没有。在这一转折点后，泰莎不得不放下最后一点希望，实施最后的计划：

> 我要以自己的方式离开这个世界。生病，死亡，做出我自己的选择。

就这样，泰莎停止了治疗，从医院回到了家里。在读到最后的结局时，看到这不可避免的一切，我已心痛不已，泪水决堤。

还有重要的一点需要注意，这里提到的故事人们耳熟能详：一群孩子出走，相思少年追随梦中女孩，患病的孩子努力获寻生命中最后一抹亮色。但是，我们的心却被故事牢牢抓住了，因为，人物的艰难抉择、道德两难、深刻的人物个性、牵动读者心弦的结尾，这些安排如此精心巧妙，读者已然心痛不已，投入进主人公的旅程之中，而不仅仅是他们的目的地。

结尾是小说创作过程中重要的一部分，它须是你所有心血与辛劳的汇聚与体现，必然之大成。只是要确认，你的潜力尽发挥，才情尽闪耀。试试下面的练习。

本节练习

定义你的核心情感体验

结尾通常两极化严重：要么太过皆大欢喜，要么太过一片萧索。记住，人物不可能总能得到他们想要的，也请记得，读者也不愿意好不容易读毕一本书，结果到了结尾却发现一切皆空茫。找到结尾处更加饶有趣味的灰色地带，把人物写进一个备用结尾，其中他未能成功。一个彻头彻尾的失败者。他反应如何？他从中学到什么？他如何开始重建自我？接下来，将主人公摇摆进一个结局，超乎他所希望。此处，他反应如何？没必要全写下来，只是梗概。这将帮你发现结尾处有趣的微妙差别，在两种极端间取其平衡。

信念重拾

在故事一路被引向高潮的过程中，人物至少要接受三次考验，每次都达到她几乎要放弃的临界。是什么使得她信念重拾，继续前进？（每次都要使危机升级加剧）现在的她，决心是何等愈战愈坚？原因是什么？人物动机与目的，每次均发生转变吗？恰临故事高潮前，人物扣动扳机之时，其坚定信念的最后一刻是何时？请使这成为书中意义非凡的一幕。

第七章　童书写作进阶

不要被“进阶”这个词给吓退了。即使是入门级童书作家也可以且应当在其小说中融入意象、背景、声音及主题。不要被儿童文学只是“成人文学的精简版”此般观念所愚弄，本章所示创作工具将会给予你童书创作更上一层楼的能力。

我们将会探讨使用卓有见效的意象，将五种感官纳入其中，以及创建意象主题同为丰富的故事背景。我们还会讨论作为一名作家，如何通过选择具体而明晰的语法、节奏，以及气氛，驾驭并且发展作品声音。最后，我们将投入发展故事主题的讨论——在你的童书作品中，你真正欲意何在，而又何以行至于此？

意象和背景

在超级文学圈有一种错误的观念，那就是儿童文学是“成人文学的精简版”。这大错特错。为了写出能让年轻读者有所共鸣的故事，你需要掌握小说的高级写作技法，使作品更上一层楼。不仅读者期待如此，作为一名心存抱负的作者，你应该以一个更高的标准来衡量自己。有很多庸庸碌碌的作品在产出，不要致力于成为他们之中的一员。

创作的目的是，在文字间显现从容不迫。在这个过程中，你已经为人物和情节付出了许多，现在是时候把镜头聚焦到局部，在段落和语句的层面上精雕细琢了。

不论你想要玩转意象与背景、反映故事的氛围，还是想折叠进你的核心主题，贯穿全书，请大胆尝试。在为故事谋篇布局时，很多作家向来不太深入或者多去思索这些已有的、复杂精深的技艺要素。通过思考这些进阶童书创作工具，你会比其他有志作家飞跃良多。

意象

能读到一本真正具有美感的儿童小说并不常见。甚至在小说创作中使用“意象”这个术语，也可能看起来有些自相矛盾，因为小说不是视觉化的产物。但事实上，你却正用小说里的每一个字，在读者脑海中描绘一幅图像。

意象

意象是指作品中使用描述性语言，促使读者在头脑中形成图像，达到渲染情绪目的的一种写作手法。你可以将意象编织进背景中，通过明喻（使用“好像”或者“正如”等词语的比喻方法）和隐喻（一种文学手法，将故事中有形的、可触可摸的东西比作难以触摸的甚至诗一般的事物），简单进行描述。

小说中的意象应力求具体明确。回忆一下我们在第五章中对人物刻画的讨论（人物的细节刻画和多维人物）。这里我要说的是，一个强有力的人物细节刻画所产生的效果，胜过若干差强人意的描写。对于文学手法来说，也是如此。

作家常会把信息一股脑儿地堆给读者，通常还是三个放一堆出现，以为这样读者刚好就能“收到了”。删掉冗余信息，相信读者。他们知道如何阅读，他们享有“读者”这个头衔。他们是这方面的专家，知道如何浏览一本书，什么时候捡拾起你“遗落”的珍珠：主题思想、和下文相联系的背景故事、有关人物身份的细节，以及更多。把大量信息塞给读者，塞进他们的脑袋，这是对他们的不尊重，通常是因为你对自己的写作技法还不够有信心。

好吧，在写作技艺变得纯熟前，先“假装”做好。从砍掉小说中多余的意象开始。

举个例子，一个心里没底的作者可能会这样写：“她用手揉搓着双肩，颤抖着，像幽灵咔嗒作响的链条，冻得如同身处一月里刺骨的寒风中。”

这里可能有一些有趣的意象，并且明显可以看出，作者（就是我）对此颇为自我陶醉。但是，我把完全相同的信息——女友感觉到冷——在短时间内连续重复了三遍。我总能看到这种堆砌意象，实际却表达同一意思的情况。

选择最具体的意象（也许是你最钟爱的，但是你不必一次把它们全部搬出来）来挑重担要更明智，而不是与其他的排列在一起，冲淡了前者的重要性。也许这看起来有些违反直觉，但你堆砌的意象越多，读者就会越感意思含混不清，不知所云。

在何处使用意象

你可以在下列情况中使用意象：

- 在对人物的细节刻画中。
- 动作场面（不过你要知道，过多华丽的文字会减缓故事节奏）。
- 内心独白（人物会使用哪些独特的隐喻描述她的想法）。
- 情感转折点（确切地说，抛却老生常谈的肢体动作，这一刻让人感觉如何）。
- 场景（在对话中寻找描述动作和手势的新方法）。
- 背景（后面将作详细解释）。

不必严苛依赖于视觉画面，而使文字呈现意象。不要被“意象”这个名称所欺骗。实际上，我希望大部分作家能够在文字中融入所有五种感官，而非过于视觉导向。隐喻、明喻，以及描述性语言，可以唤起读者对触觉、味觉、听觉，以及嗅觉的感知（后者可能是小说中最未被充分利用的感官）。

现在，在你的电脑显示器上贴一个便笺，提醒自己：

> 我们依靠所有感官体验生活，无一遗漏。

并且，尽量想想，每当你把人物置于某个场景中，如何利用这五种感官呈现意象？

最后，不要惧怕玩票试水，以放松的心态，多多尝试。对于意象中的俗套，我通常最不留情面，坚决打击。有太多新鲜而富有创意（且声音饱满）的方法可以对照、描述各种事物，你没有借口再去炒冷饭（甚至炒的那还是个俗套的意象）。

第一个闯入你头脑中的想法，很可能是那些极容易想到的，因为你的耳朵已经被这样的想法给磨出茧子了。这同故事中心思想、人物性格、剧情转折，以及小说中其他的元素一样。

如果你感觉自己刚刚幸免于一场谋杀（俗套），或者在你舒舒服服地享着清福中（俗套），一个完全独创的意象似乎刚好从天而降（俗套），或许你已然落入窠臼。对每一个你恰好感觉有点儿窃喜自得的意象、人物细节，以及情节点，再度发散思维，辐射出五个新想法。其中的一个，几乎可以肯定，会比方才冒出的那个更有新意。

✩ 阅读书架 ✩

下面，让我们迅速浏览一些我最钟爱的意象。洛里·豪斯·安德森绝对是个语言奇才。在小说语言选取上真是让我佩服。在《纸片少女》中，主人公丽亚为刚刚死于厌食症的并发症的挚友凯西悲伤不已。

> 我猜，凯西在太平间里。昨晚，她睡在那里的一个银色抽屉里，眼睛慢慢习惯了黑暗。

“眼睛慢慢习惯了黑暗”是我见过的对死亡概念最为独特的描述之一。

纳塔莉·斯坦迪佛的《机器女孩与幽灵男孩》是一个关于两个孤独的人儿，找到彼此间转瞬即逝的联系的故事。但是，正如比阿特丽斯开始感觉到乔纳有些不对劲儿，乔纳得知了一个家族秘密，这让他的精神世界土崩瓦解，也动摇了他和比阿特丽斯之间的情感维系。下面是他发现残酷真相的时刻：

> 乔纳的呼吸变得快速而短促。我摸了摸他的额头。他把脸转向我，两只眼睛睁得大大的，满是惊恐。空洞洞，像两个冰封的池塘。一个男孩尖叫着、挣扎着，在冰面上使劲跺着脚；另一个困于冰层之下，无法逃脱。

冰彻入骨，不寒而栗（双关语）！作家的目的是让笔下意象新颖而鲜活。在这里，史丹佛本可以止步于对乔纳空洞如封冻池塘般双眼的描述，但是，她更进一步，这才是这个意象真正与众不同之处。

下面我们将通过艾琳·鲍的《没有影子的凯特》，看到一些对客观对应物的精彩描述。凯特看着林奈——这个心怀叵测的陌生人，来到镇上：

> 流浪者和买马匹的人叽叽喳喳、喋喋不休的声音消失了。林奈回来了，像鹳鸟孵蛋一样在市场的一角闷声不响，盘算着事情。随之而来的还有恶劣的天气——天空溜进了低低的云睑下，被锁在了里面。

我已无数次看到“云层低低的，压抑而沉闷”这样的描述，但是“云睑”这个概念更为轮廓鲜明，清新凛冽。没错，她是在讨论天气，但是，是以一种诗意的、风格迥然的方式。

写作箴言应加以这样的注脚：如果你能做得很好，没有人会注意你说的是些耳熟能详的东西。旧貌新颜，使其更为出彩。

众所周知，人物情感很难以颇具趣味的方式呈现。但爱琳·鲍却是驾驭情感的大师。在下面这个例子中，凯特失去了一个非常亲密的朋友。作者将她的悲痛以一种新颖（还是双关语）的方式描绘出：

> 她独自一人，黯然神伤，如独挂高枝的一轮残月。

我愿意回味咀嚼一下这里的意象，看到此，我知道我们读到了童书写作高手的作品。正如优美的诗歌一般，精彩的意象会让我在阅读中流连驻足，让我受邀小坐片刻，思索与回味。

在接下来讨论背景时，我们将会看到更多有关意象的范例，因为背景是对意象的特殊展示。

背景

在当代儿童文学中，小说背景常常被忽视，因为其中众多场所（树屋、学校、儿时卧室、夏令营地、吸血鬼的大宅子，等等）人们再熟悉不过。但是，小说背景是一片极为肥厚的土壤，你可以在其中酝酿意象、主题，以及人物转折点。因而，不要错过任何一个营造故事背景的机会。

> **背景**
>
> 背景是小说中，为行动的发生创造的布景，是所有细节信息的汇总。在维多利亚文学中，作家用连篇累牍的文字来阐明小说的背景设置，不放过任何一个细枝末节。如今，读者们对文学作品中长篇累牍的背景描写耐性很差，但是，恰到好处的背景布置，依旧能够产生强烈的主题与情感冲击力。

无论何时，在精心设计小说环境的过程中，作家总要同时兼顾各种细节。首先，要考虑背景的外部细节。在本章结尾，你将看到多个实例。但是，对于那些无人关注的细节呢？人物不住地留意背景环境，其中有什么不对劲的地方吗？例如，每当我参加研讨会时，总会发现主办方把酒店宴会厅的温度调到零下几度。在参加会议的这些日子，不管我裹多少层衣服，都会感到阵阵寒意缓缓地、悄无声息地弥漫于我的一切行为与思考中。并且，彼时所感一直留存在脑海中。

你可以将哪些细节融入背景中，持续不断地为人物设绊？一把靠背硬邦邦的椅子，一股不可名状的气味，地板下总是传出令人心惊肉跳的恐怖声响——小说背景中要不时地跳出不合宜的因素，搅扰人物，添点儿佐料。每一个读者都可以将自己置身于这样的生活体验中。

正如随着场景的变换，我们每时每刻都应对人物的目标了然于胸一样。我们还要知晓，从人物踏入背景环境的一刻起，他对环境的看法如何。这些均需要通过作家的描述浮现。比如，我爱纽约城。我爱清真餐车里烟熏火燎的油脂味儿，我爱烤花生甜甜黏黏的香气，这香气似乎溢满我的每一个毛孔。当疾驰的地铁驶离站台，搅起一团湿冷的风，我的心也汹涌起来。这样的描述可能不够文雅，也不够矜持，但我是如此深爱着曼哈顿，我愿意挥霍大量的篇幅，描述有关它的一切一切。这时，你可以感受到我对这个城市深切的爱。

很多人讨厌纽约这个城市，他们可能会毫不客气甚至愤怒地抛出“这个鬼地方”这样的字眼。在他们眼中，人行道上，可能人人都一副贼眉鼠眼的样子，下水道里，兴许到处潜伏着成群的大老鼠，各种物价看起来都高得近乎天文数字，尤其是旅馆里壁橱大小的房间。

背景的内容为何，以及如何展现在读者眼前（将在“声音”部分做更多探讨），这些将准确反映人物的情感。因此，你需要在对背景的描述中，将情感电波传递给读者。当人物进入背景的瞬间，给读者些许线索，让读者了解人物对背景环境有何感触。

此外，建立人物与背景的互动。在肮脏不堪的人行道上，他是狠狠灭了一个烟头，噔噔噔地离开了？还是在原始公园里，俯身拾起别人丢下的垃圾？人物与背景之间的互动是展现人物情感的另外一种方法。

如果背景中需要出现道具，诸如快餐茶杯，或者祖母的老古董，让人物与这些物件产生互动。在表演中，称此为“事件”，让人物有点事做，他们不至于傻坐在那儿不停地讲话。这样的画面通常过于静止呆板。将人物置于动作中，即使他所做的事情微不足道。

在人物与背景的互动中，重要的是记录人物的成长。最佳背景是整部小说中被重新造访之地。背景可能没有太多改变（除非大灾变发生前后），但是人物对其的每一次造访，都经历了生命中新的体验与成长。她与眼前的一情一景有着怎样崭新的关系？她如何与其互动？她发现了哪些，而哪些又消融在背景之中？

古语云：“人不能两次踏入同一条河流。”① 值得一辩的是，这里说的其实无关乎河流，而是踏入河流之人。因为，我们永远无法作为

① 古希腊哲学家赫拉·克利特之语。

同一个人，两次出现在完全相同的地方。

在整部小说中，记录人物成长与改变的极佳方法是，追踪人物与某个地方之间不断发展变化的关系，特别是承载主人公深厚情感经历的地方。

☆ 阅读书架 ☆

在我们的阅读书架上，有太多有关背景设置的精彩范例可供参考！首先，让我们一起探讨“家”——这个故事背景，因为对于此，几个例子可以结合起来谈。对于“家”——这个故事背景，你可能想给予它细致非常的呈现，因为通常它是一个牵动情感的地方，人物在其中度过许多时光。

家也是一个映射自我的地方。你不会走进一个公园，然后期待它为“到底你是谁”下个定义。而家则不然，这是你生活的地方，这里有你的家什物件，这里有你一冰箱的东西、你墙上的艺术作品流露出许多。选择家庭场景细节时，要细而又细。

下面一例，来自布鲁·巴利埃特的《谁偷了维梅尔》，展示了佩特拉的家。小说中，我们不常走进这里，但作者已早早将此番描述摆在我们面前，教我们重新看待佩特拉其人：

> 佩特拉的家就是龙卷风暴现场，这里，生活在嘈杂的圈圈中盘旋打转。帆布鞋、书、背包在不可见的气流中，穿过各个房间。总有什么吃的趴在人们脚下。一两口旧煎锅，一直晾在后门外的台阶上。几只猫儿啊狗啊，从抽水马桶里喝水，它们对每天早上装得满满的水碗已不抱什么希望。这个家里，每个人都扯着嗓子，彼此交谈。

另一个极端是，下面，在詹妮弗·唐纳利的《北方之光》中，主人公玛蒂描述了妹妹贝丝在家里都做些什么。这栋房子的氛围迥然不同：

> 为把房子里每一处空旷都填满，为赶走这片沉寂，［贝丝］唱着歌。

在丽贝卡·斯特德的《穿越时空找到我》中，米兰达家有访客，实为罕见事件。这使得米兰达感到不自在，并且，她和家的关系——一个她从来未真正认真审视过的地方——发生了突如其来的变化：

> 在楼上，一件奇怪的事情发生了。我生命里的每一天几乎都生活在这里，而今，我仿佛第一次看到这间公寓。我留意到所有素来视而不见的东西：沙发上两处填充物鼓了出来，Nunzi 先生抽烟烧出的洞洞，天花板上晃悠的大片大片剥落的油漆，暖气旁有一个黑点，从暖气里面滴答滴答出来的水已经把木地板弄花了。

接下来，来看凯伦·库什曼的《炼金术与麦吉·斯旺》，麦吉第一次见到她的新家：

> 这里，目之所及，她看到的是这样的伦敦：煤烟弥漫，泥水遍地，到处喧沸不止，臭味熏天，一条条街道，逼仄幽暗。现在，她困在弯曲巷这栋陌生而狭小的房子里。弯曲巷——赶大车的人知道要去那儿，笑得是那副样子。

回到青少年小说，在《被拣选的人》中，卡罗尔·林奇·威廉姆斯刻画了原教旨主义摩门教大院的生活。在这里，凯拉享受着关于家所特有的一切：

> 我们很幸运，我们住的拖车离这些树最近，我爱它们。我爱春天里它们嗅起来那种香甜的味道，我爱它们银绿色的叶子。我喜欢这样，夏日里，树叶浓密，把我给藏了起来。我喜欢这样，

我可以在这里独处。

在这里，我们不仅能够获得一些感官上的细节，而且可以即刻断定：只有当凯拉能够逃开拖车的暴政氛围时，她对精神归宿的真切之感，才会渐渐浮现。这片躲藏之地，唤起了凯拉身上极为特别的东西，而这同更大的主题——逃离，产生共鸣。

有时，恰是人物定义了有形的背景空间，而非后者规范前者。在苏珊娜·拉弗勒的《爱无止境》中，奥布里刚刚失去了几乎所有家庭成员。下面的例子中，奥布里去看一个新认识的伙伴——布里奇特，这是她第一次到布里奇特的家。下面，是奥布里所注意到的厨房——是厨房，而不是储藏柜：

> 后门通向厨房。厨房里有一张桌子，桌子旁边，小婴孩丹尼坐在高脚椅上，梅布尔在加高座椅上，晃着腿，还有一个温柔善良的妈妈，穿着软软的衣服，有一头软软的头发，看起来就是妈妈应该有的样子。我妈妈以前也是这个样子的。我的脚趾蜷缩在网球鞋里，不停扭动着。

奥布里注视着这家人，他们占据了整个背景。而这，让她填满悲伤，还有对自家厨房的渴望。曾经，在那里，她能同时看到爸爸、妈妈，还有小妹妹。

让我们补齐色相环上 180 度色调，下面是对另一背景的描述——学校——作者主要运用了人物来搭建场景。没什么悬念，这个例子来自杰克·维茨纳的《打莎士比亚的屁股》：

> 在我的同班同学中，随机取样，兴许就有西尔维斯特·瓦伦丁，去年，这个人连着一个星期都穿女生衣服，很是轰动；罗科·麦基，帕克老师一提到月经或者结肠，他就在那儿笑；还有迪克西·克劳福德，这名同学帮着像罗科·麦基这样的坏小子

起哄。

这里，作者给读者发出信号：这是个典型的高中校园。我们不必走进一股剩菜剩饭味儿的学校食堂，也不必去闻走廊上浓烈的漂白粉味儿，或者撞上满是便条贴的浅灰色储物柜门。

在描绘地点时，不要忘记时间。季节应当在你的作品中有些分量。我不仅仅想知道人物身处何处，还想知道其正处何时。下面，是《机器女孩与幽灵男孩》中，一段关于夏天的描述，令人意想不到：

> 整个夏天在我们面前伸展，伸展，漫长，炎热，无穷无尽。九月，就像微小的红色警示灯在远处，忽闪，忽闪。不过，倘若我眯起眼睛，我可以不去理会它。我决定把眼睛眯一小会儿。

在此描述中，我最喜欢的部分不仅是将九月比作红色警示灯这般新颖独到，还有此间所蕴含的张力——大难即将来临。我们旋即感到，某种东西正在路上，黑暗不祥，无可避免。

另外，在詹妮弗·唐纳利的《北方之光》中，我们看到了作者对春日那精彩绝伦、真诚热切之呈现：

> 倘若春天有什么味道，那就像蕨菜，翠绿，清脆，新鲜；还有点儿矿物质的味道，就像泥土所成；明亮，仿若阳光唤其破土而出。本来应该由我来挖蕨菜，我和韦弗两个人。我们俩要挖满两桶——一桶留给我们自己吃，另一桶卖到鹰湾酒店（Eagle Bay Hotel）的厨师那里。可是，我只顾忙着自己吃了，不由自主。接连吃了数月的老马铃薯、罐子里的豆子，我极度渴望新鲜。

注意感官细节。我们品尝到了味道，不是随便某种滋味，而是蕨菜和泥土的特别之味。

下面，我们迅速来看一个来自《没有影子的凯特》中的意象。艾琳·鲍出其不意，运用了一个关于通感的比喻：

> 集市广场安静得就如钟声响彻过后，空荡荡的钟铃内部。

此外，我们的嗅觉和听觉被以下这般描述所震颤。来自朱迪·布伦德尔《不能说的秘密》中的例子：

> 吸气，呼气；香水，烟；香水，烟。就这样，我们躺了很久。直到我听到海鸥在哭泣，悲哀胜过葬礼，我知道，已近清晨。

看一看阅读书架中我们到访过的所有地点，感受与每一处所关联的情感（“客观对应物”是我们所习得之术语）。这便是在你创作时，应当设定的目标。

构建小说世界

构建小说世界是背景设置的一个特别子类，这是每一位作家都应考虑的问题。当你将读者投入到故事情境中，你需要读者相信你创造的故事世界。而当你创作的是类型特征很强的故事时（奇幻、科幻、反乌托邦小说，等等），这项工作则更为艰巨，因为这时往往需要读者进入一个距离自己生活极为遥远的世界。

不能采取偏颇的方法构建小说世界。大多数作家不是极左，便是极右。他们要么没有为读者提供足够的信息——读者不清楚小说世界的规则；要么信息过多——读来就像维基百科词条，而非一本有趣的小说。

前一类作家假定小说背景比较常见，诸如，真实的世界、狼人洞穴，或者外太空，那么他便可以寥寥几笔，交代一下小说世界。或许在他的想象中，读者对这些世界的规则再熟悉不过了，以至于无须给他们的阅读附加信息。就这样，作家浪费了将自己区别于任何其他写过现实世界或者狼人、外太空故事的作家。同时，他也欺骗了读者，因为他们想知道这个作家会呈现出哪些特有的想象力——这也是读者首先选择他的作品来阅读的原因。

后一类作家，在自己的想象中，完完全全构建出一个小说世界，但是她不懂得如何将此传递给读者。在这个世界里，她设计了法规体系、交通系统、科技、宗教、先进的医疗，甚至发明了一整套语言体系。她太想把这一切酷酷的、与众不同的东西展现给读者。但是，在这一通竹筒倒豆子似的信息轰炸之后，他们可能已无聊至极，因为目前为止还没有任何事件发生。一个舞台可以拥有最绚丽的布景装饰，但是使其生机盎然的，必然是演员和他们的表演。

倘若你担心小说里的世界缺少足够的背景信息，那么把手稿拿给一个值得信赖的读者，看看他会提出什么问题。比如，他还想更多地了解哪些情况？文中哪些后勤组织问题硬生生地打断了他的阅读思路？你需要用丰满而充实的内容，解决读者的疑虑。在众多奇幻故事中，背景并不是植根于读者所熟悉的现实世界，因此，他们可能会产生更多疑问。这也是一些超自然、奇幻，以及科幻小说的手稿较长的原因。在创作这些类型时，作者为读者提供越多信息，便会防止读者产生越多问题与疑虑，小说世界也越显真实。只是，千万避免将海量信息一股脑儿地塞给读者，这样会破坏故事节奏。

如果你有走极端、倾倒信息的倾向，那么尝试以一种读者不觉臃肿或者不感缓慢的方式介绍背景。我的经验向来是：作者提供的信息应以读者“应知”为基础。只展示出读者确实需要了解的信息，并且在它们产生重大影响之前抛出，或者让它们出现得正当时。

在苏珊·柯林斯的《饥饿游戏》中，凯尼斯在“抽签日”醒来时，内心充满恐惧。这时，作家花了少许时间来告诉读者“饥饿游戏”贡品的选择机制，以及为什么凯尼斯的小妹妹不可能被抽中。事实上，凯尼斯已经尽其所能，以确保这种情况不会发生。

在“抽签日”真正来临的时候，我们了解到这一天到底意味着什么，也意识到了被抽中的可怕后果，并为娇弱堪怜的小樱感到担忧。

总而言之，我们对凯尼斯感同身受，满怀沉重，因为她不仅传递出了有关“抽签日”的信息，并且还有她的情感状态。但是，众多有关施惠国这个国家的情况，我们尚不清楚，并且在相当一段时间内，仍不会知晓。但是，这完全没有问题，因为，迄今作品所提供的背景信息，及时所需，已经足够将我们拉入“抽签日”的情感氛围中了。“抽签日”的严重后果已沉淀于我们脑中，因为我们已事先看到这一刻对于主人公来说究竟意味着什么。

故事世界的构建要符合逻辑性，并且保持前后一致，但从故事的开端到结尾，此路向来漫漫。这意味着，作者要在手稿的前50～75页中，描摹出这个世界的所有法则。然后，将其贯穿始终。

下面这个以神奇法力为重头戏的手稿，问题重重：人物拥有一系列明确的法力，但是，在故事高潮处，当所有法力均显示失效的节骨眼上，他却胡乱得到了一股之前从未出现过的力量，这力量来得正是时候，帮助他脱离困境。在构建小说世界时，这是在偷懒与逃避。作者要清晰界定人物的能力群，无一例外。如果在你的小说世界中，人物没有飞行的能力，那么在高墙之侧，他们便不能突然跃起，一飞而过。

当人物出现在某个特殊情节点上时，由于作者对小说世界的构建，读者应能预见即将发生的事件……且应当是准确无误的（亚里士多德关于结尾的“必然性”理论）。比如，如果你早先在故事中设定：主人公实际上是一条美人鱼，每当看到大海，便会恢复原形。如此，当她和家人到缅因海岸旅行时，读者料想将会发生人鱼变形的混乱一幕，他们需要领会到这个信息点。这样的结果不可避免，尽管接下来发生的事还是会令人感到新鲜和意外。

对小说世界的构建，涉及作品中事件和事实的权重与平衡。目前你需要展示给读者哪些信息？读者需要了解哪些基本情况，才能融入情节发展？

最后，不要以为你所写的若是我们生活的或者与其相近的现实世界，就万事大吉了。每部小说均需要一个语境。记住：美国南部小镇上的政治和宗教体系与一个大城市相比，会截然不同。每个地方皆百态横生，作者需要在小说中为读者建立某种背景基础。

你可以界定哪些社会要素？每个社会均有其秩序法则，从种姓制度到任人唯贤的管理制度，不一而足。你笔下的社会是如何运转的，你的人物又在社会频谱的哪一层面？这个社会重视个人自由，还是过分钳制个人？哪种经济体系在有条不紊地运行？在任意特定的时刻，这个世界里的热点社会问题是什么？人们在其中为何兴奋，有何焦虑，又缘何惊恐？谈及更大的图景，这个社会中是否有宗教信仰？

为读者界定这些要素——因为它们将使小说世界看起来更加真实可信。

✩ 阅读书架 ✩

构建小说世界，让我们从现实主义小说开始。以下部分选自达内特·哈霍斯的《小紫罗兰几乎被闪电击中》，其中并未描述小紫罗兰在佛罗里达的家乡，但其确传达出些许在这个荒僻落后的小镇，人们怎样过着自给自足的生活。在梅丽莎从底特律搬到这里后，小紫罗兰不太高兴：

> 我真不敢相信，我就这么杵在这儿，听梅丽莎大谈特谈住在底特律什么样儿，那个地方多棒多棒，多忙多忙，学校多大多大，吹，吹，吹。然后，她说："你们这些人在这儿能做点儿什

么呢？这个地方就像，不毛之地。”

我乜起眼睛，不要侮辱我出生的地方。“米歇尔哈莫克是个好地方，”我说，“要不是什么假正经的话，这儿还挺多事儿可以做的。”

这里的小说世界构建，传达出一种地点感，暗示了事情在米歇尔哈莫克小镇是如何运作的。暗含的重要信息便是，即使这里不是什么大城市，人们从来不管它叫作“什么也不是”，这里不欢迎装模作样、自恃清高的人。（所有这些，均从小紫罗兰极赞的世界观中，慢慢渗透。）

倘若写历史小说，你需要在构建小说世界上做大量工作。在朱迪·布伦德尔的《不能说的秘密》中，我们对第二次世界大战后的纽约城有所感知。下面这段描述，有历史细节（地铁票为五美分），但也给人一种紧张感，因其促使读者想起战争期间的匮乏：

能够住在皇后区，我们真的够幸运。在这儿，你把五美分塞进投币口，就能坐地铁到曼哈顿——全世界人人梦寐以求的地方。摩天大楼里，人们彻夜亮着灯，因为现在可以这么做。

诸如此类细节与描述，真的让历史重新活过来，此外，如果你想写出纯粹、地道的历史小说，这样的内容必不可少。文字读来看似轻松随意，但为提供此般背景信息，需要大量的研究工作。

在更为常见的奇幻作品小说世界的构建中，我从斯科特·韦斯特费德的《丑人儿》中选取了片段。这里，塔利正在游览一个名为“锈迹”之城的废墟，塔利凝视着这业已消亡的古老文明，陷入沉思，她所生活的社会即是从其灰烬上建起。或许，你会认出她所描述的倾颓世界是哪里：

此时此刻，夜幕中，塔利感到，废墟之上，一种前所未有的

> 真实感。跟随学校参观时，老师们总是试图证明“锈迹之城”的人是多么愚蠢可笑。你几乎无法相信人们曾以这样的方式生活：毁林燃木，开拓土地；燃烧石油，获取电热；用武器燃烧大气层。但是，月光中，她能够想象人们挣扎着，攀爬着，爬过一辆辆火光四溅的汽车，逃离这个一点一点正在倾塌的城市；逃生路上，成堆的金属瓦砾，摇摇欲坠，人们惊惧不可名状。

这不仅帮助读者定义塔利所在当下之文明，还为其社会带来一种历史感，当你意图创造一个三维世界时，这样的小说世界构建向来重要，从无例外。世界有其过去、现在，以及未来，正如人物之所有。

在 M. T. 安德森的《喂食》中，我们看到泰特斯谈到了拥有喂食权的公司，他们可以决定食物的内容。泰特斯听之任之的态度，很大程度上说明了其本人（及其所处社会）的价值观：

> 当然，每个人都爱这样“哎呀呀，哎呀呀，可恶的企业，哎，它们实在太可恶了”。我们都这么说，我们也都知道它们控制了一切。我是说，这不太好，谁知道这些坏家伙搞什么鬼呢，每个人都不喜欢这样。可这是我们得到所有这些玩意儿的唯一方法，在这儿大呼小叫也没用，它们还是会控制一切，不管你乐不乐意。

你可以读一读史蒂文·哈珀（Steven Harper）的《超自然小说创作》(*Writing the Paranormal Novel*)，由作家文摘出版社出版，里面详尽列举了关于小说世界构建的各种问题和练习。倘若你在创作历史小说，K. L. 戈因（K. L. Going）的《青少年小说的创作与营销》(*Writing and Selling the Ya Novel*）是部出色的指南，清点了你所需要考虑的问题，同样由作家文摘出版社出版。不用被这两本书的书题所限，你可以运用其中的头脑风暴工具，来进行任何类型的儿童及青少年小说创作。

运用以下练习，真真正正使小说的地理位置感在细节中充盈起来。

本节练习

刻画意象

给每个人物设计一个意象、一种情绪、一个符号，你可以把它们埋设在人物生命弧线中的重大转折点。它是一颗放在口袋里的石子吗？在焦灼的时刻，被人物给抚摸平缓了？还是鸟的意象？一种特定的气味，就像隐隐约约间浓浓的、咸咸的海的味道？找到你能交织进这些内容的地方。

正确的时间，合适的背景

在你的故事中，选取六个时刻，其间，背景能够为情节点或者人物转折点增添额外意义。在这些背景中，充满客观对应物或者意象，反映了事件发展如何。

牵情动感的背景

选取一个时刻，人物在一个背景中有某种感受（或者人物对背景的感觉）。使得人物在另一个时间点，重返同一个背景，彼时，他对此背景的情绪、想法、印象大不相同。为什么这两个时刻的互相比较与对比很重要？各自展现了人物的什么方面？这如何融入人物的整体情绪弧线？

背景清单

在布置每个场景中的背景时，使用下面的栏目，确信考虑全面：

哪一天，哪一年；

设置感官细节（气味、温度、亮度或者暗度）；

设置氛围（教堂肃穆，嘉年华喧嚣）；

背景的外部细节（不仅仅是颜色、装饰，将背景物的年代感、保养情况考虑进去；清洁程度，或者失修破损情况，尤其如若物品在建筑物内部，等等）；

背景中的周边（墙那边的噪音，外面的天气，头顶飞机的隆隆声——所有这些因素都会影响我们在背景中的感受）。

措辞和声音

> 把所有糟糕透顶的部分删掉，让剩下的语句听起来轻松自然。
>
> ——洛里·豪斯·安德森

在我教授的所有写作技巧要素中，声音当属最谜样费解的那一类。作家们一味求解小说中的声音到底是什么？通常，我所能想出的最佳答案便是："它是创作中某种难以言表的东西！"

这样的回答确实有帮助，虽然很多人依旧懊恼不堪。在本章中，我希望对我一贯的解释做出补充。但是，无论我在这里洋洋洒洒讲再多，对声音的处理仍旧是作家们最难驾驭的创作技巧之一。

往往是一名作家在对小说的声音摸到头绪、豁然开朗后，才是真正的升级进阶，一切就绪，准备出版。这里说的是真正准备就绪，而不是"哎呀，我已经为这部小说费心竭力太久了，眼睛都要出血了，所以我想我得准备出版了"这种"准备就绪"。

小说的声音不可能形成于一夜之间，当它最终浮现时，也不会有气球五彩斑斓、漫天飞舞，号声嘹亮、锣鼓齐鸣这样的热烈场面出现。往往是有一天，你坐在电脑旁，敲打着键盘，感到比以往更踏实，找到了某种稳稳的幸福。

对小说声音的解释好像没那么模糊不清了……

分解声音

要把小说声音讲清楚，最好的方法便是展示作品实例。但是，在我们走进阅读书架前，我将先在你的头脑中播下种子，丰满充实、有血有肉的小说声音有哪些组成部分。

声音包括：

● 措词：在表达自己时，故事叙述者及人物所用的语汇。

● 意象：在描述事物时，人物所使用的形象和比喻。

● 句法：人物如何组织句子——冗长还是短小？是波涛汹涌还是如涓涓细流般流淌？抑或时断时续？

● 节奏：人物说话或叙述的频率如何？她会用多久或急促或缓慢地去思索、描述，抑或讲话。

● 心情：小说的声音应随着人物或者叙述者的情绪变化，以及场景中事件的发展而改变……在现实生活中，伴随情绪或开心，或伤心，又或者愤怒之类的不断变化，我们有时像是不同的人。

● 简洁性：我一再提示诸位注意的是：简化作品。粗陋笨拙的文字是声音的大敌。作家们经常用复杂难懂的语言，绕着圈子来描述一些再简单不过的内容。在这一点上，我听从斯特伦克和怀特[①]的意见："删掉冗余"。

> 重要的不是你在看什么，而是你看到了什么。
>
> ——亨利·大卫·梭罗（Henry David Thoreau）

上文聚焦于"应如何形成作品声音"，这里再谈谈对它的不当处理：

---

① 美国威廉·斯特伦克（William Strunk），著有《风格的要素》（*The Elements of Style*）一书，该书备受 E. B 怀特推崇。

● 被动语态：童书作品的声音需要新鲜刺激，直接迅速，这样才能反映孩子们的生活。永远不要让被动结构溜进你的作品（如“这个派对是由几个少年参加的”）。

● 整齐划一：语言繁冗使小说读来枯燥无味。在使用过去完成时（“had”作为助动词），你要特别小心，尤其在过去时中使用闪回倒叙的手法时。打乱行文的整齐划一，这些“had”是最简便易行的方法。

● 拐弯抹角：为什么能用一个单词表达清楚的，非得用三个？永远用最直截了当的方式切入主题，例如，你说“每日”，而不是“每一天”。每一个简练的措辞都有重要意义。

● 老油条做派：我读到的大多数人物，“小小年纪”，说话煞有介事，活像在办公室里混迹多年的老油条。没有一个活脱脱的十几岁男孩会说出，诸如“值此之际，获得一辆新车，我万分兴奋”这样的话。用心聆听，请让这些十几岁的孩子们用自己的语言说话。

而且，每个人的声音应各不相同。如果人物对自己缺乏信心，她的任何陈述性语言可能都像存在疑问：“我嘛，你知道的，真的挺喜欢软心糖豆的吧？我猜?”如果人物信心十足，他将用陈述和命令式的口吻说话。一名信徒多数时候言毕，可能都会感到犹疑不安，希望得到某种肯定，吃下定心丸；而社交界女王则可能会频繁打断小跟班的话。

这就是我给作家抛出的问题——一项看似不可能完成的声音塑造挑战。不要被它吓倒，畏缩不前，而要在此中受到激励与启迪：

> 每个人物必须有着独一无二的声音和语言模式，如果我把对话标签从场景中抽离，仍然能够辨识出言者何人，分毫不差。

故事叙述者和作者的声音

除了人物声音，你还应该关注小说中另外两种类型的声音。倘若以第一人称视角写作，主人公即是故事的叙述者，此时，下文所讲内容对你并不十分适用。不过，若以第三人称视角创作，作品便出现了叙述者的声音。有些叙述者极为刚愎武断。当我思考这些唐突的叙述声音时，雷蒙·斯尼奇笔下的叙述者浮现在脑海中，他们的声音强势霸道，闯入读者的阅读世界，侵扰读者。相比之下，大多数第三人称的叙述者平易温和，非常像一台录音机，公正客观地记录一切，不会介入故事的发展。

假使你向来喜欢用胆大妄为的叙述者做试验，那就请吧。只是要记住，除人物声音外，这是小说中另一种声音，需要去塑造。有些读者（时常包括我自己），可能会发现这种入侵性的叙述声音，会干扰他们的阅读，把他们从故事世界中拉出来。但是，如若你的故事需要这种支配性力量，当然值得一试。

另一个问题是，找到作家自己的声音。当然，小说中的每一个声音都来自于你，正如艺术家的每一幅画作都是其创作的结晶。但是，哪些是仅属于你的独特风格？这是另一项看似不可能完成的挑战：

> 当我拾起一本书，封面撕掉，只剩书页，并且其上没有作者的名字。此时，我应该在阅读完一段文字后，便可识别出作者是你。

重复：声音是小说最后需要达成的事情，无须凝思屏息，即刻攻破。今天，书架上魅力最为持久的作者，均有着自己独特鲜明的声音。从高中起，我便不再痴迷于绿日乐队①（嗯，可能是从大学时候才开始不怎么听……好吧，上星期可能还在他们的音乐里陶醉了一

① 绿日乐队（Green Day）是 20 世纪 90 年代之后美国朋克音乐复兴时期的重要乐队之一，旋律简单上口，其专辑 *American Idiot* 获得第 47 届格莱美最佳摇滚专辑，“Wake Me Up When September Ends”“American Idiot”“Boulevard of Broken Dreams”等歌曲广为传唱。

阵)，但是，我仍然可以在刹那间，捕捉到比利·托·阿姆斯特朗（Billie Joe Armstrong）的独特声音，即使我并不熟悉电台里他们的某首歌曲。

作者的声音不只与其所用词汇有关，而和他具有的风格禀赋紧紧相连。或许，有的作家以构建曲折往复、巧思妙想的情节而著名；有的天马行空，有着描绘意象的天赋异禀。或许，你笔下的人物会有着如此的情感厚度，以至于在最新作品推出前，读者开始囤积纸巾和巧克力，准备坐下来，有滋有味细细阅读。

对于你目前正在创作的这部小说，想一想如何融入个人风格，打上个人烙印。小说中的哪些元素最让你兴奋不已？现在，你正在处理哪些核心主题，哪些主题你希望或许在稍后的创作事业中继续探索？

所有这些努力聚合起来，作为一名作家，锤炼你的精品集，而不只是单单完成一部小说的创作。

作者、编者语录：写孩子的声音

盖瑞·施密特（Gary Schmidt）的《那又怎样的一年》（*Okay for Now*），尼尔·舒斯特曼（Neal Shusterman）的《符号在这儿》（*The Schwa Was Here*），以及《安特西与时间》（*Antsy Does Time*）：如果你忘了一个真实的男孩说起话来什么样儿——有多可笑，多机灵，多执着，多么热切讨人开心——这三本书会提醒你。对于青少年作品：推荐戴维·利维坦（David Levithan）和蕾切尔·科恩（Rachel Cohn）的《爱情无限谱》（*Nick and Norah's Infinite Playlist*）。这两名作家从来不摆架子，或者以高高在上的口气同青少年们说话，他们捕获了一个无尽的城市之夜所能包含的撼动世界及定义世界之时刻。这个魔力是由以粗糙、摇滚明星般的作品声音实现的，还有利维坦和科恩交替完成各自章节。

——安德鲁·哈韦尔

阅读书架

在整个指南中，这可能是我最喜欢的选段分析部分了，体会作品声音，实为阅读一大乐事，而分析声音亦为一项极为愉悦的体验。

阅读书架中，我最钟爱的作品声音其一来自亚当·吉德维茨的儿童读物《韩塞尔和葛雷特的格林世界大冒险》，故事叙述者强势霸道。在讲述中，他控制不住地去重写韩赛尔与格蕾特的故事，然后每隔几页就跳出来作一点评。对于这种行文叙述，我还真不怎么容易消化，但是这部作品却笔下生花。下面，便是故事讲述者戏谑嘲讽口吻的样本，描述了可怜的韩赛尔和格蕾特试图简要描述下他们的困境：

> 同时，他们解释道，他们两个来自不同的家庭，从各自的家里逃跑。一个人的家里，父母砍断孩子的脖子；另一个家里，一个邪恶的女人想尽办法要吃掉孩子。男人朝他们点点头，就像对待狂人那种点头示意。

哈！下面是展现叙述者幽默感的另一个例子：

> 因为，杀死一个男巫的最好方法是：把他和毒蛇放在一起，在一口满是沸油的大锅里，烹了。
>
> 显而易见。

充满嘲讽意味的旁白是我的最爱。除了揶揄嘲讽，带有地方色彩的故事声音也是我无法抗拒的，特别是若其来自美国南方。不过，作家们请注意：方言特别容易用过了。假使你的手稿里，每个动词都掉了一个“g”［“我在创（Chuan）作！”］，你太用力了，人物到底在说什么（我想你知道我在说什么）？

让方言平滑过渡，不去喧宾夺主的最佳方法是：掌握一定节奏。此外，你可能想要不着痕迹地插入一些精当的语汇，在场景中恰如其分。英格丽德·劳在《奇异功能》中将之完成得很漂亮，首先，他在句法上做文章：

> 没有人谈论任何有关我生日的事情，一丝一毫也没有。事情不大，说得不多。

然后，是措辞。有时，一个小小的词语，出现在合适的地方，正是你众里所寻之物：

> 这哪里只是个小小的聚会。这完完全全就是个满汉全席嘛。

你能判别出米博思来自南方吗？注意，劳是如何避免坠入俗气的“Nobody had said nothin”的南方口音，或者其他明显的南方口音特征。相反，她稍稍收住了缰绳，而效果依然明显。

让我们掉头转舵，驶向：青少年作品。正如我们已然所知，洛里·豪斯·安德森在措辞上别具天赋。在《纸片少女》中，她将其自然无琢的声音发挥得更为精妙。有时，主人公丽亚听起来就像个神经紊乱的“垮掉派”诗人，特别是当她头脑中的世界分崩离析的时候。这里，她在讲由于厌食症被关进医院：

> ……第二次他们把我关起来，我感觉糟透了，糟，糟，糟。我爸妈真是疯了，皱眉/哭脸，疯，疯，疯。死亡，腐烂的女儿一股臭气，不管清洁工怎么用力擦，也散不掉。我父母互相推诿指责，你推给我，我推给你，丽亚豆子，跳呀跳，病歪歪，饿得要死的丽亚豆子，她有什么错吗，这全是你的错，错，错，错。

在这里，丽亚的失望沮丧在重复中翻滚搅动。同样激烈的语气，出现在汉娜·莫斯科维茨《断骨重生》中的人物乔纳身上，尽管他是那种对摔断身上每一根骨头这个任务轻描淡写的人。在一次成功的断骨尝试后，此番语调旋即出现：

> 硬碰硬，摔在地上，会流血，很不幸，这是副作用。我正过脑袋，晃晃脖子，只是确认一下这还行。“摔得好，绝对的。”

张力蕴于其漠然的态度。语气生硬粗糙，冰冷无情。但是，我们知道，汹涌澎湃的情感恰恰潜藏于表象之下。

最佳声音不仅使得小说张力满满，惊喜亦怡情。在马修·奎克的《有点儿像摇滚明星》中，人物安布尔·阿普尔顿可谓杰作。她魅力的一部分便是无法控制自己。她对“审时度势”没有概念。这部小说声音很棒，不过其上下文常常使小说更加出众。下面，主人公在谈论她的学校生活……

> “你的四分卫用一个称呼女人的恶心的单音节词喊我——我甚至都不打算重复——然后暗示说他和我妈有染，所以我扇了他一巴掌，”我说，之后还加上，“托尼王子。”
>
> “是弗奥里尼校长，对你来说，年轻女士。”

……这可是对校长说话！你有胆量和一个身居要位的成年人这么说话吗？安布尔·阿普尔顿敢。她的台词创作得很妙，但事实是，她在如此不合时宜的情况下说出了这些，才使得这个场景足金百分百。

以轻松愉快的笔调结束本章，我随机选取了《纸上城市》中的样本。约翰·格林个人魅力十足，是个聪明之极的作家，作品极富风格。看他的那些蜂拥而上、满脸崇拜的粉丝，就知道他的文风是多么轻松自如，明白晓畅了。

下面的例子中，雷达，一个死党型人物，正在对叙述者 Q 说关于一个女孩的什么事儿，当时他们正在打电子游戏。格林的耳朵真是敏锐极了。我敢打包票，格林在生活中是边打游戏边聊天的老手：

> 雷达断断续续回答着，用一个人打《复活》时那种方式。“我甚至都不知道她为什么离开，是说——小精灵在六点方向，不，哥们，用射线枪——因为失恋？”“我原来还以为她——地窖在哪儿，是左边吗？——对这种事儿免疫了呢。”

再举几个令读者感同身受、真切生动的十几岁男孩的声音。下面，Q描述他自己：

> 我父母都是治疗师，这意味着我调整得可真好啊。

哈！最后，就在插科打诨、嬉笑怒骂中结束吧，要不这么做，我就不是我了。下面是某种典型的十几岁男孩在校园舞会这个话题上的自我厌恶：

> 租一件燕尾服对我来说似乎是一个很好的方法，从它之前的租客那里感染上某种可怕的疾病，我可不想成为世界上唯一一个生了阴虱的男孩子。

想想看这里的语气，一分钟！

让作品发出清晰而响亮的声音

如果你曾经在塑造声音时卡住壳了，可以尝试用录音机录下文字。这个小方法对我很奏效。毕竟，人类在能够书写以前，就开始使用语言和手势，将故事口口相传，并成为一种传统。把这种方式称为“讲故事”，并非毫无缘由。

再次重申：声音，通常是作家终极打磨的写作技巧之一。正如在阅读书架中，我们听到各种精细微妙、纷繁复杂的声音。只要你力求情节的铿锵紧迫、充沛明快，并让人物与情感驱动创作的奔流前行，如此，在对小说声音的驾驭上，你将渐入佳境，发现自己的独特禀赋。

永远记得：小说这座文字大厦，是用一字一句搭建起来的，组句成段，组段成章，字字句句都应是作者精心拣选的结果。

作者、编者语录：完善作品声音的最佳建议

对声音有个概念，我会建议让别人为你读你自己的作品。这通常会是一个痛苦的体验。这突出了所有缺乏精致，亦不优雅的表达，起伏汹涌的句式，以及你在脑中发错了的所有那些小小的机言妙语。

——丹尼尔·纳耶里

大声读出来。对于对话，一些听起来不像人物会说的——或者任何人都不会说的话，更容易听出来。对于行文叙述的声音，范围更广，因为人物可能会想很多她不会说的事情，并且，较之说出来，她可能以一种更为深沉诗意，抑或大胆等等的方式去想事情。不过，听来仍应和她说话时如同一人。大声读出来，这会帮助你听出什么时候声音迟疑吞吐，或者到底是不是太过了——太过重复，太过古怪不自然，太过矫揉造作。

——黛安娜·兰多尔夫

本节练习

疯狂组句子游戏之声音

我将攻其不备，给你一本严格意义上讲，并非出自我们阅读书架上的小说来做练习。这本书甚至都不算是青少年小说，尽管部分是。这就是胡诺特·迪亚兹（Junot Dlaz）的《奥斯卡·瓦奥短暂而神奇的一生》（*The Brief, Wondrous Life of Oscar Wao*），一本成人市场图书，发生在奥斯卡青少年及走向成年的岁月。这同样是一部我读过的最为声音驱动的一本书。首先，我将让你小试一下句子。你会怎么表达一个男孩的书呆子特点毁掉了他追求年轻女孩的尝试？

请在这里一试

现在，我们来练习句子构建，以《奥斯卡·瓦奥短暂而神奇的一生》中的一段文字作为基础材料。按下列要求，找到三种不同方式，表达同一个想法。

声音 1：他那［“年轻的”的同义词］［“书呆子气”的同义词］［“毁掉了”的同义词］追求年轻女孩的哪怕［“一点儿”］机会。

声音 2：他那［“年轻的”的同义词］［“书呆子气”的同义词］［“毁掉了”的同义词］追求年轻女孩的哪怕［“一点儿”］机会。

声音 3：他那［“年轻的”的同义词］［“书呆子气”的同义词］［“毁掉了”的同义词］追求年轻女孩的哪怕［“一点儿”］机会。

结果证明，有很多种不同的方式，来表达同一个想法。下面，胡诺特·迪亚兹是怎么处理这个句子的。看看你是否用了同样的遣词，他的遣词有没有让你惊喜。迪亚兹这么说：

> 青春萌动的书呆子，让他仅有的那么点儿追求年轻女孩的机会也化为泡影了。

人物语言的措辞

下面是一个常用词语或表达的列表。人物不能全都用完全相同的词汇。这毫无故事声音可言。请放开手来，自由自在地给你的人物设计独特的词语以及怪声，使他们能够区别出来。把这个名单作为起跳点。倘若本练习给你带来灵感，想象其他常用且不发声的词语，为每一个人物发展一个特殊的同义词库。譬如，我的主人公可能会说“酷毙了”，而不是“很好”；她来自波士顿的表亲可能说“棒呆”；她更为另类的朋友则说“棒得也没谁了”。你不会想要让人物笨拙地模仿自己，还给他们挂上时髦的金句，不过这个练习应该使你开始考虑，从确定措辞方面，开始个性化每个人物的声音。若有帮助，你可以一张电子表格来追踪人物的语汇。下面，一个一个来看，每个人物会如何说：

好；
坏；
可爱；
丑陋；
友善；
卑鄙；
无聊；
激动。

强调声音

在你作品的第一章，强调所有词语、意象、细节，以及短语。如何才能放大已有声音的音量，并且为余下的带来活力？

故事中的主题、核心主题，以及核心问题

> 故事装备了人们的生活。
>
> ——罗伯特·麦基

主题将小说黏合成一个有机的整体，把人物、情节、意象、措辞这些要素打进一个完整的包裹中。小说主题相当于论文中的论点——传递给读者这样的信息：这里有一个故事，会令人心旷神怡，震颤激动，并且面对成长的挑战，并且，更为重要的是，故事将使你认识自

己，认识自己经历的苦难与煎熬。

一些作家在下笔前，头脑中会浮现一个核心主题；另一些人在创作及修改故事的过程中，逐渐发现深层的主题结构。通常，作家脑中没有关于主题的任何概念与想法的情况非常少见。毕竟，坐在电脑前敲击出五万字的小说，需要源源不断的动力与能量。不过，若你仍在为寻找小说主题而绞尽脑汁，本章及下一章将会有所帮助。

> **小说主题**
>
> 主题属于故事的核心概念，是你所探索的大去向，是你对生命的困惑与解答。主题深化和聚合了小说叙述中所有其他元素，从情节到意象，自人物至故事高潮，无一例外。而且，主题还把读者考虑在内——谁在阅读你的小说，你希望读者对其产生怎样的认同？回顾一下我们之前在第三章中探讨的“抱枕箴言”。不要把主题同道德训诫混为一谈，主题几乎从来不会直截了当地陈述出来。在最历久弥新，魅力恒远的小说中，主题润物而无声，不知不觉间在读者心上镌刻下深深印记。

另外，主题还需要设计得让特定读者群能够与之相联系，人皆感知。

> **普遍性**
>
> 最好的主题具有普遍性。这样的主题会考虑进读者的经历（或许可以读一读我在“读者思维模式”一章中的例子），以及人类的总体经验历程，以便使故事基本上能够指向所有读者。这并不意味着作者一定要创作一个简单的、没有深度的故事，而是指你的作品能够在更大的图景中发挥作用，使大多数读者对其识别与认同。
>
> **关联性**
>
> 这是童书创作中最为重要的概念之一。青春期前后的孩子

们，喜欢与别人相互联结，寻找共同点，一再确信他们并不孤独。他们希望故事人物、核心主题，以及事件感觉像是在直接同他们交谈。

小说完稿后，人物一开始或许还没有自觉意识到整部小说的主题，但是，作为作者，你要从小说一开始便对此了然于胸。事实上，你的人物可能永远不会一字一句、直截了当地说出你的核心主题是什么，但在读者合上小说时，你的核心主题应在你精心雕琢的言语措辞间，为推动情节发展而精挑细选的事件里，以及你对情感转折点与读者核心情感体验的驾驭中，响亮有力地表现出。

主题源于作者内心

当作家心中萌生出核心主题，即他渴望表达对这个世界的想法，希求探索回答有关生活或者人性的核心问题时，作品的主题也随之而生。这不是回答高考问题——这里的答案没有正确或者错误之别。作品的主题更像是个人论著中的论点：

> 这就是生活，我眼中的生活。我心中的核心主题就是在这些特定人物的迥异生活中，逐渐舒展开来的。

一个核心主题或者核心问题，一定蕴含着纷繁各异的棱角、深浅不一的色调、丰富厚足的内容，以及驱动整个故事向前奔跑的源源不断的动力。但是，不要妄图在某一特定主题上，创作出前无古人、后无来者的旷世之作，穷尽对这一主题的探索。我不相信有这样的书。我更愿意读到你对某个主题的个人看法，那些我们所有人作为普通人会为之感兴趣的主题。

秉此态度，无论你已有的核心主题或者核心问题多么深刻有力，在创作中，你都应该保持开放的心胸、开阔的视野。我希望你精心构思故事的过程，能够使你有所改变，能够对生活抒发出更为深刻的见解。

最重要的是，这种改变与积淀，是对作家本身的犒赏。写作并不是通往财富与名誉的捷径，因此，一定是其他因素推动着你在这条道路上求索前行。成为小说家的渴望，源自你的内心，源自你对生活的探索、对真相的获知，以及将这些洞见在作品中表达出来的冲动与渴望。再次重复，往往那些思想僵化、抱着某个观念或者训诫不放的作家，才会写出最为臃肿笨重、沉闷呆板的故事。

精彩的童书主题

下面是童书市场中，一些精彩的故事主题示例：

成长主题

走向成熟、长大成人对你意味着什么？

人际关系

你对他人抱以怎样的态度？你如何同他们互动？他们对你又产生什么影响？

如何做人

做一个好人意味着什么？何为勇气与信念？如何才能过一种快乐而充实的生活？

道德伦理

亚里士多德在其《伦理学》中，提出的主要问题是："一个人应该怎样去生活？"出色的人物设置，会竭力解决这个问题。过一种正直恰切的生活，让此观念融入人物的个性中。

权威与权力

控制与权威这些要素在社会中如何发挥作用？

信仰与宗教

在自我之外，还有哪些存在？还有哪些元素比自我更为重要？

（注意：你不能写成有关宗教的书籍［同样，也不能是有关政治的］。故事的关注点应该放在，这些较大的信仰体系是如何影响着人物的成长与故事的发展的。）

在何处体现主题

主题应当在出其不意的地方出现，使用我们之前讨论过的“黄金地段”概念，激发你的灵感，找到最适合体现主题的地方。小说最开始的几个段落中，无论浮现在首句中，还是只是铺垫，给主题些许空间。

假使你在章节紧凑牢扣上有困难，想一想如何将事件与主题相连接，这通常通过人物内心独白或者对话，并以一个强烈的音符结束，与主题产生共振。这会使读者记起你的核心主题，进一步激励其继续阅读下去。

不要忘记，将故事主题与情感转折点或者情节线上的主要事件叠加。如果你已赋予一个意象或者背景以重大意义，找寻某种方法，将其与热点事件结合。每当重大事件发生，请思考如何在核心主题的层面上增强事件的影响与效果。

☆ 阅读书架 ☆

我想，这恐怕是我们最后一部分的阅读书架了。迄今为止，你应该对我们的阅读书架有一个清楚的了解。在重读这些作品的过程中，我努力找到些许章节可以示例何为核心主题，或者能够将核心主题独立出来展示。目前为止，你已经直觉性对选段和概述中各种主题有所感应。下面，它们最终清晰可见。

苏珊娜·拉弗勒的《爱无止境》是一个女孩的一场旅行，她失去了家庭亲人，正经历着心在滴血的痛苦时期，接受事实，与自己的情感和解。在向最好的朋友的妈妈坦承自己的心情后，她得到些许解脱：

> 我依偎在布里奇特妈妈的臂弯里，她轻轻地摇着我，我把头靠在她的肩膀上。在我最终还是离开的时候，她的衬衣上一片泪迹。眼泪，我不需要再把它带在身边。

在倾倒出悲伤后，她意识到她可以放下了。我们同样在奥布里外婆那里获取部分主题。下面，直陈了故事的核心主题，这通常是惹我生烦的一件事。不过，既然是儿童作品，倒不必这么苛责，你可以更加清晰地阐明主题，而在青少年作品中通常不应这么做。有时，帮助这些小读者明白作品的全部寓意，也没什么不好。

当奥布里试图弄清楚妈妈为什么离开，为什么妈妈在整个家走到绝望的边缘时离开了她，外婆说：

> 不管我们多么爱一个人，或者认为我们了解他们，也永远不可能知道他们内心深处到底是什么样子。

这不仅适用于奥布里的妈妈，在奥布里学会如何安置她的伤痛，并去理解其他人物的心路历程时，同样适用她自己。

表面上，英格丽德·劳的《奇异功能》讲的是人物获得神奇力量。但是，其主题要较此宽阔许多。故事的核心是：一个女孩一方面想长大成人，另一方面又不愿事情变化得像已然发生那样那般迅速。这里，在米博思试图去救昏迷的父亲后，她认真思考着自己的决定：

> 我走出希伯伦那所教堂，跑向了爸爸，可是，或许——我是在逃离其他什么。逃离我那意想不到的，并非所愿的——奇异功能。

在汉娜·莫斯科维茨的《断骨重生》中，乔纳强迫自己摔断骨头，来应对一个破碎的家。这对读者来说，理解起来不太容易，直到乔纳分明了本书的核心主题：

> 你可能读到过，断骨重生，会更强。这有点儿自然仿生学的意味。摔断一条腿，长出一条更好的腿。摔断全身，重生出一个

更好的身体。

受伤愈重，变得愈强。

乔纳的行为并不是什么热血涌动、肆意置险、伤痛成瘾。在心底的最深处，他拼命保护自己，保护自己的情感世界免受伤害。断骨，是一种奇怪而毁灭性的防御机制。

在詹妮弗·唐纳利的《北方之光》中，核心冲突为：玛蒂，一个内心细腻、梦想远大的学生，被大学录取，但是她贫穷的农民家庭不准她去读书。她缺少在纽约生活的费用，父亲对大学这个事物心存疑虑：她为什么非得去读那些书不可？她是觉得比镇上其他人都高出一等吗？严酷的现实与玛蒂追寻智性生活的强烈渴望不断发生撞击，在诸如下面这样的思忖时刻，这种冲突感最为淋漓尽致：

为什么赫基默县的小镇不曾在任何人的书中提起？为什么总是其他地方、其他人比较重要？

还有下面：

有知识，是一件非常孤独的事情。

这里，我们看到了玛蒂生活的核心矛盾——知识对现实生活，智性追求对体力劳动——在可爱有趣的内心独白中慢慢展现。《北方之光》及其主人公玛蒂，在主题上尤其能引起青少年回响与共鸣，因为，基本来讲，他们都开始对生活有所感知，对现实世界变得好奇，并向着自己的大抱负成长前进。尽管时至青春期，艰难险阻往往会愈加强烈。

在斯科特·韦斯特费德的《丑人儿》中，塔利生活在一个视美丽与完美为最高美德的地方。当她意识到一群亡命之徒藐视社会，不去做“变美”手术，并且要在荒野之地度过余生时，她感到厌恶。之后，她来到烟城，亲自感受那里的生活，结果却被那里与她所生活的粗浅世界所产生的对比震惊：

> 烟城的自然之美，使得塔利的顾虑烟消云散。每天，山川、天空、毗邻的山谷，似乎都在变化，以一种完全新鲜的方式，展现它们的壮观。自然，根本不需要一场手术来变得美丽。它正是美之所在。

第一次，塔利质疑“变美”手术，擦掉所有伤疤，所有磨损：

> 在这里，在烟城，器物会逐渐陈旧，瑕疵凹陷，划痕破损，它们承载的是历史。

这些，她以前从未思索过——不完美，让事物，让人们有了故事——而这也使她对生活和美意味着什么产生了全新的看法。

外表与现实这对矛盾，是苏珊·柯林斯《饥饿游戏》里的中心主题之一。书中，同名比赛在全国直播，观看殊死搏斗的盛况，要比决斗场上献出的生命更为重要。

纵观全书，我们看到凯尼斯担心摄影镜头，变得抗拒，因为她知道全世界都在观看，她百变造型、闪亮迷人，还要以其他方式存在于公众眼中。之后，她回到了家，第一次开始思考在经历了种种后，生活在聚光灯之外意味着什么：

> 当我慢慢地，彻彻底底地洗掉脸上的妆，把头发编回辫子，我开始变回原来的我——凯尼斯·艾佛丁——一个生活在“夹缝地带”（Seam）的女孩，丛林里打猎，Hob上买卖。我盯着镜子，努力记起我是谁，又不是谁。

这是我最喜欢的儿童与青少年作品主题之一。青少年总是担心其外表如何如何，以及其他人会怎么看待他们。在我们的电视真人秀与狗仔队文化中，柯林斯为读者挖掘了其中尤为丰富的主题资源。

另一个丰厚的主题便是消费主义，以及日益泛滥、迫近读者的信息洪流。这是 M. T. 安德森《喂食》中的一个核心主题，由一个成年人物（在青少年作品中很罕见）表达出来。此刻，叙述者的恋爱对象——维奥莱特——一个反社会者，由于喂食故障，躺在那里，奄奄一息。在这里，维奥莱特的父亲，对喂食还有整个社会暴怒，把所有的愤怒倾泻到泰特斯身上：

> “我们美国人，”［维奥莱特的父亲］说：“只对消费产品有兴趣。我们不关心它们是如何生产出来，或者之后会怎么样。”——他指着自己的女儿——“之后，一旦我们抛弃它们，一旦把它们扔得远远的，它们会怎么样。”

这一时刻，迫使泰特斯最终面对他那溜车一般的轻松恣意、由喂食鼓噪起的玩乐感，可能有阴暗的一面。重申，不要习惯于让核心主题从成年人物口中直接说出来，不过，利用这个书架片段，理解主题可以多种方式渗透进故事中来。

对阴暗面的处理

近年来，人们对青少年作品中的阴暗面和痛苦的写实处理争论不止。在我们的阅读书架中，洛里·豪斯·安德森的《纸片少女》即是此类“问题小说”的实例。在该小说中，作者刻画了一个女孩为饮食失调做出的挣扎与斗争，触目惊心，折磨异常。

有些人坚持认为，青少年在小说中接触到这些令人忧心不安的因素，将会触发他们将其付诸行动。如果说在电子游戏或者电影中接触到暴力画面，会使人们更具有暴力倾向，那么一些人主张书籍也可能对青少年造成污染，也未尝不可。

尽管我确定一些孩子可能会被这些负面因素所吸引，比方说，在书中或者电影里看到某个割腕场景后，可能会想尝试一下。但是，我同时也相信，故事的净化与升华力量远远大于它们诱发伤害的可能性。艺术创作的目的是，让人们了解生活的来龙去脉，并且更好地生活。受众沉浸于此，为的是获取崭新的视角，愈合旧伤，习得新知，悲悼旧日，欢庆新生。在艺术中，人类体验着新鲜事物。人们需要走过暗无天日的长长隧道后重新拥抱光明的喜悦。在艺术中，人们找回人性之所在；在艺术中，人们重蓄自己的创造力。

人物竭力解决恼人的问题，与伤痛不已的主题奋力搏战，这些启发读者疗伤、成长。一本起到情感净化作用的小说，可能会为正在苦苦挣扎的读者带来喘息的契机、思考的空间。这就是为什么我迷恋“问题小说”，只要它们不粉饰，不说教，不训诫，以真诚的笔触，带读者走近现实。我相信，小说能够以一种绝佳的方式，安然而意味深长地探索生活的起起伏伏、辉煌与寂寥。

“问题小说”或许会给迷惘徘徊的读者带来新的角度、新的答案、新的观点……新的希望。因此，倘若你正在写这样一部小说，不要畏首畏尾。直面青少年现实问题的情绪小说、黑暗小说市场，并不是一片死寂。请谨记，归根结底，你有责任为读者揭示生活的真相，引领他们穿越心中的黑暗。

有时，生活让人受伤，让人无处可逃。但是，小说具有升华情感的力量、展现新鲜视角的能量。将此铭记于心，你的读者也定会心有意会。

查阅你的作品

小说主题将会帮助你从最基本的层面去思考你的作品。在雕琢作品的过程中，努力将你的想法与创意概括进“一句话推销”中，这适用于在问询信中推销自己作品的长度，以及浓缩成 2～4 页的梗概。把你的故事讲给其他人听，寻求他们的反馈。

当你考虑创作一个新作品时，这项工作尤为重要。因为通过这样做，你可以看到故事的“卖点”有多吸引人，你的主要关注点在何处，人们对你的故事创意反应如何。

在前文我已经反复说过，现在还要再唠叨一遍：如果你无法厘清你的故事在讲什么，把故事创意由三句话构成的营销卖点，转变成一份3页纸的故事梗概，之后再变换成一部300页的小说，仍然无济于事，混乱的想法依旧。

永远要回到这两个问题上：

- 然后呢？
- 那又怎么样呢？

在你创作时，请致力于带给读者一个如此趣味无穷、具有普遍意义的核心主题，使得人人都希望通过故事读到你对生活的独特见地。大量的投稿都无法清晰地回答出："为什么要写这个故事？"你提出了怎样一个无解的生活问题，抑或事物存在的理由？让你的核心主题复杂而多维，峰峦叠嶂，一望不尽，这将为故事打下深厚基础。

本节练习

青少年们——写给亲爱的我

你为什么要写这个故事？你会在故事中告诉孩童时代抑或青葱岁月时的你一些什么？你怎样将核心情感体验融入你想对读者讲的故事中？给你自己写一封信，给年轻的自己讲讲生活——讲讲时光倒流，你希望那时便能领悟的生活的智慧。一些核心主题或许即在此时浮现，能够用在你的小说中。

你的人物和主题

目前为止，你可能已经发展了某个意象，这个意象浸润了故事核心主题，已经变成贯穿始终的一块试金石。如果意象还未和人物相关联，同样为每个人物设计一个主题性意象（包括反面人物）。每个人物的主题性意象如何自始至终，不断出现（特别是在关键的黄金位置，以及故事转折点处，诸如触底时刻、高潮，等等）。

最后的意象

我们探讨过小说开头部分的“黄金位置”。小说结尾同样存在“黄金位置”，就在最后一段及最后一句话。于最后一段话中（尤为注意最后一句话），融入反映核心主题的意象（或许是上一个练习中，你为主人公设计的那个），以与主题呼应的基调作结。

权威性与真实性

好的作家应致力于以熟练自如的笔触，讲述真实可信、具有说服力的故事。是否具有这种创作特质，恰好将满心抱负的作者与出版级别的作家区别开来，并且的确这三个词汇[①]来源于同一个语言学词根。

权威性这个概念可能比声音更难以用言语表达清楚。权威作品初看起来似乎简简单单，然而实际绝非如此。权威可信的作品会驱使读者（或者热望成为作家的写手）去想：“我也可以写成他们这样！”因为，这看上去太简单了。但是，一个作家对写作技法的全面领会与深厚功力却暗藏于文字表面之下。

权威性

权威性是指一名作家在达到熟练自如地运用写作技法后，对作品的自信与把握。有人说成为任何学科的专家，都需要经过大概 10 000 个小时的实践或者学习。另一些人认为，人们需要经历四个阶段，才能精通某个技能，从“无意识的不胜任”，到“有意识的不胜任”，再到“有意识的胜任”，最后达到“无意识

① Authority，authenticity，author。

> 的胜任”。（关于此概念的更多内容，请阅读 http://kidlit.com/2010/12/22/dealing-with-rejection。）还有人认为，作家们必须经过笔耕不辍、艰苦卓绝的反复练习，“废稿万千”，才能写出达到出版水平。（更多内容，请阅读 http://kidlit.com/2009/11/02/a-million-bad-words。）在此之后，作家对作品具有了权威把握，即他们能够凭借直觉，自然而然地进行创作，而不用时刻受缚于各种方法技巧。
>
> **真实性**
>
> 作品的真实性指作家忠于自己的内心，忠于自己对生活的见解，并且有能力把其真实的思想与情感编织进故事中。

学习如何驾轻就熟地处理词语选择、意象、声音，以及形成个人写作风格，是写作技巧中比较难以掌握的部分。通常，作家只有在对人物和情节处理得当，成竹在胸后，才会将关注点投放在以上艺术成分。

但遗憾的是，我发现这些技巧并不会一蹴而就。无论你相信：一个天资平平的小说作者，需要在辛勤耕耘十数年后，作品才能出版；还是你依旧在“万千废稿”中摸爬滚打。无论哪种情况，你知道你有能力，你看到你写得不错，但还是没有出版商的青睐，都令人感到沮丧。

前文已经谈到，而且我将在我的职业生涯中更多重复：写作是一项技艺，也是一场旅行。它是每当你坐在键盘前，奋笔疾书，全心投入的事情。坚持不懈，一如既往。随着时间流逝，你始终在不断精进。你需要付出时间与辛劳。

正如我最喜欢的音乐人之一——本·福尔兹[①]唱的：

> 时间吞噬了时间。

---

① 出自本·福尔兹（Ben Folds）的歌曲 *Time*。

权威性和作者的自信紧密相关。权威写作完全不是炫耀写作技巧。实际上，当我知道正在阅读的作品出自一名经验老到的作者或者一名讲故事高手的时候，作品技巧本身的顾虑消失了。我不会去注意作品的技术细节、写作程序，不会为晃来晃去的修饰语或者过多的对话标签而烦恼，也不会质询人物选择的优劣。因为确实没有什么刺眼的部分突显出来，除作者使用了可能特别值得注意的词语或者意象以外，这会让我身体后仰，发出赞叹“太妙了”。每个词语和每句台词，作者精心挑选，简练达意。

我把专业级别的作品比作一件能够完美无缺进行运转的小装置。我真的不会意识到或者去注意其中任何一个正在运转的零部件。当然，除非某个零件损坏，使我突然意识到它的存在。

要做到这一点，归根结底，作者需要简化作品。一篇权威可信的散文，看似简单，其实不然。因为其本身并不惹人注意。当我阅读一部简洁流畅的作品时，它的权威性渐渐融入故事背景中，架起读者通往故事和人物的通道，浑然一体，不着痕迹。

一抽屉的手稿（作家用来练笔、积累经验的作品，不用于出版），大把的创作时间，以及一浪接过一浪、潮涌般的批评之声——所有这些，将帮助你成为一名权威可信的出版作者，而非只停留在一名胸怀抱负的作家。在探寻写作技艺的过程中，确保尽可能多地学习，并保持积极活跃的写作状态。

创造力见诸笔端

作家们往往会变得非常缺乏远见。他们如此热衷于追赶，试图玩起出版游戏，以至于忘记了他们更重要的角色：创作者和真相讲述者。如果我们在一个黑暗的房间里，连续数星期在笔记本上敲打键盘，无法讲出很多生命真相或者探索很多宏大的主题。

这些被编织进作品的主题，以及小说中的话题，应该反映出作为一个人，你对何种事物充满激情。你的核心主题应该是你真正想挖掘的东西，你要探索的核心问题是你热烈追寻的。你不可能总是使一个故事有血有肉，充实丰盈，如果你不去花时间认真生活、观察、对事物充满好奇的话。

创造力几乎是一个无法界定的概念。它意味着某些每一个个体均不相同的特质。但是我们所有人都拥有它。有些人唱反调，说他们自己本身的创造力可能已经从身体里移除，他们充满憎恶或者恐惧。创造力是一种能量。从物理角度而言，能量守恒定律阐释了能量不能被创造，也无法被摧毁。但是，可以转化。

这就是你作为一名作家的职责：把你所知的世界上的所有能量，你的全部体验和观察，一切语言和形象，通过你的视角，传递出来；通过你的声音，把他们转化成动听的故事，因着你自己也因由他人。

哲学家彼得·克斯坦鲍姆（Peter Koestenbaum）这样形容：

> 创造力是驾驭某种普遍性，使其在你眼前流淌而过。

人类需要去创造。世界本身是一个充满创造力的地方。我们如其他人类一样，或简单或复杂地进行创造。我们也创造着一些框架，像数学、科学、文学、艺术这些学科，来帮助我们给生活以背景。我们用自己的故事和周围的世界相连，我们把自己的故事奉献给世界，以便其他人可以同样去分享自己的故事。我们生而去理解与被理解。我们生而忠实于内心，讲出真实的故事。

请呵护创造性的自我

不过，富有创造力的工作实为不易，无论在身体、精神及情感上，均需要投入大量的时间和精力。这就是为什么作为一个有创意的人，你要关心呵护自己，悉心守护你的创造力，不论在从事创作的时候，还是在生活的其他方面。

茱莉亚·卡梅伦（Julia Cameron）的《艺术家之路：通往更高创造力的灵魂通道》（*The Artist's Way: A Spiritual Path to Higher Creativity*），其中有一个观点我认为对创意工作者至关重要，那就是——装满你的创意源泉。

> 艺术家们必须学会如何自我丰盈与滋养，必须提醒自己，随着创意源泉的逐渐消耗，我们要有意识地将其慢慢补充，重新装满。

艺术家们通过关注与留心周围事物，做到这一点。卡梅伦建议作家们每天记日记，以及做一项她称之为“艺术家之约”的练习——这些看似琐屑无聊的活动，实际上能够激发你的想象力。卡梅伦这样写道：

> 神清气朗的头脑，怡悦情操的能力——与生俱来，它们帮助你集中注意力于某项事物。集中注意力是将事物联系到一起的行为。

这也恰恰解释了为什么我们会感到一股创作的冲动，为什么我们生而为人，又为什么会聚集到一起，东制西造。因为，我们与世界相联结，我们生活在此时此刻。卡梅伦还补充道：

> 人们常常认为，富有创造力的生活，根植于幻想中。但事实却令人们较难接受：创造力建立在现实的基础上——特别是那些清晰明确、细察入微的事物，或某些具体而特定的想象。在我们丢掉了模糊的自我、含混的自我价值与不确定的生命情态时，我们开始站立在一个特定的时刻。彼时彼刻，我们与具有创造力的自我沟通相连。

斯蒂芬·桑德海姆的名言智语已在本书中引用过。还是在歌曲《不断前行》中，人物唱到印象派画家乔治·瑟拉：

> 请张开我的双眼，告诉我如何去观察这个世界。留心每一棵树，领会每一束光，专注于此时此刻。

这便是艺术家的角色与责任。艺术家不仅一定要自己观察生活，他还必须使他的读者、观众，抑或听众，停下脚步，以新鲜的方式看待生活。作家亨利·米勒（Henry Miller）曾写道：

> 在观察的同时，逐渐培养对生活的兴趣——对形形色色的人，对纷繁复杂的事物，对文学，对音乐保持雅致的兴趣——世界是如此丰富，就让自己的心纯纯粹粹、简简单单地和这些富饶的宝藏、美丽的心灵、有趣的人，一起悸动，一起跳跃。

而且，呵护你的创造力并不意味着一定要那么一本正经地制定一套方案，冷冰冰地执行。有时，无声而胜有声，你不需要刻意做任何事情。或许深长地凝视太空，去一个景色美不胜收的地方，或许给你的孩子、宠物或者同伴一个紧紧的拥抱。冯内古特曾在一个访谈中说道：

> 我们来到这个世上，就是无所事事、四处游荡的，别让任何人告诉你事情不是这样的。

在我的生命中，能够从事这样一份工作，和作家们在创意层面上合作互动，这既是我的荣幸，同时也意味着重大的责任。我不仅对自己的创造力心有存忧，我还引导着那一长列客户在创造的道路上奔跑，这一长列客户名单承载着他们的梦想，闪现着他们的灵感，寄托着他们的职业追求。我发现，如若我停止充溢自己的灵感之源，不去花费时间让自己对生活充满自然的感触，不去做那些看似无关痛痒的训练，不具备创造力，那我也将无法和客户心心相知，会意他们的作品，也无法为客户做以最好的代言，为他们提供最有力的支持。

发现你的核心主题

倘若你还在为核心主题苦苦挣扎，你该怎么办？这个问题马虎不得，是创作中重中之重的问题。否则，你将在接下来的小说创作中，无所适从，漫无目的。

遗憾的是，我无法给你一个答案。核心主题一定要源自作者的内心。下面的引述可能会释放你的思维，激发你的灵感。作家及哲学家霍华德·瑟曼（Howard Thurman）曾说道：

> 不要问这个世界需要什么，问一问是什么让你的生命鲜活，放手去做，因为，这个世界所需要的是人们活出自我，让生命绽放。

玛格丽特·杨（Margaret Young）是 20 世纪 20 年代的一名歌手，曾被引述：

> 首先，你必须做真正的自己；然后，做你应该做的事情，为的是得到你想要的。

安妮·拉莫特（Anne Lamott），创作了很多自传性作品，在其写作指南《关于写作——一只鸟接着一只鸟》（*Bird by Bird*）中，说道：

> 一个作家追寻真相，但是他所经历的创作中的每一步都是在讲述谎言。因为，倘若你在编造，这即是谎言。你在以探寻真相的名义，编造故事；然后，你用你的心，把编造的故事清清楚楚、明明白白地传递出来。

同时作为作家与演讲家的埃卡尔特·托尔（Eckhart Tolle）写道：

> 只有当“我是谁”这个真相得以知悉，你才会得到真正

自由。

E. E. 卡明斯（E • E • Cummings）：

> 成长，成为真正的自己，需要勇气。

在2005年斯坦福大学开学典礼的致辞中，史蒂夫 • 乔布斯告诉人们：

> 不要让其他人各色嘈杂的观点，淹没了你内心真正的声音。

特蕾莎修女曾说：

> 诚实和坦荡使你容易受到伤害，但是无论如何，还是要做一个诚实坦荡的人。

作家格洛丽亚 • 斯泰纳姆（Gloria Steinem）写道：

> 真相会让你获得自由，但首先，它会让你不堪其烦。

是什么让你生命的绽放、活出自我？做真正的自己意味着什么？这个世界想听到怎样真实的声音？你需要用心来讲述哪些真相？怎样的事实会让你感到由衷地自由与解放？你是谁，你又在等待、在期许成为怎样的自己？什么让你脆弱不堪，让你懊恼不已？

即使真相让我们烦躁，让我们懊恼，这又有什么关系呢？我想，如若我们以真诚的心面对自己，倾听来自内心的声音，便会找到属于自我的方向。这其中的懊恼与激怒，正是我们在传递某种需求与局限，同时这种情绪也是对我们的警示，警示我们已经偏离了最初的梦想、最初的航向，如若你也这么想。

在童书创作中，你知道，你不仅应无愧于“艺术家”的身份，展示出真实的生活；还应为了那些读者——那些对你的故事充满渴求，并会为其或伤心惊惧，或愉悦激动的读者，道出生活的真相。但首先，你必须清楚自己真正想要表达的是什么，我笔言我心，以此指引自己。充满创造力的生活往往是沮丧与恐惧、信心与信念、游戏之悠游、灵感之涌现，以及最为重要的，追寻个人与艺术之真相，所有这些情绪与体验的热烈交织与混合。

逐渐成长为权威作家

人们在做出任何创造性的努力时，无疑充满了恐惧，但往往尤为惧怕在创造中成长改变、脱胎换骨。这也是为什么很多作家困顿于自我，在拒绝声中无法自拔，事业处处碰壁的原因。茱莉亚·卡梅伦在《艺术家之路：通往更高创造力的灵魂通道》中说：

> 我们渴望成名——即刻成名——但这并不是创造力得到发挥的方式。在创造的过程中，我们会感到狼狈尴尬、惴惴不安，小心翼翼地试探着前进。很多时候我们看起来不那么坚定有力、光彩夺目——不管是在自己还是别人眼中。我们需要停止对自己的苛求。你不可能同时拥有火花迸发的创造力和看起来很好的外表。鱼和熊掌不可兼得。

作家约瑟夫·奇尔顿·皮尔斯用另一种方式表达了同样的观点：

> 想要过一种充满创造力的生活，我们必须抛却对犯错误的恐惧。

我想，正是因为这种恐惧心理，如此多的作家在创作中本末倒置，在写作会议上，他们对拍卖、问询信及投稿好奇，而不是问一些关于写作本身的问题。

这也是为什么我痛恨“如今哪些作品盛行”这类问题的原因。当然，这也没错。读者会对畅销书自由评断，而且理应如此。

一名作家需要记住，出版是一种商业行为，并且如果你的作品有商业潜质且销量很好，这可能更好。但是，当你进行创作、注意力集中在技法上时，你需要判断能够带给你灵感的故事类型——当你还是个孩子的时候，你曾经渴望读的故事，现在你想读的故事。

留心市场因素，但是不要成为它的奴隶。很多时候，作家只去关注他们认为的图书市场的需要，而不是去探寻他们自己真实的声音与观点。

作者、编者语录：对下一代童书作家的期许

这本指南细致透彻，给读者很多期待。我不是唯一一个推动作家向更高水平跨越的人。因为，随着童书占据越来越大的市场份额，其理应作为一种类别成熟起来。下面，是作家及出版业专业人士对下一代童书作家提出的期许：

我愿意看到更多童书，为睿智通达、捧书不倦的读者而创作。

——丹尼尔·纳耶里

在童书出版中，作品有潜力拥有这样长的上架时间，因为每年都有一波新的适龄读者。我愿意看到更多作者慢慢花些时间，将他们的作品尽其所能打磨完善，在努力利用潮流趋势销售作品之前。一般来讲，我愿意看到少有作家在趋势上下工夫，就是这样。如果你足够幸运，已占得先机，在想法上属“当下热门”，那么你的作品将很快被出版，这意味着较少的和编辑修改时间。之后，你的书要么即刻走红，要么马上惨败，即使走红，会持久吗？我希望看到书籍出版后，口口相传，经年累月，因为它们能够承受时间的考验。我看到有远见的作家如约翰·格林和A.S.金会推动市场去接受——青少年读者们能够应对复杂的故事讲述模式，以及富有深度的主题。那种复杂细微的故事首次交付于有能力的读者群体，为这样的读者群写故事，让人激动。

——安德鲁·哈韦尔

> 有太多作品追着市场趋势跑，寻找一夜登上畅销榜，这样的作品日趋充斥市场。无论什么是流行风，我们需要继续出版多样的各种类型的高质量书籍。流行趋势永远在那里，不停地被追逐。好消息是，好文字总是蹿到榜首，随着内容传播愈加数字化，作品质量只会越来越重要。
>
> ——亚历山德拉·鲍尔泽

将真诚可信的作品带给读者

正如厄休拉·诺德斯特隆所言，作家的职责是“深入挖掘生活本质，讲述其中真相”。如果你想为读者还原生活、并在其中表达个人想法与见地，那么你必须忠于生活，深入生活，真真正正地生活过，在其中观察捕捉，去粗取精，凝练精华。你还要忠于自己，忠于自己内心的想法，这样你才能坦诚直率地面对这些小读者们。他们仍在了解这个世界——所以，请以你的睿智与才思，引导他们开阔眼界，走入新的高度。

在你最终准备妥当，将要把作品递交给经纪人或者编辑时，清楚投稿程序正如同了解童书市场及写作技法一样，对作者帮助颇大。本书最后一章将简要介绍如何写投稿问询信，以及如何与经纪人和编辑初次接洽。

我把童书写作技艺部分的丰富内容，夹在两个以商业为导向的章节中间，因为我认为，一名图书经纪人的独特视角将会带给作家朋友们关于出版市场的实践知识。我们一方面立足于童书产业的商业出版，另一方面牢牢根植在小说技艺的创意层面。我希望这本指南能够同时激发作者在创作方面和出版方面的热情。因此，在本书的最后部分，我将再次回到童书出版的实际操作部分，为本书画上句号。

本节练习

确认自我权威性

创作之举充满各种问题，自我怀疑、失望嫉妒、自我批评，以及各种形式的其他蓄意破坏行为。在作家们使自己的创作潜力被充分发掘之前，他们通常需要从某处集聚信心，以辛苦挨过那一万个小时，抑或“废稿万千”之阶段。写下五条积极的肯定性话语，来应对你最大的疑虑，且帮助你集中注意力于创作中权威性的内核。在每个创作时段前，穿插进这项练习，用几分钟时间，略记下这些肯定性话语。

第八章　成为职业儿童作家

恭喜！你已读完前面所有章节，现在你正（希望如此）努力创作一部令人难以抗拒的童书作品。你该做点儿什么呢？这一章包含了职业童书创作中，你所需要的实用建议及信息。不知道如何找到一名图书经纪人？本章已涵盖。投稿很紧张？本章提供了一份深度投稿清单，供你投稿前细查。毫无头绪如何写一封问询信？本章分解了一封真实的问询信样例，以供参阅。倘若你是在认真而严肃地为儿童及青少年创作，不要跳过本章。

找到一位图书经纪人

现在，你了解了童书创作技法的始末——你要奋力创作不可抗拒的童书。但是，你还需要实用的投稿信息，以帮助你获得成功。

首先，我要预先声明：我从事的是传统出版业，我和出版商具有合作关系，所以，我的大部分经验来自传统出版业。我还是一名图书经纪人，所以，我赞同作者找到一名经纪人，我的建议同样也是围绕如何找到一名图书经纪人的。

作家们若没有经纪人也同样能够出版，这没有错。很多小型出版社也接受毛遂自荐的书稿，如果编辑感兴趣，便会做出回应（不过要注意，所谓的“世界六大出版商”——兰登书屋、阿歇特、麦克米伦、西蒙与舒斯特、哈珀·柯林斯、企鹅是不会这么做的）。还有其他方法，可以在线出版、独立出版，但这并不是这本书要讨论的。因此，无论你赞成抑或反对找经纪人，也无论你对电子出版还是纸质出版感兴趣，或者你还没有做出选择，请记得我的立场。

图书经纪人的角色

一旦和图书经纪人签约，你便离出版又近了一步，但出版征程还未结束。如果你有一名编辑型经纪人——比如，我就是一名编辑型经纪人——那么你将要做的是……修改书稿！你知道，你以为你决定写信问询经纪人之前，折磨人的修改过程已经结束了。不过，它又回来了。

将书稿修订和打磨，是现在出版业的通用做法。编辑们正在压缩出版清单，所以，通过收购以获得出版机会很难。你的经纪人会知道你的书稿什么时候准备就绪，可以呈交给编辑审阅。给编辑呈交书稿时要以这样的面貌出现：一袭西装，打着领结，手捧巧克力，衣冠得体，万众瞩目，首先吸引人们的注意力。编辑寻找作品，然后，充满爱与关护地把一个有待修改的书稿引领上架的时代，已经结束了。

如今，你不仅需要让你的编辑眼前一亮，喜欢上你的作品，而且还必须说服其所在的编辑团队、营销、市场推广、财务部门的各种人员，要让他们相信你的作品具有市场前景。

你的经纪人将利用其人脉关系，把你引荐给其心目中最可能偏爱你的书稿，并购置版权的编辑（而且还会及时督促他审阅书稿）。我想为读者提供最有力的合同机会，因此，我会利用我在作家会议上与编辑们的谈话机会，助你投稿。

一旦编辑为你的书稿亮起绿灯，他们将与你签订出版合同。除了附带权限的税收，通过与编辑商谈，在预付款、版税、使用权限方面为作者争取到更有利的协议，都在经纪人的职责范围内。

附属权利

将某本图书在一定领域里出版的权利，只是文化产权的一部分。其他可以利用的权利，无论归作者本人保留，还是出售给原始出版商或者第三方。附带权利可以是：国外翻译权、音像权、商业销售权、影视、戏剧、舞台表演，以及联合权利。此外，还包括如今热门的数字版权、数字优先权、路演、交互式媒体等更多权利。

如果你足够幸运，可以收到多家出版社的出版通知，你将占据极大优势，并且，你的经纪人可以为你争取一份条件更为有利的合同。不过要记住：竞买非常少见，很多作品需要厘清头绪，按部就班（一个很棒的中心思想，优美的文笔，引人入胜的故事及人物曲线，特定主题的集中展现“火热”时期），以便作品真正位列出版界第一梯队，获取六位数的预付款。

大多数作者不会想到的是下面这些：如果你的经纪人以前和某个

出版商交涉商谈过，那她将会有和这个出版社的合同样板。这就意味着通过我们以前的洽谈与协商，与各家出版社的基础合同已经具有最有利于作者的条款、稿酬，以及发行量，这也会适于你的情况。在每次和出版社的洽谈中，图书代理公司的合同样板都会越来越完善，因为经纪人总是为客户寻求目前来讲最有利的交易条款，并且，也会为将来的客户不断完善合同样板。

在版权被售予出版社以后，要经历一到两年的时间，你的书才能问世。在这期间，经纪人会确保你与编辑及出版社之间沟通顺畅。他们和出版社商洽夺人眼球的封面、内页、目录，还会考虑到市场推广与营销，以及很多国际关注力。在较大的出版社的书单上，每年有200～300部书将要出版。编辑对你作品的热忱，以及他感染身边同事热情的能力——在你事业前进的道路上，是你最重要的商业资产。当然，还有你那令人惊叹的作品。

你与编辑、公关、设计师、销售团队的关系至关重要，如果其中有什么争执发生，一个的经纪人不介意在这其中唱黑脸，以维护作者和出版社的良好关系，在出版的道路上，这是经纪人的职责。而你的职责是：不断创作出佳作，把出版中不讨喜的实务留给经纪人。下面我们来讨论如何将一名经纪人纳入你的出版团队中。

加足马力，准备投稿

成为一名作家，并不纯粹只是具备创造力即可高枕无忧，还需要很多其他技能。其中，调查研究的能力最为关键。在你开始创作之前，要熟悉市场，试图搞清楚你的点子是否适销对路时，这种能力已经在指导你了。对于了解童书市场，本书的前几章是一个很好的起点，但你也还应亲自去书店调查一番，并且开始阅读相关作品。

每周花几个小时，浏览一下现在市场上正在出版哪些图书，尽可能多地读一读。你的筛选能力很重要。对现今的童书市场图景做一调研，不要只将火力集中在你小时候读的那些故事。你所选取的故事在当今市场上还占有一席之地吗？哪些题目、封面、人物是重点？什么类型看起来更好？

书籍的封面和封底（护封内侧与背面上的文字）可以传递很多。你在书店里看到的图书之所以能摆在书架上，是因为它们有销路。书店能够退回销路不太好的图书，书款返回。所以，你在书店里看到的已经是百里挑一的图书了。

当你坐下来开始创作时，要做好前期功课和调研，按照你所获取的信息，遵循你已吸收内化的规则和准则。举个例子，如果你在市场上看不到太多只有短短100页的青少年中篇小说，也或许你还真看到一部这样的作品，也是一个非常有名的作者，在你创作青少年小说时，要考虑进这个因素，以写标准长度的作品打入这个市场。这是个很容易理解的常识。

批判性地阅读你的作品

作品手稿一经完成——在小说创作中，你确实得先有一个完整且被抛光过的手稿，才能继续前进——找到一个人对其进行审阅批评。获得专业反馈，避免不中肯意见的最佳方法是：雇用一名自由编辑，或者在写作会议上寻找付费咨询。对于后者，可以查阅你所在地区的SCBWI（童书作家与插画作家协会）举办的研讨会，或者在安德烈亚·布朗图书代理公司的大苏尔童书写作工作坊中，从专业级作者、编辑及经纪人那里获得实用而具有针对性的建议。目前，如果这些方法听来太过高端或者费用过高，你也可以向同侪作家寻求反馈，与其搭档互评，或组成书稿评判小组。

寻找书稿互评伙伴

下面这个清单是在线和离线帮助你找到匹配的书稿评判伙伴的资源：

SCBWI. ORG：童书作家与插画家协会，设有留言板，会员之间可以相互联系（每年需要缴注册费）。

VERLAKAY. COM/BOARDS：一个免费的童书作家社区，这里有一些著名面孔［英格丽德·劳、玛姬·史蒂芙薇特（Maggie Stiefvater），以及特莎·格拉顿（Tessa Gratton）］，在这里，你可以发布互评小组请求。

ABSOLUTEWRITE. COM：一个免费的写作社区，在此你可以找到作家同仁，并且分享你的故事。

KIDLIT. COM：有时，我会在我的博客上，重点发布一些互评联系信息，帮助读者间互相沟通。

CRAIGSLIST. ORG：你可以在 Craigslist 上找到当地寻找成员的写作小组，但是，要确信你们总是在公共场所见面。尝试一下，如果这个小组解决不了问题，可自行改寻他处。

当地的社区大学或者写作中心：上一个写作课程班，看看是否可以在此找到合适的伙伴。

图书馆：图书馆通常会有作家活动、读书会、写作工坊。这里可能还会有社区留言板，你可以在这里发布写作小组请求。

独立书店：独立书店是作家社群的中心，通常以访问作者为重头戏。去参加一些读书会，看看是否能遇到什么当地作家。（提示：他们通常是那些在问答环节，寻问访问作者关于出版或者写作技法的人。）

找到一个合适的书稿批评伙伴很难。若你想找到一个水平比你略高的伙伴，但同时还能理解你的创作视野，质疑你，挑战你，帮助你发现最好的自己，找到这样一个伙伴或者小组，需要花上些许时间。但不要因为几次失败的合作，就沮丧不已，停止寻找新的伙伴。

让另一个视角来审视你的作品，至关重要。因为众所周知，作家们容易对自己的作品掉以轻心，放松懈怠。避免那些“好好先生”类的伙伴——他们认为你写的所有内容都完美无缺。这种自我安慰可能会让你感觉良好，但是任何一方都无法得到成长与促进。此外，还要认识到，批评的声音不只是针对胸怀抱负的作家提出，所有我所知道的出版作者和畅销书都依赖于他们的批评伙伴，而且出版第一本书后，你会比以往更加重视这样的批评之声。尽早加入并适应一个良性互动的互评小组；同时，你也会从给别人提出建设性意见的过程中，学会如何修改作品。因此，享受帮助同伴，不要只是空等收获别人对你的建议。

在收到建议与批评后，你需要重新面对你的书稿。修改是你可以发展的最重要的写作技能之一。一个粗略的初稿通常是一张地图，只引导故事的走向，其并不是最终产品。想清如何将初稿继续完善（无论是修改一遍抑或十遍）应当是你将书稿提交给经纪人或者编辑前的首要之务。在这个过程中，可以使用本书中提到的观点和练习，获取助益。

小贴士

好作品是在改写中诞生的。

另一个你需要具备的技能是：耐心。作品初稿一经完成，就把它放置一边，别再理，这样三个月后，提交前做最后一次修改。是的，足足搁置三个月。99.9%的作者不会遵循这个简单的小建议。我无法告诉你有多少作家在初稿上敲出“结束”两个字后，便立即迫不及待地发给经纪人和编辑，这是弥天大错，这是让你的心血被封杀的“绝佳”方法。同时，请记住，很多处女作只是一次练习，只作为作家学习的手段，它们静静地躺在抽屉里，不会被拿去出版。不过，这不要紧。人们称之为积累经验。

倘若你属于那罕见的0.01%的作家，采纳了我的建议，你将惊异于三个月的搁置到底能带来什么，什么样的惊天巨变在等待着你。这段放空的机会，会让你以全新的眼光与视角，重新审视你的作品。经纪人希望看到你最用心、最精良的手稿。所以，对你最有利的便是耐心等待，确保一切真的准备就绪，水到渠成。或许，此番冷却与等待并不能增加出版机会，但是你可以学到更多关于创作与修改的经验，这便是此举的目的。

搜索经纪人

当一切终于就绪，是时候寻求一个经纪人了。你的调查发掘技能——在考察童书市场情况时，即已磨炼——现将在此派上用场。这里有大把的图书经纪人和经纪公司。当你开始罗列可以投稿的经纪人名单时，请问一问自己：对于你来说，在“经纪人-作者”关系中，最重要的是什么？

没错，你是我们的雇主。不要因为提交作品的兴奋，而忽略这一点。你的经纪人不应是唯一对你书稿点头的人。记住：你的努力决定你能否在一份长期的商业合作关系中做得不错。

自问自答

只有你才知道如何回答这些问题，它们关乎你未来潜在的商业关系：

● 你想找到一名乐于编辑指导你的作品，提出建议，帮助你提高完善作品的经纪人？还是，你只想从其那里得到“这本书将会有/没有销路”这样的反馈？

● 你想找到一名常常和你沟通、在整个过程中指引你的经纪人，还是你只想要一名代表你出面售出作品，而不在细节上烦扰你的经纪人？

● 你想与一名经验丰富的经纪人合作，还是与一名正在发展客户资源的新手经纪人合作?

你想找一个大品牌机构，还是更小一些的精品办公室合作?

网络与纸质出版物中的经纪人资源

你可以在网络上或者纸质出版物中发掘经纪人信息。下面是我最爱的经纪人资源:

《图书经纪人指南》:经纪人、经纪公司偏好及投稿指南列表。使用此资源，能发现其他途径可能无法发现的经纪人或经纪公司。

《童书作家与插画家市场》:如同上面提到的《图书经纪人指南》，专为童书作家专门设计，包含出版商及杂志信息。

AGENTQUERY. COM:一个在线数据库，你可以搜索关键词、类型，以及读者群体，包含联系信息、指南，以及最近的销售信息。

QUERYTRACKER. COM:同 AgentQuery. com 类似，但它可以让你在线追踪你的问询及反馈。

ABSOLUTEWRITE. COM:一个留言板，在这里作家们讨论经纪人、经纪公司、反馈时间，以及其他相关信息。

(PRED-ED. COM):一个网站，列出了经纪人、经纪公司、出版商、自由编辑，以及其他作家服务提供商，旨在区别合法经纪人与骗子。值得一览，如若有人曾要求你放弃报酬或者版权(记住，经纪人永远不会向你收取稿件阅读费，或者在你投稿给他们的时候，要求你签字放弃版权)，请谨慎。

AARONLINE. ORG:一个经纪人和经纪公司的联合会，有所有人均同意的一套道德和行为准则。你可以在此网站搜索会员公司。

NATHANBRANSFORD. COM:在他离开经纪公司前，布兰斯福德先生(曾供职柯蒂斯布朗有限公司)拥有最受欢迎的经纪人博客。他博客的常见问题板块，仍然是所有怀有经纪人搜索或者出版业问题的有志作家之必读。

PUBLISHERSMARKETPLACE. COM：一个付费会员网站（20 美元/月），在这里你可以搜索经纪人或者经纪公司发布的交易。虽然不是百分之百包罗所有，但此仍是最为完整的可用交易数据库。你可以看到经纪人卖掉了哪些类型的书籍，以及适于哪个读者群；你也可以读到对经纪人工作情况的简短描述，看看每名经纪人同哪些出版社以及编辑合作。

作品致谢页：查看你欣赏的已出版作品的致谢页。作者们通常会列出他们所感谢的经纪人的名字。不过，还是要当心：如若你试图推销的书，同该名经纪人书单上另外一本书太过相像，他们或许不想同时代理在市场中互相之间具有潜在干扰性的书。

在你进行发散思维后，聚合所有潜在的经纪人和经纪公司，把他们放在心愿单上，一一在谷歌上搜索。几乎每一名经纪人在网络上都有迹可循。读一读他们的访谈，研究研究他们的博客，在微博上关注他们。看一看他们是否显得容易合作，他们对童书以及童书出版的想法是否和你保持一致。尽管并不强求你对经纪人的为人欣赏，一拍即合，但是在写作和图书出版方面意见的同步，会让你们之间的合作关系大不相同。

作家研讨会，诸如全国性的作家大会、地区性“童书作家与插画作者协会”举办的活动，或者“作家文摘集团”的专题讨论会，是作者们见到经纪人本人并与其他童书产业的专家进行互动的绝佳途径。不要指望在现场签订出版合同（我的博客中有关于其他更多研讨会注意事项，请参见网址：http://kidlit. com/2010/02/15/how-to-pitch），但是，可以把参加会议视为建立你的人际关系网，了解童书市场的宝贵机会。如果你在某个作家活动中，遇见某位经纪人，向他推销展示自己，或者听听他对作品的意见，这会帮助你的作品从书稿堆中脱颖而出。

列出一个 10～20 人的经纪人名单，投稿给他们，但是一定要有两手准备。如果多个经纪人给出类似的反馈，那么在所有经纪人都对你亮红灯之前，你仍有机会修改作品，再投给名单上其余的人。这也是我们作为经纪人，在给编辑投递稿件时，惯常的做法。所以，在你向经纪人投稿的过程中，有必要采用这个专业而实用的建议。

投稿前的 10 个注意事项

你准备好投稿了吗？在把书稿提交给候选经纪人之前，随时使用这个清单，提醒自己仍然可能需要采取的做的事：

- 童书市场调研。
- 提出一个令人难以抗拒的卖点及核心主题。
- 完成手稿。
- 加入一个优秀的互评小组。
- 把小组提的建议放在心中，去修改。
- 想清楚，从一名经纪人那里，你需要得到什么。
- 调研多种可能性。
- 把书稿收起来三个月。
- 再度修改。
- 写一封一击即中的问询信。

首轮投稿后，你该做什么？

我鼓励作者们在一轮投稿结束后，等等看，会有什么样的结果；然后再尝试投出另一篇作品，或者把同一作品速速给其他备选的经纪人。每次投稿都会累积学习经验，你应花时间、坐下来，真正消化你收到的反馈。

经纪人对投稿的拒绝分为不同层次。当你收到一封模板回信，即使标出了你的名字和作品题目，你也应了解你的稿件并没有正中鹄的原因，引起经纪人注意。如果你的稿件获得通过，并附有经纪人鼓励性的反馈，或者其要求看到更多内容，你已进入该经纪人首要考虑的10%作者中，你作品中的某些元素在经纪人那里产生回应。如若你被要求提供完整书稿，并且得到了洋洋洒洒的大篇幅反馈，那获得邀约的可能性又更进了一步。

根据拒信的类型，判断整体收获。如果经纪人的反馈针对你个人，并且篇幅较长，证明你的作品很有潜力。基于这些意见，做一修改，再次投出。在你的清单上，添入一些新的经纪人，回看之前的经纪人，看看有没有人会对修改稿感兴趣。一些经纪人愿意一试，重读你的作品，一些可能较为保守，但问问总无妨，特别是在之前对你非常关注，给出诸多建议的经纪人。

如果你只得到了模式化的拒信，那么哪些地方出错了，我敢肯定，是你的样稿。没错，问题出在你的样稿，而非问询信。假使你的作品精彩异常，经纪人可以忽略一封令人发指的问询信，但反之绝对不行。这时，你需要参加一个互评小组（或者找到一个合适互评伙伴），并且回炉返工。不一定要摒弃之前的创作理念，但要对其做一次深长而严苛的审视。没有经纪人对你的作品报以热情，全线红灯，这是对你的警示，你的写作技艺有待锤炼打磨。不要变成那些怨天尤人的作家“没人理解我的绝世才华”——问题可能在于你，而非经纪人。

写作是一个过程，每当你坐下来辛勤耕耘，你的技艺都在日益纯熟。你不仅应细细品味创作的每一分时光，还要乐于从得失之间，不断增益。同时，不要怕暂搁一部作品，投入全新的创作。所有这些都是一名职业作家必不可少的体验，因此，从现在开始，业精于勤，不断练习。

本节练习

经纪人及职业优先项

在作家-经纪人关系中，你的需求是什么？在此先头脑风暴一些想法。然后，确定你的写作目标，以便可以不断向其移近。你优先考虑什么样的经纪人？明年的职业目标是什么？

对经纪人的需求

我喜欢通过（圈出一个）电话或电子邮件或见面来与经纪人沟通。

我需要和我的经纪人沟通——一星期多一次？还是时不时互通有无？或者在我们忙着改稿或者投稿进行中？或只在有实质消息时？

我愿意——经纪人一步一步把过程解释给我？还是给予我一定的指导但是不要太多？或者找到一名处理商务事宜的经纪人，与此同时我来负责作品？

我希望同一个——客户量很小的经纪人合作？还是一个业已有所建树、有大量客户的经纪人合作？

我想要——一个小而精的经纪公司？还是一个名声在外的经纪公司？

职业目标

一个实际的本年度写作目标；

一个实际的书稿修改目标；

一个实际的投稿目标；

如果不用经纪人，我下一步的目标是；

如果我与经纪人合作，向编辑投稿的目标；

实际的出版合同目标；

如果没有出版合同，我下一步的目标是；

如果拿到了出版合同，我下一步的目标是；

在培养创造力方面的目标；

阅读目标；

定一个“写作外爱好”目标（丰富创造性追求很重要）。

问询与投稿

在我所参加的写作研讨会上，可能80%的问题是关于问询信的，只有20%是涉及写作技能的。我总是惊异于如此多的作家完全把注意力放在这些问询信上，它们只不过是美其名曰的求职信。不过，我理解他们的心情。毕竟，把精力集中在一页纸的小说概述上，要比集中在300页的小说上看起来容易得多。

此外，作家们把问询信视为他们能否吸引经纪人的注意力，让一切与众不同的利器。这并不完全正确。一封问询信能够成就作者，因为成功的问询信可以迅速吸引我的眼球。但是，让我为你稍解忧虑：我往往会在看作品样本时，配以问询信，所以，一封问询信不可能毁掉你。归根结底，我将为一名未来作家提供代理，而非一名问询信写手。

在你阅读完本章后，所有这些担心都将变得毫无意义，不过，我将在接下来分解问询信，帮助你让你的作品在经纪人繁多的稿件中，崭露头角。

问询信初阶知识一二三

无论你是面对面向经纪人推销自己，还是以一封信的形式，目的是相同的：使我们要求阅读你的完整书稿。但是，首先，不要有那么大压力。经纪人和编辑只是爱读故事的普通人，所以一开始他们便有共同点。此外，作者是全世界最了解自己作品的人。与我们谈谈它，如有可能，带着乐趣。问询信显示了作者是否满怀自信，是否自得其乐。

当你准备好发问询信时，请确定你的每一步都遵守了这名经纪人的投稿指南。比如，一个极为常见的要求是问询信和小说的前十页，放在邮件中，以“问询”作为邮件主题。而一些经纪人只要求问询信或者五页的书稿，或者小说的前三章。花时间研究不同的投稿指南，因为可能不同经纪公司的要求不尽相同。这不应该使你心生畏惧，因为每个经纪公司都会在他们的网站上明确写出要求的。

记住：经纪公司通常不会接受未在投稿要求中注明的附件信息——至少我不会——因此，在邮件附件中加入任何未经要求的投稿信息，都是一种业余的做法，并不会使你从经纪人那里获得应有的关注。

个性化你的问询信

想一想，你花费数月或者数年时间，创作及修改你的首稿。请在投稿阶段同样用心。请在每一封问询信上，标明经纪人的姓名，如有可能，包括你为什么要和他联系。但要小心这样的表述：“我与您联系是因为您对书籍的热爱”或者“我与您联系，是由于您在童书领域的良好业绩”。这真的太蹩脚、太泛泛了，并且，相信我，所有经纪人，这种模板用语，他们一下就能看出来！

除非你真的有特指这个经纪人的某些具体而实在的内容，否则跳过这些有针对性的话语，以一些通用的理由代之。理想情况下，为某个经纪人量身定做一封问询邮件，并非难事，因为你已经花费时间调查研究这些经纪人了。争取从一开始便找到适合的经纪人，再投稿给他们，不要只做热身练习。我当然会感到为之一震——当有人知道我经手的作品，还能说出，如“我与您联系是因为看了您创作的关于……的书”或者“我看到您在某个写作研讨会上做的发言……”或“我如饥似渴地看了您的博客，很喜欢您在个性化问询信方面给的建议”。这些才是使问询信个性化的具体内容。

分离出作品卖点、对比性标题与图书数据

如果你在问询信中，展示出一个强烈的故事主题，包括你头脑中的故事卖点，如果你还能指出特定阅读群体以及阅读原因，那么，这封问询信将卓有效果。不要说：“人人都会爱上这个故事。”事实并非如此，也不可取。故事书类型繁多，请为不同读者群体而设计（思考一下你的目标读者，也会帮助你集中于故事主题，所以，不要跳过这步）。在问询信中，这些内容越真实具体，我越能看到你对市场的了解程度，更为重要的是，看到你对童书出版的务实态度。

不计其数的作者告诉我他们将是下一个 J. K. 罗琳或者斯蒂芬妮·梅尔。迄今为止，他们每一个都说错了（不过，我从来不把话说绝对了）！让我惊叹于你对童书市场的了如指掌，而非你的不切实际与妄自尊大。

如果你可以再次务实地将自己与市场上成功的童书作者相比较，这将帮助我看到你是怎么为自己定位的。糟糕的例子是：“这本书就像丹·布朗遇到了雷克·莱尔顿。”而好的例子是：“这本书将会吸引萨拉·扎尔故事中的多层人物及对约翰·格林式对白感兴趣的读者。”这样的描述非常具体，展示了你对自己作品本身与其周遭情况的了解。这被称为比较性标题。

问询信应该包括所有我需要的信息：读者群、字数、作者的联系方式，以及这是否是一稿多投。我鼓励你同时将书稿投给多名经纪人。不要孤注一掷，即使某位经纪人要求你同意对他一稿专投。但要小心。你也有一份事业即将起步，你不想遇到一位三心二意的经纪人，被其拖住，耗上一个又一个月。可惜的是，大多数经纪人似乎都会陷在收件箱的旋涡中，无法自拔。所以，你要小心，不要被任何一个经纪人的拖沓作风所牵绊住。

你可以对经纪人说，你不同意独家投稿，当然，除非——你对某个经纪人死心塌地，非此人不可，实在想向其表达你的热忱（就像当初你申请梦想中的大学一样，初心不改）。大多数经纪人可能都会同意读一读你的手稿，即使你不是专门投给他们的。还要意识到，同意独家投稿，并不是与经纪人签下代理合同的灵丹妙药。这只是经纪人不想与其他同行形成竞争的一种方式罢了，但竞争才是这个领域的要旨所在。

保持问询信的简洁与专业。将注意力集中在你眼下的作品，不要在一个投稿环节中，向经纪人推销一本以上的作品。保持作者自传部分篇幅简短，不要认为你有必要向经纪人提及：你只是个新手，还未出版过任何作品——每个人都始于某处。只为经纪人提供作品的相关信息。我真的不关心你养了几只猫，或者你的学校在哪儿，除非你的小说主题考虑涉及这些细节。

你也不必通过提及你已为人父、人母，你曾经照看过小孩，或者你在发展心理学或者教育学方面持有学位，以证明你有资格为孩子们写书。你到底适不适合童书创作，作品会说明一切。

问询信的主料

吸引我继续深入阅读故事的最佳方法是：让我关心和在乎。上文中，我已经为作者们提供了万无一失的方法，打通问询信的写作思路。成功的问询信应能回答下面的问题（以《饥饿游戏》做一答案示例）：

故事人物是谁？

凯尼斯·艾佛丁是一个性情孤傲、落落寡合的猎手。她只关心她与家人如何在贫瘠的第十二区存活下来。

点燃故事的事件是什么（引发事件）？

凯尼斯的妹妹小樱，被抽签选中前往首都参加每年一度的饥饿游戏——毫无生还的可能。

故事主人公究竟最想得到什么东西（或者什么人）？

凯尼斯想要保护小樱，超过做其他任何事情，情愿代替小樱赴这场死亡之战。

什么人（或者什么事情）横亘于主人公达成目标的道路上（她的障碍是什么）？

现在，她必须打败其他二十二名对手——还有一个亲爱的朋友——才能活着回去。

如果不能得到她想要的，主人公将面临怎样的风险？

倘若她不能生还，她的家人将无依无靠，第十二区也将安危不定。

我以此种方式回答这些问题，目的是给阅读者带来情感吸引，我们清楚了对于可怜的凯尼斯来说，什么最重要？她为什么别无选择（自愿代替小樱）？以及如果她失败，将会发生什么？这是一个着实悲伤的故事主旨，因此，恰到好处地抓住了读者的情感。

作者应致力于让自己的作品也有着这样充实的内容。读一读已出版童书的封面、封底与护封。大概这就是你问询信中这些“主料”的长度与基调。记住，带给经纪人故事体验——你希望他要求看到更多的故事内容。一旦经纪人开始关心故事和人物，我会有这样的感觉：想知道接下来将发生什么。

如果你对问询信各项内容的顺序很好奇，放轻松，没有一个完美的模板。有些人以一两句吊人胃口的话开始（回顾一下本书开头“故事核心主题”一章中有关作品的“一句话介绍”）；另一些人，在礼貌的客套后，钻进实质内容。一些人起始便用“我与您联系是由于……”让问询信个性化。而另一些人则把这些放在主要部分之后。

卖点和主要部分通常在一至三段之间。然后作者想要附上一段个人简介，关键的统计数据作结，可以这样写：

[作品名称] 是一部青少年/儿童小说，×千字。这部书稿还投给其他经纪人，完整稿件可以提供。感谢阁下的考虑。期待着您的回信。

就是这样。你甚至不必给出精确的字数统计，只要精确到以千为单位即可。然后在落款处署上你的姓名及联系方式。这就好了！

问询信禁区

在写问询信时，作家们易陷入多种误区。我曾经读过很多问询信，下面这样的错误会使我对它们很快失去兴趣。

反诘句

在问询信的开头，反问句不奏效。你希望经纪人把注意力放在你的问询信上，而非你本人。而且，你还冒着经纪人回答错误的风险，这将会使你的出版计划胎死腹中。

问询信示例：“你有没有想过如何防御一队行进的僵尸兔呢？”

我：“嗯……我对僵尸大灾变做过准备，僵尸兔呢还没想过。噢，不！我必须得去商店买工具！”现在，我的心思再也不在你的问询信上了，而是在我自己还有如何最有效地消灭僵尸兔。让我专注于你，而不是我自己。

或者：

问询信示例：“你知道在巴黎地下墓穴中，生活着凶残的小精灵吗？”

我：“不知道。”

这样就没有下文了，你的问询可以告一段落了。不要依赖于反诘句，或者答案“非是即非”的疑问句。

有关投稿步骤的困惑

不要在最后问及有关投稿事宜的问题。比如，“请问需要我发给您多少样章作为参考?”你应该告诉经纪人你要为其展现哪些内容，使其能够鉴别你的书稿究竟如何。不要让一个已经焦头烂额的经纪人或者让编辑，为了评估你的作品，还得附加解答你的投稿疑问。如果你不了解某个经纪人的投稿指南，请做一番调查研究，然后照其行事。不要预发一封问询信，询问有关投稿步骤的问题，或者让问询信不够完整。

跨平台发散思维

在问询信中，不要讨论其他形式的所有权使用方法，如“这个故事放在杂志或者电视节目里会很棒”。你给经纪人写问询信，我希望是因为首先你想以图书的形式出版。把你的关注点置于此。你可以在一个更合适的时间，与你未来的代理人一同发散思维，考虑对小说所有权的其他利用途径。

一个篮子里放太多的鸡蛋

聚焦你当前的作品，不要提及你其他作品的创意，除非与你正谈及的作品直接相关。如果一下子询问一堆作品，你将压得经纪人或者编辑透不过气来。挑拣出毫无疑问，你最得意、最强的作品，围绕其来问询，看看会有怎样的反馈。如果它通过了经纪人的审阅，那么请从他们的反馈中汲取有用建议，然后，修改或者重写作品，再次投稿问询。在收到经纪人对第一封问询信的意见后，我极力劝大家不要继而又发邮件对另一部作品提出询问，之后一部又一部，没完没了。你是一个作家，不是一架机关枪，不断向经纪人扫射。要更加小心谨慎，一丝不苟地对待问询过程。

不当引用

倘若你真的获得过某出版奖项，或者创作大赛的殊荣，请具体说来。如果你说，你获过创作奖项，或者已出版作品，但无法提供出版社、杂志或者奖项的名字——比如：《忽然七日》（哈珀柯林斯，2010），我会猜想你是自己出版的作品，你获得的是你妈妈颁给你的“史上最佳作家”奖。如果你有专业出版荣誉或者奖项，不要以一种业余的方式表达出来。

显而易见的意图

不要告诉经纪人为什么你要写问询信。比如：“我想出版”，“我想为我的作品找一个代理”。显而易见，你寻找经纪人不就是这个目的吗？也别告诉经纪人应该做什么，比如：“如果你对我的故事感兴趣，想进一步考虑，请联系我。”经纪人知道如何与你取得联系，因为，我想你已经把你的邮箱地址和手机号留给他们了。

即使你以前从未投过稿，经纪人也不是第一次审稿。显而易见的意图陈述，以及对经纪人不必要的指挥没有任何实用价值，请避免使用。

出版系列作品的要求

当你咨询经纪人出版系列作品的可能性时，要证明你的作品具有“连载的潜质”。我们在前文中已经对出版系列小说作过探讨，并且已提示大家：在童书市场，还未赢得市场占有率的图书出后续作品，会很危险——更别说对于初入这个领域的新手就要求出版系列作品。倘若你需要三本书来讲述你的故事，我建议你把整个作品理念稍加改动。没有什么比得知连一本书尚未售出的作者一开始便打算写五本书的系列作品更令人感到荒唐可悲。即使你的书确定会出版，首部作品也需要独立成书。系列作品的市场前景，向来没有人能够保证，你不能把整个出版想法都建立在出版这个作品上，因为，市场可能对此无力推进，特别是对于首发作家来说。

保持问询信的简明扼要

保持问询信的简洁明了——大概 250 字或者更少。正如我的前任老板和导师安德里亚·布朗所言：“一封好的问询信正如一条裙子——长得足以挡住一切不如短到魅力无穷。”

版权问题

不要说你的作品“版权所有”。所有作品一经写出，即具有了版权，不论其以何种媒介，每个出版领域的专业人士都具有这个常识。烦絮地强调这一点，会使你显得不够专业，疑心重重。你可以在把作品寄给经纪人之前，注册版权，如果这会使你感到更有保障的话（这花不了多少资金），但是，对于我来说，这传递出一种信息，你认为你的手稿完美无缺，不需作任何修改了。“完美”在写作中是一种幻象，我更愿意和一个更大方随和、开明豁达的作者合作。

附加价值

不要分析你的作品，或者花大量时间解析其意义，譬如：“我的作品探讨了十几岁的女孩之间的友谊，强调了团队合作的重要性。”而且，也不要对你的作品作价值判断。当然，你认为它棒极了，主题丰富，因为这是你的心血。最后一点，也不要对市场作价值判断，如：“现在市场上到处是差劲的超现实爱情小说，我想创作一个故事，把它们都比下去。”我可能代理过某些超现实爱情小说——并且觉得很精彩——所以，这样的言语将会让你出师不利，给经纪人留下不良印象。以一种对童书创作群体的积极态度开启你的问询信，因为你将成为其中的一员。

成功问询信范例

现在，你已经知道问询信禁区在哪儿，是时候读一读成功问询信的范例了。我的客户埃米莉·海恩斯沃思所作《穿越时空触到你》是一部成功地集高概念的主旨思想、激动人心的人物，以及美丽的文笔于一体的小说。其问询信也同样非凡。我将在下文中向读者展示这封问询信的全文，并附上我对其的注解。

> 亲爱的科尔女士：
>
> 去年，我曾因之前的一部小说《火花》和您联系过。那时，您鼓励我以后再投给您其他作品。

没错，当我们对作家说这些话的时候，是认真的。我读了两遍她之前递交的书稿，但真的不太确定那部书的前景……但我真的很高兴，我和她说过别把我忘了，因为，她带着一本精彩的小说，再次找到我。

> 我想，您可能会对我最近创作的超现实爱情小说感兴趣，书名为《穿越时空触到你》，是为青少年读者创作的，共有五万九千字。
>
> 在看到幽灵的那一天，十八岁的卡姆·派克以为他已经最终失去了它。在过去的两个月里，他都在不断自我折磨着，不明白为什么一场车祸夺走了女朋友薇薇的生命，而他却安然活了下来。薇薇是他生命中最后珍贵的东西：在经历致使他足球生涯终结的伤病后，薇薇帮助他重建自我；在他的家庭支离破碎时，薇薇帮他重新振作。有了薇薇的相伴，他不再痛苦不堪，无所适从——对于派克来说，薇薇才是最重要的。他愿意尽其所有，再见薇薇最后一面。此刻，他的生活中漂浮着一个幽灵，但是，不是薇薇。

这一段落是如此有效地建立了故事的开场情况，卡姆的挣扎，以及他生活的主要目标："他愿意牺牲其所有，再见薇薇最后一面。"

哇……你的人物会倾其所有，达到什么目的呢？这是我在你的问询信中希望看到的。我发现自己即刻对卡姆感同身受。

卡姆很快意识到，这个幽灵——妮娜——根本不是幽灵。她来自另一个平行的世界——在这个世界中，卡姆是一个死者，而薇薇还活着，并且无恙。

此处，高概念的钓钩开始抓住读者！我喜欢这样的设置。

当卡姆获知这一切，他集中一切力量，以把女友带回他的世界为目的，不惜任何代价。

赌注越来越高，风险越来越加剧，“不惜任何代价”。呀！

但是，那场车祸的结果并不是这个平行世界唯一的不同之处——薇薇和卡姆两个人在这个世界中的选择也截然不同，这让他们之间的一切都发生了改变。

上面的话暗示出这部小说充满曲折与悬念，不断旋紧人物的情感。卡姆看到一个幽灵，但不是他心爱的人。再见心爱之人，却不再是记忆中的那个女孩，在每一次转折中，“高概念”的故事主旨，使故事愈加层次丰富、扣人心弦。

妮娜隐藏着些许危险的秘密，联结这两个世界的窗户在一天天变小。

更加惊人的危机出现在这里！这让我感到焦虑不安，而我读到的仅仅是问询信而已。我迫不及待地想看一看埃米莉在整个作品中包含了多少张力与冲突。结果证明：数不胜数。我在某个周六的晚上，一口气读完了整部小说！（啊，一个图书经纪人的生活是多么魅力无限！）然后，我在周一早上给埃米莉发出了同意代理函。

随着卡姆对平行世界中那个薇薇的妥协——他不得不做出选

择：在这扇窗在他们之间永远关闭之前，留下来和她在一起；或者，就此放手。

人物做出艰难抉择的时刻，是故事最大看点之一。看到卡姆面临抉择，我怀着激动的心情，期待看到这一点将在故事里如何展开。

《穿越时空触到你》探索的主题是：病态的恋爱关系以及魔幻与现实的氛围中，选择的力量。

这里，埃米莉分析了自己作品的主题要素，触碰到问询信禁区。即使这样，我还是即刻要求看她的完整书稿。这也说明了问询信中的一两处失误，不会造成无法挽回的局面。

按照您的投稿要求，我已把书稿的前十页附在后面。完整稿件可应要求提供。同时，我也在咨询其他经纪人。感谢您拨冗考虑我的作品。

此致。

埃米莉·海恩斯沃思

现在你看到了，一封成功的问询信是如何撰写的。埃米莉的这部作品在竞拍会上卖出了六位数的价位，哈珀·柯林斯旗下的两个订单，几乎马上便签下影视版权，是一个奇迹。

故事本身扎实，才是第一位的。这封强有力的问询信毋庸置疑发挥了作用，让我对故事充满兴趣。但是，即使是世界上最令人叹为观止的问询信，也无法替代妙趣横生、精彩绝伦的故事。学习如何写问询信，写一封优质的问询信，信心满满地投出去。然后，把注意力集中在作品上，使它魅力非凡，不可抗拒。

在这封“求职信”中，你唯一需要做的，便是让经纪人想要看到更多的故事内容，而这需要通过让其对人物和故事有所关心。给读者一记重拳，意想不到的事件，紧张的尖峰时刻，耐人寻味的转折，可以令你的问询信与众不同，脱颖而出。

在我们结束有关问询信这个主题的讨论前，还有最后一点要在你耳边唠叨几句：不要沉迷于问询信。真的，千万别。倘若作家能像琢磨问询信那样，花费同样的时间去思考他们的作品，那么结果将会有天壤之别。

本节练习

写一封问询信

惊喜！脑中装着所有这些新鲜想法，我希望你尝试一下，写一写你自己的问询信。如果你想的话，复制埃米莉的格式，并填入你自己的细节，或者，就抄抄我为《饥饿游戏》所写的，重新利用一下，如果你应付不来，盯着一片白花花的电脑屏幕。关键是，指尖抵键，或笔尖触纸，尝试一下。你可能会发现，这真没你想得那么吓人。

第九章 结 语

> 一直以来，所有我在书中想说的便是：我爱这个世界。
>
> ——E. B. 怀特

在作者努力使作品付梓的过程中，面临着诸多现实问题，这可能不比创作中那般充满快乐与创造力。但是，我希望这本指南同时清楚地阐释了这两个方面，并为作者朋友注入了新的灵感。

现在，将你收获到的崭新见解应用于自己的创作中，前后对应，大胆尝试，反复斟酌。创意围绕在我们身边，大多数我们并未意识到。你的下一个修改想法或者人物的领悟，可能一时还未显现，但也可能突然驾临。每当你阅读这样的写作指导书时，便种下了创意的种子。你永远不知道它们会在何时、以何种方式开花结果，一片丰硕。

慢慢来，一点点锤炼你的写作技艺，细烹慢炙，脚踏实地，不断成长。我最常听到作家的遗憾便是："稿子交得太早了，出版事宜毫无进展。"我对此要做出反驳，最大的理由便是：这些手稿通常还没有"破壳"，谈何"进展"——稿子写得还不像样，主题局促，不具市场前景。这些作家往往闭门造车，所以他们对在我所审阅的众多书稿中位于哪一个梯队，毫无概念。在拒绝作家们的初稿后，经纪人会给他们一些宝贵的反馈。现在，你要更多关注你的写作技艺。

这也是为什么我会如此兴奋地和大家分享这本书。最重要的是，它是关于写作技艺的一部书。我希望它可以迫使你把注意力放在那些真正重要的事物上。出版界的博弈始终存在，需要的是你做好准备。在你最终妙手偶得一个绝佳的创意，并精工细作，付诸实施，这时，你会更容易寻觅到一个图书经纪人，签下出版合同。

> 我们中所有从事创意工作的人，之所以致力于这个行当，是因为我们具有这方面的品位与嗅觉。但是，这其中存在差距。在最初的几年间，你可能劳而无功，创作不出什么像样的东西。你

努力使它像个样子，但是事实上你做不到，虽然其具有潜质。但是，你的鉴赏力与品位——你行走这个行当的武器，仍具有杀伤力——令你对自己作品感到失望的，也正是你内在的品位。很多人无论如何也无法跨越这个阶段，他们放弃了。我认识的大多数人，在他们能够创作出有趣的、具有创造力的作品前，都要在这个阶段煎熬很多年。我们知道自己的作品还不具备这些如我们所期待的特质。每个创意工作者都要经历这个阶段。如果你刚刚起步，或者仍旧处于这个阶段，那么你需要知道：这很正常，你所能做的最重要的事情便是：不断创作，不断练习，不断积累。为自己规定期限，以便每周你都能完成一个故事。只有经历大量积累与练习，你才能弥合期望与现实之间的差距，创作出心之所愿的佳作。我花费很长时间才想清楚这个问题，比我认识的任何人都要久。破茧成蝶，需要些许时间，这很正常。你要做的只是奋力争取，战斗到底。

——艾拉·格拉斯（Ira Glass）

人们听到堪称奇迹的出版界故事，并且期待这样的事情发生在自己身上，一夜成名。但是，我要使尽全力强调：这种态度何等适得其反。做一个新手并没有什么，写得一团糟也不可怕，失败也算不得什么。不要做自己的拦路虎，不要满怀恐惧。在创作的道路上，孜孜以求，面包、牛奶，一切都将会随之而来。剧作家塞缪尔·贝克特（Samuel Beckett）曾经说道：

努力过，失败过，没关系，屡战屡败，屡败屡战，每一次失败都比上一次有所进步。

我很高兴这本书能作为写作实用工具，供大家参考。但是，如果我未能使大家妥善使用这本书，便是我的失职。我将最后说一次：书稿本身才是最重要的。投入精力，珍视它，完善它，深入作品，一探究竟。只有一切确为就绪，你才能冲出去，向世界炫耀你的成果。

一无所知的作家们有块心头病。在有关创作的会议上，我常听到他们惊惧道："你是说我必须得完成一整本书，整整一本？然后抛到市场上，看好不好卖，有没有市场，搞不搞得定？还可能什么回报也没有？"他们瞅着我，好像我完全不可理喻。有些人甚至开始仇视我。

但是，答案是肯定的。这就是这个市场的运作方式。如果你觉得在你从头至尾，完成一整部作品后，仍然"一无所获"（他们通常将这里的"一无所获"理解为没有签到一笔百万美元的合同），是挺令人失望的。这些作家就是不明白，每次付出，都会有所收获。或者说，至少你应该学有所获。之后，你便能成长。

通常，什么苦也不吃，麻烦也一概免除，青云直上，佳作出炉，慵懒地出席新书签售，悠闲地在总统套间吃糖果，只是幻想而已。（之所以这么说，是因为很多作家不就是这么浮想联翩的吗？难道不是吗？）你不想经历创作中的种种艰辛，因为你担心得不到预期的回报；或者你想采取迂回战术，绕开麻烦；又或者你以为终于抵达彼岸，一切作结，结果却发现还有更多的事情要做。

小贴士

最好的腹肌锻炼方法是仰卧起坐，但这个练习做起来很吃力，所以人们发明了数不胜数的辅助性机器，使这项练习做起来更容易些。但是，你知道你要做的练习是什么……你要做的正是仰卧起坐。写作也同理。

——丹尼尔·纳耶里

不过，这就是生活。当我们拥有最佳时机，我们的目标也在视线所及之处，但是如何以及何时能够抵达，并不由得我们自己。我们能做的唯有：矢志不渝，努力追求，学而时习，用心而作，道出真实的生活。

斯蒂芬·桑德汤姆理当是本书所援引的专家中的专家。在《不断前行》中，他写道：

> 只管前进，你所做的任何事情，让其源自本心，便会迸发新的火光。请将更具创造力的你展示给我们。

最后，我希望能够激发作家朋友们在日常生活中，更为善待自己，更富有创意。也愿你们能够增益所学，多多益善，通过自己的想象，把世界引导给读者，向他们传达重要的讯息。我想，你讲述给读者这样一个故事，不仅展示出你是谁，表达了一名作者的所思所想，而且也帮助读者找到了真实的自我。

去写，去生活，生命之泉常新。胡言乱语，涂鸦一片，一团糟糕。去学，去成长，艺术之树常青。屡败屡战，屡战屡败，每次失败都比上一次更好。继续前进，细细品味生命的每一刻，奉献无法抗拒的作品。

倘若你已做好准备，那么出版界人士（包括我），非常愿意收到你的来信。

参考书目

“阅读书架”和“本节练习”部分参考书目：

When You Reach Me by Rebecca Stead (Wendy Lamb Books, 2009)

Violet Raines Almost Got Struck by Lightning by Danette Haworth (Walker Childrens, 2010)

Chasing Vermeer by Blue Balliett (Scholastic, 2005)

Savvy by Ingrid Law (Dial, 2008)

How to Say Goodbye in Robot by Natalie Standiford (Scholastic Press, 2009)

What I Saw and How I Lied by Judy Blundell (Scholastic Press, 2008)

The Duff by Kody Keplinger (Poppy, 2010)

If I Stay by Gayle Foreman (Dutton Juvenile, 2009)

Graceling by Kristin Cashore (Harcourt Children's Books, 2008)

The Chosen One by Carol Lynch Williams (St. Martin's Griffin, 2009)

Before I Die by Jenny Downham (David Fickling Books, 2007)

What Happened to Goodbye by Sarah Dessen (Viking Juvenile, 2011)

Paper Towns by John Green (Dutton Juvenile, 2008)

A Tale Dark and Grimm by Adam Gidwitz (Dutton Juvenile, 2010)

Love, Aubrey by Suzanne LaFleur (Wendy Lamb Books, 2009)

Holes by Louis Sachar (Farrar, Straus and Giroux Books for Young Readers, 2008)

Alvin Ho: Allergic to Girls, School, and Other Scary Things by Lenore Look, illustrated by LeUyen Pham (Schwartz & Wade, 2008)

Spanking Shakespeare by Jake Wizner (Random House Books for Young Readers, 2008)

Thirteen Reasons Why by Jay Asher (Razorbill, 2007)

Break by Hannah Moskowitz (Simon Pulse, 2009)

The Penderwicks: A Summer Tale of Four Sisters, Two Rabbits, and a Very Interesting Boy by Jeanne Birdsall (Knopf Books for Young Readers, 2005)

Before I Fall by Lauren Oliver (HarperCollins, 2010)

Plain Kate by Erin Bow (Arthur A. Levine Books, 2010)

The Disreputable History of Frankie Landau-Banks by E. Lockhart (Disney-Hyperion, 2008)

Feed by M. T. Anderson (Candlewick, 2004)

Wintergirls by Laurie Halse Anderson (Viking, 2009)

The Hunger Games by Suzanne Collins (Scholastic Press, 2008)

Sorta Like a Rock Star by Matthew Quick (Little, Brown Books for Young Readers, 2010)

A Northern Light by Jennifer Donnelly (Harcourt Children's Books, 2003)

Magic Under Glass by Jaclyn Dolamore (Bloomsbury USA Children's, 2009)

The Book Thief by Markus Zusak (Alfred A. Knopf, 2007)

Getting Revenge on Lauren Wood by Eileen Cook (Simon Pulse, 2010)

Uglies by Scott Westerfeld (Simon Pulse, 2005)

Alchemy and Meggy Swann by Karen Cushman (Clarion Books, 2010)

The Brief Wondrous Life of Oscar Wao by Junot Diaz (Riverhead, 2007)

“作者、编者语录”部分参考书目

Wildwood Dancing by Juliet Marillier (Knopf Books for Young Readers, 2007)

The Graveyard Book by Neil Gaiman (HarperCollins, 2008)

The Golden Compass by Philip Pullman (Knopf Books for Young Readers, 1996)

“The Wrong Grave” short story by Kelly Link, from the collection *Pretty Monsters* (Viking Juvenile, 2008)

Matilda by Roald Dahl (Viking, 1988)

It's Kind of a Funny Story by Ned Vizzini (Disney-Hyperion, 2006)

How Lamar's Bad Prank Won a Bubba-Sized Trophy by Crystal Allen (Balzer+Bray, 2011)

“创意写作书系”介绍

这是国内首次系统引进国外创意写作成果的丛书，它为读者提供了一把通往写作之路的钥匙，帮助读者克服写作障碍，学习写作技巧，规划写作生涯。从开始写，到写得更好，你都可以使用这套书。

从书书目

书名	作者	出版日期	阅读参考
《自我与面具：回忆录写作的艺术》	玛丽·卡尔	2017 年 10 月	非虚构写作
《新闻写作的艺术》	纳维德·萨利赫	2017 年 6 月	非虚构写作
《回忆录写作》（第二版）	朱迪思·巴林顿	2014 年 6 月	非虚构写作
《写出心灵深处的故事》	李华	2014 年 1 月	非虚构写作
《写作法宝》	威廉·津瑟	2013 年 9 月	非虚构写作
《故事技巧》	杰克·哈特	2012 年 7 月	非虚构写作
《开始写吧！——非虚构文学创作》	雪莉·艾利斯	2011 年 1 月	非虚构写作、练习
《从生活到小说》（第二版）	罗宾·赫姆利	2018 年 1 月	虚构写作
《小说写作：叙事技巧指南》	珍妮特·伯罗薇 等	2017 年 10 月	虚构写作
《成为小说家》	约翰·加德纳	2016 年 11 月	虚构写作
《小说创作谈》	大卫·姚斯	2016 年 11 月	虚构写作
《如何创作炫人耳目的对话》	詹姆斯·斯科特·贝尔	2016 年 11 月	虚构写作、对话
《小说创作技能拓展》	陈鸣	2016 年 4 月	虚构写作
《故事力学》	拉里·布鲁克斯	2016 年 3 月	虚构写作
《写小说的艺术》	安德鲁·考恩	2015 年 10 月	虚构写作
《弗雷的小说写作坊：悬疑小说创作指导》	詹姆斯·N. 弗雷	2015 年 10 月	悬疑写作
《弗雷的小说写作坊：让劲爆小说飞起来》	詹姆斯·N. 弗雷	2015 年 7 月	虚构写作
《弗雷的小说写作坊：劲爆小说秘境游走》	詹姆斯·N. 弗雷	2015 年 7 月	虚构写作
《故事工程》	拉里·布鲁克斯	2014 年 6 月	虚构写作
《冲突与悬念》	詹姆斯·斯科特·贝尔	2014 年 6 月	虚构写作
《情节与人物》	杰夫·格尔克	2014 年 6 月	虚构写作
《30 天写小说》	克里斯·巴蒂	2013 年 5 月	虚构写作
《情节！情节！》	诺亚·卢克曼	2012 年 7 月	虚构写作

《开始写吧！——虚构文学创作》	雪莉·艾利斯	2011 年 1 月	虚构写作、练习
《小说写作教程》	杰里·克利弗	2011 年 1 月	虚构写作
《开始写吧！——推理小说创作》	劳丽·拉姆森	2016 年 7 月	推理写作、练习
《开始写吧！科幻、奇幻、惊悚小说创作》	劳丽·拉姆森	2016 年 1 月	科幻写作、练习
《网络文学创作原理》	王祥	2015 年 4 月	网络文学写作
《好剧本如何讲故事》	罗伯·托宾	2015 年 3 月	剧本写作
《开始写吧！——影视剧本创作》	雪莉·艾利斯	2012 年 7 月	剧本写作、练习
《写我人生诗》	塞琪·科恩	2014 年 10 月	诗歌写作
《来稿恕难录用：为什么你总是被退稿》	杰西卡·佩奇·莫雷尔	2018 年 1 月	综合指导
《大学创意写作·应用写作篇》	葛红兵　许道军 主编	2017 年 10 月	综合指导
《大学创意写作·文学写作篇》	葛红兵　许道军 主编	2017 年 4 月	综合指导
《从创意到畅销书：修改与自我编辑》	詹姆斯·斯科特·贝尔	2016 年 1 月	综合指导
《写作是什么：给爱写作的你》	克莉·梅杰斯	2015 年 10 月	综合指导
《故事工坊》	许道军	2015 年 5 月	综合指导
《经典情节 20 种》（第二版）	罗纳德·B. 托比亚斯	2015 年 4 月	综合指导
《写好前五十页》	杰夫·格尔克	2015 年 1 月	综合指导
《作家创意手册》	杰克·赫弗伦	2015 年 1 月	综合指导
《经典人物原型 45 种》（第三版）	维多利亚·林恩·施密特	2014 年 6 月	综合指导
《创意写作教学》	伊莱恩·沃尔克	2014 年 3 月	综合指导
《你的写作教练》（第二版）	于尔根·沃尔夫	2014 年 1 月	综合指导
《诗性的寻找》	刁克利	2013 年 10 月	综合指导
《创意写作大师课》	于尔根·沃尔夫	2013 年 7 月	综合指导
《一年通往作家路》	苏珊·M. 蒂贝尔吉安	2013 年 5 月	综合指导
《写好前五页》	诺亚·卢克曼	2013 年 1 月	综合指导
《畅销书写作技巧》	德怀特·V. 斯温	2013 年 1 月	综合指导
《成为作家》	多萝西娅·布兰德	2011 年 1 月	综合指导
创意写作书系（青少版）			
《写作魔法书——让故事飞起来》	加尔·卡尔森·莱文	2014 年 6 月	故事写作
《写作魔法书——妙趣横生的创意写作练习》	白铅笔	2014 年 6 月	练习

创意写作书系·青少年系列

《会写作的大脑》（套装四册）

作者：【美】邦妮·纽鲍尔 出版时间：2018年6月

《会写作的大脑1·梵高和面包车（修订版）》

这是一本给青少年的创意写作练习册，包括100个趣味写作练习，它将帮助你尽快进入写作，并养成写作习惯。你只需要一支笔和每天十分钟，就可以加入这个写作训练营了。

《会写作的大脑2·怪物大碰撞（修订版）》

本书包含了100个充满创意、异想天开的写作练习，帮助你迅速进入状态，并且坚持写作。你在开始写作时遇到过困难吗？以后不会了！拿起这本书，释放你内心的作家自我吧！

《会写作的大脑3·33个我（修订版）》

在这本书中，你会用各种各样的工具、用各种各样的姿势、在各种各样的地方写作。它将帮助你向内探索，把自己的生活写成故事。

《会写作的大脑4·亲爱的日记（修订版）》

本书是那些需要点燃或者重启写作灵感的人的完美选择。无论何时、何地，只要你翻开这本书，开始动笔跟着练习去写，它都能激发你的创造力，给你的写作过程增加乐趣，并帮助你深入生活、形成自己的创作观。

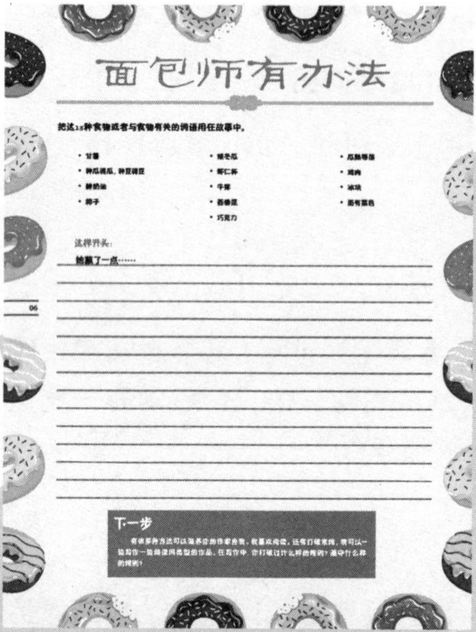
面包师有办法
把这15种食物或者与食物有关的词语用在故事中。
这样开头：
下一步
06

门镜
写一个故事。这样开头：
下一步
08

隐形墨水
1. 找一张空白纸片，覆盖在下面的图形上。
2. 拿一支圆珠笔。不要用中性笔、马克笔或签字笔。
3. 在上面的纸片上慢慢地、用力地、一笔一划地写下一项你要在这个月内完成的写作计划。
4. 把上面的纸片扔掉。
5. 把日历翻到30天后，做好标记，提醒自己翻回这一页。一个月后，按照“下一步”中的指示去做。
下一步
18

闹鬼的城堡
1.
2.
3.
4.
5.
6.
把它们都用在故事里。这样开头：
下一步
22

图书在版编目（CIP）数据

童书写作指南/（美）玛丽·科尔（Mary Kole）著；王路瑾译．—北京：中国人民大学出版社，2018.7

（创意写作书系）

书名原文：WRITING IRRESISTIBLE KIDLIT

ISBN 978-7-300-25151-6

Ⅰ.①童… Ⅱ.①玛… ②王… Ⅲ.①儿童文学-文学创作-指南 Ⅳ.①I058-62

中国版本图书馆 CIP 数据核字（2017）第 287662 号

创意写作书系

童书写作指南

［美］玛丽·科尔 著

王路瑾 译

Tongshu Xiezuo Zhinan

出版发行	中国人民大学出版社		
社　　址	北京中关村大街 31 号	**邮政编码**	100080
电　　话	010－62511242（总编室）		010－62511770（质管部）
	010－82501766（邮购部）		010－62514148（门市部）
	010－62515195（发行公司）		010－62515275（盗版举报）
网　　址	http://www.crup.com.cn		
	http://www.ttrnet.com(人大教研网）		
经　　销	新华书店		
印　　刷	北京联兴盛业印刷股份有限公司		
规　　格	145 mm×210 mm　32 开本	**版　　次**	2018 年 7 月第 1 版
印　　张	11.125 插页 2	**印　　次**	2018 年 7 月第 1 次印刷
字　　数	264 000	**定　　价**	48.00 元